André Gide
Schwurgericht

DIE
ANDERE BIBLIOTHEK

*Herausgegeben
von Hans Magnus
Enzensberger*

ANDRÉ GIDE

SCHWURGERICHT

Drei Bücher vom Verbrechen

Eichborn Verlag
Frankfurt am Main
1997

ISBN 3-8218-4150-8
© Vito von Eichborn GmbH & Co. Verlag KG
Frankfurt am Main, 1997

INHALT

Erinnerungen
aus dem Schwurgericht
Seite 7 bis 134

Die Affäre Redureau
Seite 135 bis 196

Die Eingeschlossene
von Poitiers
Seite 197 bis 304

⟨≡

*Nachwort
von Ralph Schmidberger*
Ausflüge
aus dem Elfenbeinturm
Seite 307 bis 341

ERINNE RUNGEN AUS DEM SCHWUR GERICHT

Rouen, Mai 1912

Von jeher haben die Gerichte auf mich eine unwiderstehliche Anziehung ausgeübt. Zu vier Orten in einer Stadt zieht es mich auf Reisen immer wieder: zu den öffentlichen Anlagen, zum Markt, zum Friedhof und zum Gerichtsgebäude.

Doch jetzt weiß ich aus Erfahrung, daß es etwas völlig anderes ist, Recht sprechen zu hören, als selber bei der Rechtsprechung mitzuhelfen. Wenn man sich im Publikum befindet, vermag man noch daran zu glauben. Sitzt man auf der Geschworenenbank, sagt man sich immer wieder das Christuswort: *Richtet nicht.*

Und ich bilde mir ganz bestimmt nicht ein, daß eine Gesellschaft auf Gerichte und Richter verzichten könnte; in welchem Ausmaß aber die menschliche Gerechtigkeit eine fragwürdige und ungewisse Angelegenheit ist, das habe ich während zwölf Tagen bis hin zur Beklemmung verspüren können. Gerade davon wird vielleicht noch ein wenig in diesen Aufzeichnungen zum Vorschein kommen.

Um die Kritikpunkte, die in meinen Berichten durchscheinen, ein wenig zu mildern, lege ich jedoch Wert darauf, hier zunächst einmal festzuhalten, was mich im Verlauf dieser Sitzungen vielleicht am meisten beeindruckt hat: die Gewissenhaftigkeit, mit der ein jeder, Richter ebenso wie Anwälte und Geschworene, sein Amt versah. Wahrhaftig bewundert habe ich zu wiederholten Malen die Geistesgegenwart des Vorsitzenden und seine Kenntnis von jedem einzelnen Fall; die Eindringlichkeit seiner Verhöre; die Entschiedenheit und die Zurückhaltung der Anklage; die Dichte der Plädoyers und das Fehlen leerer Rhetorik; und schließlich die Aufmerksamkeit der Geschworenen. All dies übertraf zugegebenermaßen meine Erwartungen; um so schriller wurden dadurch aber gewisse Mißtöne der Maschinerie.

Sicherlich wird man nach und nach einige Reformen einführen können, sowohl auf seiten des Richters und des Verhörs als auch bei den Geschworenen[1]... Es steht mir nicht zu, hier welche vorzuschlagen.

---

[1] Siehe hierzu den ausführlichen Bericht in *Le Temps*, Ausgaben vom vergangenen 13. Oktober, vom 14. und den folgenden, und in *L'Opinion*, Ausgaben vom 18. und vom 25. Oktober 1912.

KAPITEL I

Montag (Mai 1912).

Man schreitet zum Aufruf der Geschworenen. Ein Notar, ein Architekt, ein Lehrer im Ruhestand; die anderen rekrutieren sich allesamt aus Kaufleuten, Ladenbesitzern, Arbeitern, Landwirten und kleinen Grundbesitzern; einer von ihnen kann kaum schreiben, und es wird nicht leicht sein, auf seinen Stimmzetteln das *Ja* vom *Nein* zu unterscheiden; doch abgesehen von zweien, denen alles völlig gleich ist und die sich überdies immer wieder für befangen erklären lassen werden, scheint jeder einzelne fest entschlossen, hier seine ganze Gewissenhaftigkeit und seine ungeteilte Aufmerksamkeit einzubringen.

Die Landwirte, die bei weitem die Mehrheit stellen, sind entschlossen, unnachgiebige Strenge an den Tag zu legen; die Großtaten der tragischen Gaunergestalten, Bonnot usw., haben unlängst die öffentliche Meinung beschäftigt: »Bloß keine Nachsicht« — so lautet die Parole, wie sie die Zeitungen vorgeben; diese Herren Geschworenen repräsentieren *die*

Gesellschaft und sind fest entschlossen, sie zu verteidigen.

Einer der Geschworenen fehlt beim Aufrufen. Man hat von ihm keinerlei Entschuldigungsschreiben erhalten; nichts rechtfertigt seine Abwesenheit. Er wird zur vorschriftsgemäßen Geldbuße verurteilt: dreihundert Francs, wenn ich nicht irre. Es werden bereits durch das Los die Namen derjenigen bestimmt, die in der ersten Verhandlung sitzen sollen, als schweißgebadet der nicht erschienene Geschworene eintrifft; es ist ein armer alter Bauer, der aus Labiches *Cagnotte* entsprungen sein könnte. Mit seiner Erklärung, wie er seit einer halben Stunde um das Gerichtsgebäude herumirrt, ohne daß es ihm gelingt, den Eingang zu finden, ruft er allgemeines Gelächter hervor. Das Bußgeld wird ihm erlassen.

Wegen meiner unsinnigen Angst aufzufallen habe ich mir zum ersten Fall nichts notiert; ein Unzuchtvergehen (über fünf davon werden wir zu entscheiden haben). Der Angeklagte wird freigesprochen; nicht weil es an seiner Schuld noch irgendeinen Zweifel gegeben hätte, sondern vielmehr, weil die Geschworenen der Ansicht sind, daß es keinen Grund dafür gebe, jemanden wegen so wenigem zu verurteilen. Bei diesem Fall gehöre ich nicht zur Jury, doch in der Sitzungspause höre ich die reden, die dazugehörten; manche regen sich darüber auf, daß man das Schwurgericht mit Nichtigkeiten befaßt, wie sie, so sagen sie, jeden Tag und überall begangen werden.

Ich weiß nicht, wie sie es angestellt haben, in der vollen Erkenntnis dessen, daß dieses Individuum der ihm zur Last gelegten Taten schuldig ist, zu einem Freispruch zu kommen. Völlig entgegen der Wahrheit muß also die Mehrheit als Antwort auf die Frage »Ist X. schuldig des ... usw.« ein »Nein« auf den Stimmzettel geschrieben haben. Wir werden noch mehrmals auf eine solche Situation stoßen, und ich will mich erst in einem anderen derartigen Fall eingehender damit befassen, bei dem ich der Jury angehören werde und die Beklemmung, ja die Angst mancher Geschworenen angesichts eines Fragebogens miterlebe, der so geartet ist, daß er die Geschworenen dazu bringt, entgegen der Wahrheit abzustimmen, um das durchzusetzen, was sie für Gerechtigkeit halten.

Der zweite Fall an ebendiesem Tag bringt mich auf die Geschworenenbank und stellt mir die Angeklagten Alphonse und Arthur gegenüber.

Arthur ist ein junger Schwindler mit dünnem Schnurrbart, hoher Stirn, schaut ein wenig verdutzt und sieht aus wie eine Karikatur von Daumier. Er bezeichnet sich als Laden-

gehilfen eines Herrn X.; die Ermittlungen ergeben aber, daß Herr X. keinen Laden besitzt.

Alphonse ist »Handelsvertreter«; trägt einen
haselnußbraunen Überzieher mit breiten Sei-
denrevers von dunklerer Farbe; glatt anlie-
gende, dunkelbraune Haare; gerötetes Gesicht;
wäßriger Blick, kräftiger Schnauzbart; wirkt
durchtrieben und überheblich; dreißig Jahre
alt. Er lebt gemeinsam mit Arthurs Schwester
in Le Havre; die beiden Schwäger sind seit
langem eng befreundet, die Anklage belastet
sie beide gleichermaßen.

Der Fall ist recht verworren: Zunächst geht
es um einen ziemlich großen Pelzdiebstahl,
dann um einen Einbruch, der außer der Verwüstung zu nichts anderem geführt hat als zur
Entwendung des Inhalts eines Tabaksbeutels
für drei Francs und eines unbrauchbaren
Scheckhefts. Es gelingt nicht, den ersten Diebstahl zu rekonstruieren, und das belastende
Material bleibt so vage, daß sich die Anklage
eher auf den zweiten bezieht; doch auch hier
nichts Eindeutiges; man stellt dünne Fakten
zusammen, mutmaßt, schlußfolgert . . .

Im Zweifelsfall führt die Anklage dazu, daß
sich die Angeklagten solidarisieren; aber sie
haben unterschiedliche Methoden, sich zu verteidigen. Alphonse macht einen guten Eindruck, bemüht sich um Haltung und lacht
bei manchen Bemerkungen des Vorsitzenden
geistreich:

»Sie haben dicke Zigarren geraucht.«

Er darauf herablassend: »Ach, nur *Londrès* für fünfundzwanzig Centimes!«

Etwas später sagt der Vorsitzende: »Das haben Sie bei der Untersuchung nicht ganz so ausgesagt. Weshalb sind Sie nicht bei Ihrer Verneinung geblieben?«

»Weil ich erkannt habe, daß ich mir dadurch Ärger eingehandelt hätte«, antwortet er lachend.

Er hat sich vollkommen unter Kontrolle und setzt seinen Widerspruch geschickt dosiert ein. Seine Tätigkeiten als »Vertreter« bleiben überaus fragwürdig. Man bezeichnet ihn als »den Liebhaber« einer alten Jungfer von sechzig Jahren. »Sie ist wie eine Mutter für mich«, protestiert er.

Sein Eindruck auf die Geschworenen ist miserabel. Ob er sich das wohl klarmacht? Allmählich bildet sich Schweiß auf seiner Stirn . . .

Arthur ist auch nicht sympathischer. Auf der Geschworenenbank ist man im Grunde genommen der Meinung, daß es zwar nicht ganz sicher ist, daß sie *gerade diese Diebstähle* begangen haben, sie aber andere begangen haben mußten oder noch begehen würden; daß sie also reif fürs Einbuchten sind.

Dennoch: Allein für *diesen* einen Diebstahl dürfen wir sie verurteilen.

»Wie hätte ich ihn denn begehen sollen?«

fragt Arthur, »ich war doch an diesem Tag gar nicht in Le Havre.«

Im Zimmer seiner Geliebten hat man aber Stücke einer Postkarte sichergestellt, von seiner Hand geschrieben und am 30. Oktober in Le Havre abgestempelt, dem Tag, an dem der Diebstahl begangen worden war.

Darauf nun verteidigt sich Arthur folgendermaßen:

»Ich habe meiner Geliebten an diesem Tag nicht eine Karte geschickt, sondern *zwei*«, sagt er dazu im wesentlichen; »und weil die Photographien darauf ›etwas pikant‹ waren« (tatsächlich war darauf die Darstellung von Adam und Eva aus der Kathedrale von Rouen abgebildet), »hatte ich sie mit den Bildseiten gegeneinander in einen einzigen durchsichtigen Umschlag gesteckt, nachdem ich beide zuvor mit einer Adresse versehen, alle beide frankiert und in den Umschlag an den Stellen mit den Briefmarken ein Loch gemacht hatte, damit das zweifache Abstempeln möglich war. Beim Abgang wird bestimmt nur eine der Briefmarken abgestempelt worden sein. Beim Eingang in Le Havre hat der Postbeamte die andere gestempelt; und so kommt der Stempel von Le Havre auf die Marke.«

Das zumindest vermochte ich zwischen seinen wirren Beteuerungen herauszuhören, zu denen ihn ein Vorsitzender nötigt, dessen Meinung feststeht und der fest entschlossen scheint, nichts Neues mehr aufzunehmen. Ich habe die größten Schwierigkeiten, die Aussagen Arthurs zu verstehen, ja überhaupt zu hören, da er ständig unterbrochen wird und am Ende nur noch stammelt; die Geschworenen, deren Interesse er nicht zu wecken vermag, verzichten darauf, ihm zuzuhören.

Seine Verteidigungsweise hält jedoch um so besser stand, je weniger wahrscheinlich es ist, daß ein so durchtriebener Gauner, wie es Arthur zu sein scheint, ein derartiges Beweisstück zurückgelassen — was sage ich, es am Abend des Verbrechens erst geschaffen hat. Und außerdem, wenn er selbst in Le Havre war, welchen Grund hatte er dann, seiner Geliebten, in Le Havre, zu schreiben, wenn er sie doch ebensogut besuchen konnte?

Ich weiß, daß die Geschworenen das Recht haben, ohne richtig in die Verhandlung einzugreifen, sich mit der Bitte an den Vorsitzenden zu wenden, an die Angeklagten oder die Zeugen eine Frage zu richten, die sie für geeignet halten, zur Klärung der Verhandlung und ihrer persönlichen Überzeugung beizutragen, die sie indes auf keinen Fall zeigen dürfen ... Werde ich es wagen, von diesem Recht Gebrauch zu machen? ... Man hat keine Vorstellung davon, wie aufregend es ist, vor Gericht aufzustehen und das Wort zu ergreifen ... Sollte ich jemals »aussagen« müssen, werde ich bestimmt die

Fassung verlieren: Und wie wäre das wohl erst auf der Bank der Beschuldigten! Bald wird die Verhandlung geschlossen; es bleibt nur noch ein Augenblick. Sehr wohl spürend, daß, falls ich dieses eine Mal nicht meine Zaghaftigkeit überwinden würde, es damit für die gesamte Dauer der Sitzungsperiode vorbei wäre, nehme ich meinen ganzen Mut zusammen — und sage mit stockender Stimme:

»Könnte der Herr Vorsitzende den Postbeamten, der gerade im Zeugenstand war, fragen, ob der Abgangsstempel immer anders ist als der beim Posteingang?«

Denn wenn es schließlich möglich wäre zu erkennen, daß die Briefmarke sehr wohl, wie Arthur behauptet, bei der Ankunft gestempelt wurde und nicht bei der Absendung, wie es die Anklage behauptet, was würde dann noch von dieser übrigbleiben?

Der Vorsitzende, der Arthurs verworrener Argumentation nicht gefolgt war, versteht offensichtlich nicht, worauf meine Frage abzielt; dennoch ist er so entgegenkommend und ruft den Zeugen noch einmal auf:

»Sie haben die Frage des Herrn Geschworenen verstanden? Dann antworten Sie bitte darauf.«

Der Beamte ergeht sich daraufhin in einer ausschweifenden Erklärung, die darlegen soll, daß die Abgangszeiten nicht dieselben sind wie die Eingangszeiten, daß kein Durcheinander möglich ist; daß die eintreffenden Briefe und die abgehenden Briefe überdies nicht einmal im selben Raum abgestempelt würden usw. Auf das einzige indes, was für mich von Bedeutung ist, gibt er keine Antwort, und wir wissen auch nicht mehr als zuvor darüber, ob man auf dem Postkartenstück hat erkennen können, daß der Stempel tatsächlich und mit Sicherheit ein Abgangs- und nicht ein Eingangsstempel war. Der Zeuge jedoch hat seine *Erklärung* beendet.

»Herr Geschworener, sind Sie zufrieden?...«
Ich versuche, eine neue Frage zu formulieren, mit mehr Nachdruck als bei der ersten. Aber kann ich dennoch mit Nein antworten, daß ich nicht zufriedengestellt bin; daß der Zeuge meine Frage überhaupt nicht beantwortet hat? Übrigens merke ich sehr wohl, daß diese Frage auch keiner der Geschworenen besser begriffen hat als der Vorsitzende; zumindest hat keiner der Geschworenen verstanden, weshalb ich sie stellte. Keiner hat Arthurs Argumentation folgen können, der ich selbst auch nur mit großer Mühe folgen konnte. Er hat ein gemeines Gesicht, sein Äußeres ist ungefällig, seine Stimme unangenehm; er hat es nicht verstanden, sich Gehör zu verschaffen. Die Meinung ist festgelegt, und selbst wenn man jetzt sogar herausfinden sollte, daß die Karte nicht von ihm ist...

»Die Verhandlung ist geschlossen.«

Etwas später, im Beratungszimmer.

Die Geschworenen sind einer Meinung; entschlossen gegen die beiden Angeklagten eingestellt, ohne zu differenzieren oder bereit zu sein, einen Unterschied zwischen den beiden zu machen; Gauner ohne jeden Zweifel und künftige Räuber, die nur auf eine Gelegenheit warten, um zum Revolver zu greifen oder zum Totschläger (vielleicht zu fein, um das Messer zu gebrauchen). Dessenungeachtet hat man, was die beiden Diebstähle angeht, für die sie sich zu verantworten hatten, zum Beweis ihrer Schuld nichts Besseres beibringen können als manche Zusammenstellungen — die sie als Zufälle darstellten; und im Plädoyer der Anklage überzeugte nichts absolut Zwingendes die Geschworenen. Zweifellos schuldig, aber möglicherweise nicht unbedingt *dieser* Verbrechen. War es wahrscheinlich, ja überhaupt vorstellbar, daß Alphonse in Trouville, wo er ziemlich bekannt war, in der sehr belebten Rue de Paris, dazu noch zu keineswegs später Zeit, einen riesigen Packen, der Schätzungen zufolge einen Meter breit und zwei Meter hoch gewesen sein muß, mit sich hätte schleppen können, ohne dabei von irgend jemandem bemerkt zu werden? — Es geht hier um den ersten, den Pelzdiebstahl.

Kurzum, obgleich sie Gauner sein mochten, so waren sie doch keine *Banditen;* damit will ich sagen, daß sie die Gesellschaft zwar *aus-*

nutzten, aber nicht gegen sie aufbegehrten. Sie versuchten, für sich etwas herauszuholen, und nicht, jemand anderem zu schaden, usw. Das also sagten sich die Geschworenen in ihrem Bemühen um angemessene Strenge. Kurz, sie einigten sich auf eine Verurteilung, aber eine maßvolle; auf einen Schuldspruch, ohne mildernde Umstände zwar, aber gleichermaßen ohne Berücksichtigung erschwerender Umstände. Auf letztere liefen die folgenden Fragen hinaus: Wurde der Diebstahl *nachts begangen? ... zu mehreren? ... in einem bewohnten Gebäude? ... mittels Nachschlüssel oder durch Einbruch?*

Und da es völlig klar war, daß der Diebstahl begangen worden war und es gar nicht anders gewesen sein konnte, sahen sich die Geschworenen ganz selbstverständlich, *und unabhängig davon, was sie sich vorgenommen hatten*, veranlaßt, auf all die Fragen mit *Ja* zu antworten.

»Aber, meine Herren«, sagte einer der Geschworenen (der jüngste und anscheinend einzige, der über einige Rudimente von Bildung verfügte), »diese Fragen mit *Nein* zu beantworten bedeutet doch überhaupt nicht, daß Sie glauben, daß es keinen Einbruch gegeben hätte, daß all das nicht nachts vor sich gegangen wäre usw.; es bedeutet einfach, daß Sie diesen Anklagepunkt nicht berücksichtigen wollen.«

Der Gedankengang war zu hoch für sie.

»Darauf brauchen wir uns nicht einzulassen«, warf einer gleich ein. »Wir sollen bloß auf die Frage antworten. Herr Jury-Vorsitzender, lesen Sie sie bitte noch einmal vor.«

»Wurde der Diebstahl nachts begangen?«

»Da können wir ja wohl kaum mit *Nein* antworten«, sagten die anderen.

Und obwohl einige *Nein* in der Urne gefunden wurden, überwogen bei weitem die Jastimmen.

Auf diese Weise sahen sich all diejenigen, die sich vorgenommen hatten, nur für ein einfaches *Schuldig* ohne mildernde oder erschwerende Umstände zu stimmen, dazu gezwungen, auf »mildernde Umstände« zu votieren, um das Übermaß der »erschwerenden« *auszugleichen*, die sie aufgrund der Fragen gelten lassen mußten.

Und gleich danach tönt es im Chor:

»Ach, da haben wir ja was Schönes angerichtet! Es ist eine Schande! Sie werden nicht genügend bestraft! Mildernde Umstände! Ist es denn die Möglichkeit! Hätte man uns doch nur ganz einfach für *Schuldig* stimmen lassen!...«

Zur großen Erleichterung aller verhängte das Gericht eine ziemlich hohe Strafe (sechs Jahre Gefängnis und zehn Jahre Aufenthaltsverbot), indem es die Entscheidung der Geschworenen so wenig wie möglich berücksichtigte.

Ich habe einigermaßen ausführlich die Unschlüssigkeit, die Befangenheit festgehalten, die im Geschworenenzimmer herrschen; sie werde ich wirklich in nahezu gleicher Weise bei jeder Beratung antreffen. Die Fragen werden so gestellt, daß sie es dem Geschworenen nur selten erlauben, so abzustimmen, wie er es gewollt hatte und in Entsprechung zu dem, was er für gerecht hielt. Ich werde darauf zurückkommen.

Ich komme nicht gerade zufrieden aus dieser ersten Sitzung. Ich bin schon fast soweit, mich darüber zu freuen, daß ich Arthur nach wie vor so wenig sympathisch finde, denn sonst hätte ich darob nicht einschlafen können. Und dennoch erscheint es mir ungeheuerlich, daß man seiner Verteidigung kein Gehör geschenkt hat! Und je mehr ich darüber nachdachte, desto glaubwürdiger kam sie mir vor ... Und dann kam mir die Idee (weshalb war sie mir nicht schon früher gekommen?), daß es, wenn Arthurs Postkarte oder, zumindest wenn man seinen Aussagen folgt, die zwei miteinander verbundenen Postkarten auf beiden Seiten des Umschlags frankiert waren – daß es ausgereicht hätte, wenn jede der Briefmarken einen Wert von fünf Centimes aufwies; und daß umgekehrt die Briefmarke auf dem aufgefundenen Kartenstück, wenn es eine zu fünf Centimes war, nicht die einzige gewesen sein konnte. Eine Marke zu zehn Centimes würde womöglich nicht einmal beweisen, daß Arthur sich im Unrecht befand; denn vielleicht hat er die beiden Karten erst in denselben Umschlag gesteckt, nachdem er sie frankiert hatte ... — aber eine Marke zu fünf Centimes wäre der sichere Beweis dafür, daß er recht hat. Ich nehme mir vor, morgen den General-staatsanwalt, mit dem ich glücklicherweise bekannt bin, um die Erlaubnis zu bitten, mir dieses Stückchen Papier in der Akte Arthurs anzusehen.

Dienstag.

Als ich an der Loge des Concierge vorbei-gehe, hält mich dieser an und übergibt mir einen Brief. Er kommt aus dem Gefängnis. Er stammt von Arthur. Wie ist er an meinen Namen gekommen? Sicher über seinen An-walt.

Die von mir im Verlauf des Verhörs gestellte Frage hat ihn vermutlich glauben lassen, ich würde mich für ihn interessieren, ich hätte Zweifel an seiner Schuld, würde ihm vielleicht helfen ...

Er bittet mich inständig darum, von meinem Recht Gebrauch zu machen, ihn in seiner Zelle zu besuchen: Er hat mir wichtige Erläuterun-gen mitzuteilen usw.

Zuerst werde ich mir seine Akte ansehen; sollte das Postkartenstück nicht ausreichend frankiert sein, werde ich den Staatsanwalt von meinem Zweifel in Kenntnis setzen.

Nach der Sitzung konnte ich die Akte einsehen: Auf der Postkarte klebt eine Marke zu zehn Centimes. Ich gebe es auf.

Und dennoch, heute sage ich mir: Wenn es zwei Briefmarken zu fünf Centimes gewesen waren, hätte der Postbeamte bei der Absendung alle beide gestempelt; und wenn dagegen im anderen Fall die Frankierung auf einer der beiden Seiten für sich allein bereits ausreichend gewesen wäre, hätte ihm die andere Marke durchgehen und erst bei der Ankunft entwertet werden können ...

KAPITEL II

Auch der zweite Tag beginnt mit einer »Sittlichkeitsgeschichte«. Der Vorsitzende verfügt den Ausschluß der Öffentlichkeit; und zum erstenmal werden die diensthabenden Soldaten hinausgewiesen — in Anwendung eines kürzlich ausgegebenen Rundschreibens des Justizministers und zu ihrem offenkundigen Mißvergnügen. *Ihre Anwesenheit,* so dieser kluge Erlaß, *scheint im übrigen meistens gar nicht unbedingt notwendig* (sic) *zu sein, da der Saal leer ist und die Polizeibeamten in bezug auf den Angeklagten eine ausreichende Bewachung darstellen.*

Ach, wenn man doch auch die Kinder hinausschicken könnte! Leider müssen gerade sie aussagen: zuerst das kleine Mädchen, das vergewaltigt worden ist; dann der zehnjährige Bruder, der ein paar Jahre älter ist als die Kleine. Haben Sie Erbarmen, Herr Vorsitzender, kürzen Sie die Verhöre ab! Welchen Zweck hat es für uns weiterzufragen, da doch die Fakten bereits bekannt sind, der Arzt die not-

wendigen Feststellungen getroffen und der
Angeklagte alles gestanden hat? Der Unselige!
Da steht er, in zerlumpter Kleidung, häßlich,
mickrig, mit kahlrasiertem Kopf, und sieht
schon aus wie ein Galeerensträfling; er ist
zwanzig Jahre alt, aber so schmächtig, daß
man ihn wohl kaum für einen ausgewachsenen
Mann halten würde; er hält ein Stück Papier
in der Hand (ich hatte geglaubt, das sei
verboten), ein ganz vollgeschriebenes Stück
Papier, das er angstvoll wieder und wieder
liest; bestimmt versucht er, die Antworten aus-
wendig zu lernen, die ihm der Anwalt vor-
gegeben hat.

Man hat miserable Informationen über ihn;
er verkehrt mit Vorbestraften und treibt sich
oft in verrufenen Kneipen herum. Sein Strafregister: acht Tage wegen Veruntreuung und
kurz danach ein Monat für Diebstahl. Nun
steht er unter der Anklage der »vollzogenen
Vergewaltigung« der kleinen, siebenjährigen
Y. D.

. . . .

Der Vorsitzende beginnt wieder, ohne Nachdruck, im beinahe sanften Ton einer Zu-
rechtweisung, wie ihn die Geschworenen schätzen:

»Na, mein Junge, das ist nicht gut, was Sie
da getan haben.«

»Das merk' ich schon selber.«

»Haben Sie etwas hinzuzufügen? Wollen Sie Ihr Bedauern ausdrücken?«

»Nein, Herr Vorsitzender.«

Für mich hat der Angeklagte offenkundig die zweite Frage nicht verstanden, oder er antwortet nur auf die erste. Dennoch geht ein Murmeln der Entrüstung durch die Reihen der Geschworenen und schlägt über auf die Bank der Anwälte.

Zu diesem Zeitpunkt läßt der Anwalt der Verteidigung nachfragen, ob nicht der Angeklagte vor elf Jahren in eine geschlossene Anstalt eingewiesen worden sei? Stimmt genau.

Die Zeugen werden aufgerufen: zuerst die Mutter des Mädchens; sie hat aber nichts gesehen, und alles, was sie aussagen kann, ist, daß sie bei der Rückkehr von der Arbeit ihre Kleine weinend auf der Straße angetroffen und ihr zuerst einmal zwei Ohrfeigen verabreicht hat.

Nun ist das Kind an der Reihe.[1] Das Mädchen ist sauber und artig; aber man sieht, daß

---

[1] Gestern schon hatten wir ein Kind vor Gericht erscheinen sehen; ein kleines Mädchen in annähernd dem gleichen Alter wie dieses hier, und ebenso in Begleitung seiner Mutter. Das Aussehen der beiden sprach aber sicherlich für den Angeklagten und hat, wie ich vermute, viel zu seinem Freispruch beigetragen. Die Mutter sah wie eine Puffmutter aus, und während der Täter auf der Anklagebank vor Scham schluchzte, ging das »Opfer« äußerst entschlossen auf das Gericht zu. Da sie dem Publikum den Rücken zuwandte, konnte ich ihr Gesicht nicht sehen, doch die ersten Worte, die der Vorsitzende an sie richtete, nachdem er die Kleine auf einen Stuhl hatte steigen lassen, um sie näher bei seinen Ohren zu haben — »Nun

der Justizapparat mit diesen Bänken, der Feierlichkeit, dieser Art Thron, auf dem diese drei sonderbar gekleideten alten Männer sitzen, daß all dies sie erschreckt.

»Aber hab doch keine Angst, mein Kind; komm näher.«

Und wie gestern bereits läßt man die Kleine auf einen Stuhl steigen, damit sie auf die Höhe gelangt, in der das Gericht sitzt, und damit der Vorsitzende ihre Antworten verstehen kann. Diese wiederholt er gleich danach laut, zur Information für die Geschworenen. Wir sehen die Kleine von hinten; sie zittert; und dieses Mal ist es nicht mehr Lachen, sondern Schluchzen, das sie schüttelt. Sie zieht ein Taschentuch aus ihrer Schürzentasche.

Dieses Verhör ist scheußlich; und was für ein sinnloses Beharren, um herauszubekommen, was der andere ihr angetan hat, wo man doch schon alles bis ins kleinste Detail weiß! Im übrigen *kann* die Kleine nicht antworten, oder nur einsilbig!

Die Kinderstimme ist so schwach, daß der Vorsitzende, um sie zu verstehen, sich nach

---

lach doch nicht, mein Kind!« —, waren für die Jury aufschlußreich genug.

Und dann noch:

»Du hast geschrien?«

»Nein, Monsieur.«

»Weshalb hast du bei der Voruntersuchung ausgesagt, daß du geschrien hättest?«

»Weil ich mich getäuscht hab'.«

vorn beugt und seine Hand wie ein Hörrohr an das Ohr legt. Dann richtet er sich wieder auf und wendet sich der Jury zu:

. . . .[1]

Der Anwalt in diesem trostlosen Fall hat es versäumt, die Entlastungszeugen rechtzeitig vorzuladen. Dennoch wird kraft der Ermessensfreiheit des Vorsitzenden Madame X. vernommen, eine arme Obst- und Gemüsehändlerin, die diesen unglückseligen Menschen gewissermaßen adoptiert hat, weil, wie sie sagt, »seine Schwester von meinem Sohn ein Kind gehabt hat«.

Madame X. hat eine bläulichrote Gesichtsfarbe, ihr Hals ist so massig wie ein Oberschenkel; offene Haube mit Bändern auf zurückgekämmtem, glänzendem Haar; die Rundung der Ohren liegt frei; ein dunkler Streifen verläuft quer über die Stirn; ihre linke Hand in der Schlinge ist in Lumpen gewickelt. Sie weint. Mit eindringlicher Stimme bittet sie inständig, man möge mit diesem armen Jungen, »der das Glück nie kennengelernt hat«, nachsichtig verfahren. Sie beschreibt ihn als Sohn von Alkoholikern, der zu Hause immer geschlagen wurde; »er mußte im Klosett

---

[1] Der vollständige Wortlaut der nichtöffentlichen Verhandlungen wurde in einem Sonderdruck (von siebzig Exemplaren) der Erstausgabe wiedergegeben.

schlafen«; man braucht ihn nur anzusehen, um zu erkennen, daß er ein Kind geblieben ist; er vertreibt sich die Zeit mit Bildern, spielt Murmeln oder mit dem Kreisel. Aber er hat schon früher versucht, »sich auf die Kleine zu legen«, die ihn darauf ins Ohr gebissen hatte. Aus dem Gefängnis schreibt er der Gemüsehändlerin zusammenhanglose Briefe. Die brave Frau zieht ein Papierbündel aus der Tasche und schluchzt.

Das Verhör ist zu Ende. Der Unglückliche gibt sich große Mühe, dem Plädoyer des Staatsanwalts zu folgen, von dem er, wie man sieht, nur hin und wieder einige Sätze begreift. Doch daß er zu acht Jahren Gefängnis verurteilt wird, das versteht er gleich richtig.

Inzwischen hat uns der Vorsitzende wissen lassen, daß es nach Aussage des Angeklagten bei der Voruntersuchung »das erste Mal war, daß er Geschlechtsverkehr hatte«. Das ist also alles, was er von der »Liebe« kennengelernt hat!

Der zweite Fall an diesem zweiten Verhandlungstag bringt einen jungen Mann von zwanzig Jahren auf die Anklagebank, der sanftmütig, etwas mürrisch und arglos wirkt. Marceau hat im Alter von vier Jahren seine Mutter verloren, seinen Vater nicht gekannt, wurde in einem Heim aufgezogen. Schon bevor er sechzehn war, hatte er zwei Mechanikerstellen hinter sich gebracht; wegen Diebstahls angeklagt, hatte ihn das Gericht von Yvetot unter Berücksichtigung des Béranger-Gesetzes zu sechs Monaten Gefängnis verurteilt.

Aufgrund dieser Verurteilung wird er von dem Mechaniker, der ihn beschäftigt hatte, entlassen: Seither arbeitet er zwar noch, aber auf gut Glück und indem er häufig den Arbeitgeber wechselt, nacheinander als Bauernknecht, Transportarbeiter, Mechaniker. Diejenigen, die ihm Arbeit geben, können sich nicht über ihn beklagen; nur findet man »seinen Charakter etwas düster«. Durch meine Frage vom Vortag ermutigt, getraue ich mich, den Vorsitzenden zu fragen, wie der Zeuge das meint.

Der Zeuge: »Ich will damit sagen, daß er sich abseits hielt und nie mit den anderen etwas trinken oder sich amüsieren ging.«

Zu diesem Zeitpunkt seines Lebens hatte Marceau Schulden:

45 Francs bei einem Fahrradhändler;

70 Francs in der Wäscherei;

sieben Francs beim Schuster.

Bei dem wenigen, das er verdient – *wie sollte er da noch herauskommen, ohne zu stehlen?...*

Schon sein erster Diebstahl war »mit Vorbedacht« begangen worden; am Sonntag zuvor, erfährt man, hatte er eine Kerze gekauft; am Vortag des Diebstahls dann von seinem Patron einen Schraubenzieher geborgt, den er dazu benutzte, die Schublade aufzumachen, in der sich die fünfunddreißig Francs befanden, die er entwendete.

Das Verbrechen, mit dem wir heute befaßt sind, erforderte eine sachkundigere Vorbereitung. Oder zumindest diente ein erster, mißlungener Versuch gewissermaßen als Generalprobe.

In der Nacht des 26. März also drang Marceau das erste Mal in das kleine, alleinstehende Haus in *** ein, in dem die alte Madame Prune, eine Gastwirtin, mit ihrem Dienstmädchen wohnte. Er schlug eine Scheibe des Speisezimmers im Erdgeschoß ein, öffnete das Fenster und stieg in den Raum. Wie er gestanden hat, hoffte er, in einer Küchenschublade Geld zu finden; doch die Tür zur Küche war zugeschlossen; nach einigen vergeblichen Versuchen, sie aufzubekommen, ging er wieder und nahm sich vor, am nächsten Tag mit besserer Ausstattung wiederzukommen.

Da er nicht sicher war, ob die zerschlagene Fensterscheibe nicht für Aufruhr gesorgt hatte, schwang sich Marceau am Nachmittag des 27. März auf sein Fahrrad und fuhr gerade zurück nach ***, als er auf der Straße ein Stück von einem Hufeisen entdeckte; in der

Annahme, er werde es gebrauchen können, hob er es auf. Ich vergaß zu sagen, daß er am Vortag eine Kerze mitgenommen hatte, für deren Kauf er eigens in Grainville gewesen war. Marceau streifte also um das Haus herum, vergewisserte sich, daß dort alles ruhig war, und war dann davon überzeugt (ich weiß nicht recht, warum), daß man keinen Verdacht geschöpft hatte — was tatsächlich der Fall war.

Das Verhör des Angeklagten reicht aus, um das Verbrechen zu rekonstruieren. Marceau versucht sich nicht zu verteidigen, nicht einmal, sich zu entschuldigen; er nimmt die begangene Tat auf sich, so als hätte er sie gar nicht nicht begehen können. Man könnte meinen, daß er sich von vornherein damit abgefunden hat, zu einem solchen Verbrecher zu werden.

Das Folgende also begab sich, zur gleichen Zeit, in der Nacht des 27. in ***. Das Fenster, durch das er tags zuvor eingestiegen war und durch das er wieder in das Speisezimmer gelangt, ist offengeblieben. Da es ihm aber an diesem Abend mit seinem Vorhaben Ernst ist, achtet er darauf, hinter sich die Fensterläden wieder zu schließen. In der Hand hält er die Lampe seines Fahrrads; es ist eine fußlose Lampe, die er nicht hinstellen kann, die ihn stört und die er gleich, in der Küche, gegen einen Kerzenleuchter austauschen wird. Die

Tür hat er mit seinem Hufeisen aufgebrochen. Nun durchwühlt er also die Schubladen: elf Sous! Das ist es nicht wert, daß man sich dabei aufhält. Er wird sie gleich auf dem Rückweg mitnehmen. Er geht hinauf in den ersten Stock.

Madame Prune und ihre Hausangestellte bewohnen in der ersten Etage die beiden Zimmer auf der rechten Seite: In den zwei Zimmern zur Linken sind gelegentlich Durchreisende untergebracht. Leise vergewissert sich Marceau, daß diese letzteren Zimmer leer sind: In der Hand hält er ein Messer mit kurzer, spitzer Klinge, das er in einer Küchenschublade gefunden hat.

Der Vorsitzende: »Warum haben Sie das Messer genommen?«

Marceau: »Um damit dem Dienstmädchen eine zu verpassen.«

Doch die Tür zu deren Zimmer ist verriegelt; Marceau müht sich ab, um sie aufzubekommen; als er aber Geräusche aus dem Zimmer der Alten hört, geht er rasch in einen der leerstehenden Räume, um sich zu verstecken. Er bläst die Kerze aus, und als er sich hinabbeugt, um den Leuchter auf den Boden zu stellen, fällt durch einen glücklichen Zufall das Messer, das er in seine Jacke gesteckt hatte, heraus; und in der Dunkelheit kann er es nicht mehr wiederfinden. Er ist entwaffnet, als er dann wieder auf den Flur hinausgeht und dort auf die Alte trifft; zum Glück, für sie und für ihn.

Madame Prune sagt ihrerseits aus. Sie ist eine würdige und zierliche kleine Alte von einundachtzig Jahren; sie kann kaum stehen und bittet um einen Stuhl, der gebracht wird und auf den sie sich gleich bei der Gerichtsschranke setzt.

»Habe ich es doch in meiner Wohnung krachen hören. Mein Gott, sage ich mir, was ist da los: Ich höre es krachen. Hagelt es etwa? Ich stehe auf. Ich öffne das Fenster zum Garten; ich sehe nichts. Ich lege mich wieder hin. Da geht das Krachen wieder los. Ich stehe noch einmal auf. Nichts mehr. Ich lege mich wieder hin; auf meiner Pendeluhr war es Mitternacht. Da sehe ich einen Lichtschein, der unter meiner Tür hindurch hereinfällt: Oh, sage ich zu mir, es wird doch kein Feuer sein? Ich rufe nach meinem Hausmädchen; sie kommt nicht. Aber wirklich, sage ich mir, *früher war ich mutiger* — und ich bin hinausgegangen auf den Korridor. Ich gehe zur Tür des Mädchens: ›Es sind Diebe im Haus, mein armes Kind, o mein Gott! Es sind Diebe im Haus!‹ Sie antwortete nicht; ihre Tür war verschlossen.«

Da geschah es dann, daß Marceau, als er wieder auf den Flur kam, sich auf die Alte stürzte, die nicht schwer zu Fall zu bringen war.

»Warum haben Sie Madame Prune an der Gurgel gepackt?«

»Um sie zu erwürgen.«

Er sagte das ohne Prahlerei oder Hemmungen, genauso unbefangen, wie der Vorsitzende seine Frage gestellt hatte.

Unter den Zuhörern bricht schallendes Gelächter aus.

Der Staatsanwalt: »Das Benehmen des Publikums ist unerklärlich und ungehörig.«

Der Vorsitzende: »Sie haben vollkommen recht. Denken Sie daran, meine Herren, der Fall, über den wir hier zu Gericht sitzen, ist äußerst schwerwiegend und derart, daß er für den Angeklagten die Todesstrafe nach sich ziehen kann, sofern nicht mildernde Umstände eingeräumt werden.«

Das Hausmädchen indessen rief zum Fenster hinaus um Hilfe. Ein Nachbar antwortete: »Wir kommen, wir kommen!« Als er ihn kommen hörte, bekam es der Bursche mit der Angst, ließ sein Verbrechen unvollendet und machte sich davon.

Das Gericht verurteilt Marceau zu acht Jahren Zuchthaus.

Zu wiederholten Malen ist mir an Marceau ein eigenartiges Unbehagen aufgefallen, wenn er merkte, daß die *Rekonstruktion* seines Verbrechens nicht vollkommen genau war — daß er aber weder die Dinge richtigzustellen noch

aus der Ungenauigkeit Nutzen zu ziehen vermochte. Das ist mir an diesem Fall am merk-
würdigsten erschienen.

⋆≈

Am selben Tag müssen wir über einen
Brandstifter befinden.

Bernard ist ein vierzig Jahre alter, munter
wirkender Tagelöhner mit einem runden Schädel: Er ist kahl, aber das wird durch einen
Schnurrbart ausgeglichen. Er trägt ein ge-
streiftes Hemd aus weichem Stoff; ein Schlips
mit geradem Knoten versucht den Kragen
zu verbergen, der sehr schmutzig ist. In der
Hand hält er eine abgenutzte Mütze. Bernard
hat keine Vorstrafen. Die Informationen, die
wir über seine Person haben, sind nicht übel;
das einzige, was sich über ihn sagen läßt, ist,
daß er ein »hinterhältiger« Charakter sei. Im
Wirtshaus sieht man ihn nie; aber manche
behaupten, er würde »zu Hause trinken«;
gleichwohl ist er im Vollbesitz seiner geistigen
Fähigkeiten. Sein Vater, ein angesehener Feld-
hüter, hat sich, wie man sagt, »dem Trunk
ergeben«; er hat zwei Brüder, »hoffnungslose
Trinker«.

Bernard werden vier Brände zur Last gelegt.
Zuerst wurde die Kelter seiner Schwägerin,
der Witwe Bernard, in Brand gesteckt, am
30. Dezember 1911.

Der Vorsitzende: »Wer hat das Feuer gelegt?«

Der Angeklagte: »Das war ich, Herr Vorsitzender.«

Der Vorsitzende: »Wie haben Sie es gelegt?«

Der Angeklagte: »Mit einem Zündholz.«

Der Vorsitzende: »Warum haben Sie Feuer gelegt?«

Der Angeklagte: »Ich hatte keine Gründe.«

Der Vorsitzende: »Sie hatten an dem Abend getrunken?«

Der Angeklagte: »Nein, Herr Vorsitzender.«

Der Vorsitzende: »Hatten Sie Differenzen mit Ihrer Schwägerin gehabt?«

Der Angeklagte: »Nie, Herr Präsident. Wir haben uns gut verstanden.«

Der Vorsitzende: »Um halb acht Uhr sind Sie bei Ihrem Arbeitgeber weggegangen; was haben Sie in der Zeit bis halb zehn gemacht?«

Der Angeklagte: »Ich habe Zeitung gelesen.«

Am 1. Januar, also zwei Tage danach, ist das Wohnhaus der Schwägerin dran.

Der Vorsitzende will darauf hinaus, daß Bernard an diesem Abend betrunken war, und faßt nach, um ihn dazu zu bringen, es einzugestehen. Bernard beteuert, er sei nüchtern gewesen.

Am Abend dieses 1. Januar, einem Feiertag, waren die Verwandten versammelt, Cousins, Neffen usw. Bernard lehnt es ab, mit ihnen zu Abend zu essen, und geht um halb sieben wieder. Als man im Verlauf der allgemeinen

Unterhaltung auf den Brand von vor zwei Tagen zu sprechen kam, erinnert man sich daran, gehört zu haben, wie er sagte, man werde davon bald noch weitere zu sehen bekommen.

Und als in ebendieser Nacht bei der Witwe Bernard das Feuer ausbricht, die Nachbarn nach ihm rufen und »Feuer! Zu Hilfe!« schreien, da schließt er, der nächste Nachbar und nächste Verwandte, sich ein und taucht erst eine Viertelstunde später wieder auf ... Übrigens streitet er nichts ab. Er ist der Verursacher des zweiten Brandes, ebenso wie der des ersten und der beiden anderen, die folgten.

Der Vorsitzende: »Sie wollen also nicht sagen, weshalb Sie sie gelegt haben?«

Der Angeklagte: »Herr Präsident, ich sage Ihnen, ich hatte keinerlei Motiv.«

»Es ist wirklich ärgerlich, daß er diese Neigung da hatte«, sagt die Witwe. »Ansonsten gab es an seiner Arbeit nichts auszusetzen.«

Der Arzt, der als Zeuge geladen und vereidigt wurde, erzählt uns von der sonderbaren Erleichterung, der Entspannung, die Bernard, wie er ihm sagte, empfunden habe, nachdem er das Feuer entfacht hatte.

Eine solche Entspannung hatte er, so gestand er ihm, im übrigen nach den folgenden Bränden nicht mehr verspürt, »so daß er sie vermißt hatte«.

Ich wäre neugierig gewesen zu erfahren, ob nicht diese seltsame Zufriedenheit des Mordbrenners und diese Entspannung in irgendeiner Beziehung zur sexuellen Befriedigung standen; doch ich wage die Frage nicht zu stellen, obwohl ich zur Jury gehöre, weil ich befürchte, sie könnte unsinnig wirken.

KAPITEL III

Mittwoch.

Noch ein Unzuchtvergehen; an der eigenen Tochter begangen von einem Tagelöhner aus Barentin, Vater von fünf Kindern, deren ältestes zwölf Jahre alt ist. Ausschluß der Öffentlichkeit wird angeordnet.

Als man die Zuhörer wieder in den Saal ließ, wurden die Entscheidung der Jury und deren Wunsch, mildernde Umstände einzuräumen, mit Unmutsäußerungen aufgenommen.

Ich für mein Teil war ziemlich überrascht (das war ich auch schon bei den vorangegangenen Fällen dieser Kategorie gewesen), als ich die Zurückhaltung erlebte, die der Großteil der Geschworenen hierbei an den Tag legte. Im Beratungszimmer wurde geltend gemacht, daß das Vergehen ohne Gewaltanwendung verübt worden war; schließlich und vor allem wurde durch den unbewußt zum Ausdruck gebrachten, starken Wunsch der Frau des Angeklagten, ihren Ehemann loszuwerden, sowie die Leidenschaft, deren sie sich in ihrer Aussage nicht enthalten konnte, das Gewicht ihrer Zeugenaussage erheblich gemindert; dem Angeklagten kam auch zugute, wie wenig Sympathie wir für das Opfer aufzubringen vermochten. Wegen der Nichtöffentlichkeit der Verhandlung konnte das Publikum davon aber nichts wissen. Manchen Geschworenen erschien sogar die Verurteilung zu fünf Jahren Gefängnis übertrieben. Dagegen waren alle für die Aberkennung der Erziehungsberechtigung.

Die Verurteilung zu fünf Jahren hörte sich der Angeklagte an, ohne eine Miene zu verziehen; als er aber den Entzug seiner Rechte vernahm, stieß er eine seltsame Art von Gebrüll aus, wie das Aufbegehren eines Tieres, einen Schrei aus Wut, Scham und Schmerz.

Der sonderbare Fall, mit dem wir uns danach befaßten, führte uns einen leitenden Beamten der Postkasse vor (Hauptpost von Rouen).

Es handelt sich um einen massigen Mann mit geröteter Haut, untersetzt, breitschultrig und ohne Halsansatz. Seine Hände sind plump. Er trägt einen schmalen Kragen, einen kleinen grauen Schlips; Bürstenschnitt über einer niedrigen Stirn. Er ist siebenundvierzig Jahre alt, hat den Madagaskar-Feldzug mitgemacht, wobei er sich die Malaria geholt hat; zeitweise trinkt er und neigt zu Wahnvorstellungen; das medizinische Gutachten billigt ihm verminderte Zurechnungsfähigkeit zu. Aber seit er in den Diensten der Post steht, ist sein Verhalten einwandfrei — und er war nüchtern, als er am Morgen des 2. April aus dem Amt einen Umschlag entwendete, in dem sich dreizehntausend Francs befanden. Er gibt den Tatbestand zu, entschuldigt sich dafür und versucht nicht einmal, die Tat zu erklären. Tag für Tag erforderte seine Arbeit, daß ansehnliche Beträge durch seine Hände gingen; an diesem Morgen lag sogar, neben dem Umschlag mit den dreizehntausend Francs, *ein anderer Umschlag ebenfalls für ihn greifbar, der fünfzehntausend Francs enthielt, den er gesehen hatte, den er aber nicht genommen hat.*

Aber diesen Umschlag mit dreizehntausend Francs, den steckt er auf einmal in die Tasche; er verläßt den Kassenraum und sagt zu seinem Kollegen, er werde auf die Toilette gehen; nimmt in aller Ruhe seinen Überzieher und seinen Hut, und da es halb ein Uhr mittags ist, wundert sich niemand, als man ihn weggehen sieht. Draußen macht er sich nicht davon, er versteckt sich vor niemandem; er geht in ein benachbartes Bordell; gibt 246 Francs aus, indem er die ganze Belegschaft freihält; wacht dann ganz kleinlaut wieder auf, um der Direk-

tion den Restbetrag zurückzubringen und sich
zu verpflichten, die Differenz zu erstatten.

Die Jury einigt sich auf einen Freispruch;
das Gericht spricht ihn aus.

KAPITEL IV

Donnerstag.

Die Ledige Rachel wird des Kindes-
mords beschuldigt.

Furchtsam geht sie vor bis an
die Schranke; sie trägt über ihrem
schwarzen Mieder eine weißwollene Stola. Von
meinem Platz aus kann ich ihr Gesicht nur
schlecht erkennen; ihre Stimme ist leise. Sie ist
Magd in Saint-Martin de B., im selben Haus,
seit sie dreizehn Jahre alt war; heute ist sie
siebzehn.

Es war ihr gelungen, ihre Schwangerschaft
zu verheimlichen; die ersten Wehen überfielen
sie, als sie gerade dabei war, die Kühe zu mel-
ken. Sie ging ins Haus, füllte in der Milch-
kammer die Milch um; räumte auf; die Wehen
wurden aber so stark, daß sie sich setzen
mußte; sie war erschreckend bleich. — »Geh
hinauf in deine Kammer und leg dich hin,
wenn du krank bist«, sagte ihre Herrin.

Das Zimmer von Bertha Rachel lag im ersten
Stock, neben dem der Herrschaft. Gleich nachdem sie sich auf ihren Strohsack gelegt hatte,
kam sie mit einem kleinen Mädchen nieder.

Sie hatte »Angst davor, ausgeschimpft zu werden«, und als die Kleine schrie, legte Bertha, weil sie befürchtete, ihre Arbeitgeber könnten es hören, die Hand auf den Mund der Kleinen und behielt sie dort, bis das Geschrei aufhörte. Als Bertha bemerkte, daß das Kind nicht mehr atmete, nahm sie eine Schere aus ihrem Rock und stach damit leicht in die Kehle des Kindes.

Aus der Untersuchung geht hervor, daß sie den Stich mit der Schere erst ausgeführt hat, als die Kleine bereits erstickt war. Die Staatsanwaltschaft wird versuchen herauszustellen, daß sie das getan hat, um »festzustellen, ob die Blutzirkulation aufgehört hatte«. Ich glaube an mehr Unüberlegtheit. Der Vorsitzende setzt Bertha mit Fragen unter Druck, aber die Rolle der Schere bleibt dennoch recht unklar.

Als Bertha Rachel sich vergewissert hatte, daß ihr Kind nicht mehr lebte, versteckte sie den kleinen Leichnam vorläufig in ihrem Wascheimer, warf die Plazenta aus dem Fenster, das genau über dem Misthaufen lag, und ging dann sofort wieder hinunter, um weiterzuarbeiten.

Am nächsten Tag grub sie mit einem schmalen Spaten am Rand des Grabens hinter der Scheune ein Loch – ein kleines Loch, denn sie war entkräftet –, in dem sie das Kind begrub.

Wenige Tage danach wurde durch einen anonymen Brief die Gendarmerie verständigt;

und der Leichnam des Kindes wurde aufgefunden. Der Vorsitzende meint, nicht soviel
Nachdruck auf diesen anonymen Brief legen
zu müssen, über den keinerlei Information gegeben wird; und da ich in diesem Fall nicht zur
Jury gehöre, wird diesbezüglich keine einzige
Frage gestellt; und man geht darüber hinweg.

Der Vorsitzende: »Hat Ihre Herrin während
Ihrer Schwangerschaft nichts geahnt?«

Die Angeklagte: »Man hat schon gemerkt,
daß ich dicker geworden bin, aber meine
Herrin wollte nichts sagen. Sie hat überhaupt
nicht mit mir darüber gesprochen.«

Dann plötzlich, leiser und etwas undeutlich:
»'S war der Sohn vom Patron, der mir's gemacht hat.«

Der Vorsitzende: »Das haben Sie vorher nicht
gesagt.« Dann, an die Jury gewandt: »Bei der
Voruntersuchung hat sie sich hartnäckig geweigert, zu sagen, wer der Vater des Kindes
war.«

Die Ledige Rachel weiter, ohne auf den
Vorsitzenden zu hören: »Er hat mir geraten,
ich soll's verschwinden lassen, daß man nicht
merkt, daß es von ihm war.«

Der Vorsitzende: »Wie, es verschwinden lassen?«

»'S in die Erde legen.«

Dies wird ohne jede Betonung gesprochen;
das arme Mädchen wirkt beinahe stumpf-
sinnig.

Der Vorsitzende: »Da die Angeklagte nichts von alledem bei der Voruntersuchung gesagt hat, konnte derjenige, von dem sie gegenwärtig spricht, nicht als Zeuge vorgeladen werden.« Zur Angeklagten: »Sie dürfen sich setzen.«

In diesem Moment erhebt sich der Verteidiger:

»Es ist unerfreulich, daß uns die Angeklagte hier nichts von dem erzählt hat, was abends auf dem Hof, im Kreis der Familie vorgelesen wurde — so wie sie es bei der Voruntersuchung getan hatte. Man las aus den *Vermischten Meldungen* der Zeitungen, und die alten Eltern, die vorlasen, ließen sich, wie sie sagte, mit Vorliebe über Kindstötungen aus.«

Der Vorsitzende: »Maître X., ich kann nicht recht erkennen, was daran von Interesse sein sollte.«

Um so schlimmer! Aber die Geschworenen, sie erkennen es glücklicherweise sehr wohl; und das ganze Drama wird verständlich, sowie die Herrin an die Schranke tritt. Sie ist eine Alte von mehr als sechzig Jahren, hager und robust, wie mumifiziert, mit harten Gesichtszügen, kalten Augen und zusammengekniffenen Lippen. Das Gesicht ist umrahmt von einer Haube aus schwarzer Spitze, und das Band, durch das diese zusammengehalten wird, fällt auf eine kleine schwarze Mantille herab.

Der Vorsitzende: »Stand die Ledige Rachel bei Ihnen in Diensten? Waren Sie zufrieden mit ihr?«

Die Patronin: »O ja, ich war sehr zufrieden. Ganz bestimmt habe ich mich über sie niemals beklagen brauchen.«

Der Vorsitzende: »Sie haben überhaupt nichts von ihrer Schwangerschaft mitbekommen?«

Die Patronin: »Nein, gar nichts. Wenn ich von ihrem Zustand gewußt hätte, würde ich sie bestimmt nicht behalten haben.«

Der Vorsitzende: »Bei der Voruntersuchung haben Sie ausgesagt, Sie hätten sehr wohl gesehen, daß sie *auseinanderging*, Sie aber glaubten, das käme vom Magen. Am Tag vor dem Tag der Niederkunft haben Sie in der Küche an der Stelle, wo das Mädchen gesessen hatte, Blut und Wasser bemerkt.«

Die Patronin: »Ich habe geglaubt, daß das von einem Hühnchen kam, das wir gerade ausgenommen hatten.«

Und man spürt in dieser scharfen und schroffen Stimme wieder diese Entschlossenheit, nichts zu wissen, nichts gesehen zu haben, nichts zu sehen.

Die Voruntersuchung hat ergeben, daß niemals irgendein Mann auf diesen abgelegenen Hof kam und daß das Mädchen nur den Ehemann der Patronin zu sehen bekam, der fünfundsiebzig Jahre alt ist, oder den zweiund-

dreißigjährigen Sohn bei einem seiner seltenen und flüchtigen Besuche. Von der Alten erfahren wir auch, daß man durch ihr Zimmer
gehen mußte, um in dasjenige der Magd zu
gelangen — sozusagen, als wollte sie damit
aufzeigen, daß es nicht ihr Sohn sein kann,
der ... usw.

Und der Vorsitzende, der offensichtlich bestrebt ist, eine Ausweitung des Falls nicht zu-
zulassen und die Anklage zu begrenzen, geht
darüber hinweg.

Durch die Aussage des Arztes erfahren wir
nichts Neues; er erläutert sehr ausführlich,
daß das Kind gelebt hat und man demzufolge
nicht mit einem Fall von Schwangerschafts-
abbruch, sondern von Kindesmord konfrontiert sei; dennoch war der Stich mit der Schere,
schwach und fast behutsam ausgeführt, eher
dazu gedacht, sich zu vergewissern, daß das
Kind tot war; es hat aber geatmet, denn die
Lungenmasse ging in der Wasserschüssel nicht
unter, in die sie es gelegt hatte.

Während der Beratung der Jury macht sich
im Saal Unruhe breit: Der Sohn der Patronin
ist im Gerichtssaal; man weist einander auf
ihn hin, der neben ihr sitzt. Durch die feind-
seligen Blicke in Bedrängnis gebracht, hält er
den Kopf gesenkt, stützt ihn auf den Knauf
seines Stocks, und es gelingt mir nicht, ihn zu
sehen.

Die ledige Rachel, deren Schuld festgestellt wurde, die aber unter verminderter Zurechnungsfähigkeit handelte, wird freigesprochen und ihren Eltern zurückgegeben.

☆⟝⟞

Man führt uns Prosper vor, einen Anzugschneider mit dem Beinamen Bouboule; 86 in X. geboren.

Außergewöhnlicher Kopf eines Federfuchsers; breite, gewölbte Stirn, lange, glatte Haare, die in der Kopfmitte gescheitelt sind; allgemeine Gedrungenheit an Oberkörper und Gliedmaßen, breite und kurze, kleine Hände; Finger, an denen ein Glied zu fehlen scheint; die Gefängniskleidung, die er anbehalten hat, macht ihn unförmig und noch dicker.

Der Geschworene rechts neben mir, indem er sich zu mir beugt: »Er sieht nicht intelligent aus!«

Mein Nachbar zur Linken, halblaut: »Er sieht nicht dumm aus!«

Im Alter von zehn bis vierzehn Jahren hat er sich vier Verurteilungen für Diebstahl eingehandelt; dreimal wieder zu seinen Eltern gebracht, schickte man ihn schließlich in die Besserungsanstalt, wo er bis zu seiner Volljährigkeit blieb und unter Sonderaufsicht stand.

Seit seiner ersten Haftentlassung ist er fünfmal gerichtlich belangt worden. Im Alter von zwanzig bis vierundzwanzig Jahren arbeitet er in D., wo er Bègue wiedertrifft, einen früheren Kameraden aus der Strafkolonie; gemeinsam werden sie nun vorgehen, immer gemeinsam. Jedesmal, wenn sie einen Einbruch verüben, findet man in der Küche die Überreste eines improvisierten Festmahls; leere Flaschen und zwei Gläser auf dem Tisch; und Kothaufen auf dem Teppich im Salon. Und jedesmal begnügen sie sich nicht damit zu stehlen, sondern veranstalten immer die größtmögliche Verwüstung; in einer von diesen Villen, in der sie kein Geld finden konnten, hinterlassen sie deutlich sichtbar den Deckel einer Stärkeschachtel, und darauf in Bègues Schrift die Worte: »Hättet Geld dalassen sollen, Saubande.«

Genau sechs Monate vor dem heutigen Tag ist ebendieser Bègue zu einer lebenslänglichen Zuchthausstrafe verurteilt worden, weil er mehrere Villen in N. und P. ausgeplündert hatte, »unter gewalttätigen Begleitumständen, durch die der Fall besonders schwerwiegende Formen annahm«, so die Zeitungen. Zu diesem Zeitpunkt fehlte einer der Angeklagten: und zwar Prosper, den man drei Monate danach in Y. festnahm, wohin er sich nach zahlreichen Irrwegen in Spanien geflüchtet hatte.

Bègue hat anscheinend alles gestanden. Prosper hingegen leugnet alles; er behauptet, das Opfer eines Irrtums zu sein, Opfer seiner

Ähnlichkeit mit Bouboule; denn Bouboule, sagt er, der sei er nicht. Diese Aussage verursacht im Saal großes Gelächter.

Obwohl mich seine Verteidigung nicht überzeugt, würde ich ihr doch gern etwas besser nachgehen können; aber der Vorsitzende drängt und läßt Bouboule oder Prosper nicht zu Ende reden.

Wieder merke ich, nicht ohne Beklemmung, in welchem Ausmaß es dem Vorsitzenden möglich ist, eine Aussage zu behindern oder zu erleichtern (und sei es unbewußt), und wie schwierig es für den Geschworenen ist, sich eine eigene Meinung zu bilden, nicht die des Vorsitzenden zu übernehmen.[1]

Prosper spricht mit einer dumpfen Stimme, die einigermaßen schwer zu verstehen ist, und es scheint ihm große Mühe zu bereiten, sich auszudrücken. Als er im Verlauf seines Verhörs merkt, wie sich die Maschen des Netzes um ihn zusammenziehen, sagt er, daß sich das Schicksal gegen ihn verschworen hat, spricht von einem »Bündnis ...«; er wird aschfahl, und große Schweißtropfen beginnen ihm über die Stirn zu rollen.

Monsieur X., der als Zeuge geladene Verwalter einer der Villen, in die eingebrochen wurde, macht eine sehr ergreifende und sehr

---

[1] Ich will gerne glauben, daß diese letzte Bemerkung nicht für alle Jurys gleichermaßen zutrifft — insbesondere nicht für die des Departements Seine.

schöne Aussage. Seine Kaltblütigkeit, sein Mut scheinen bewundernswert gewesen zu sein; bewundernswürdig auch die Schlichtheit seines Auftretens, seines Berichts, wie sie die Zeitungen wiedergegeben haben. Unnötig, darauf zurückzukommen.

Während des Verhörs notiere ich dieses merkwürdige Verhalten: Unmittelbar nach dem Einbruch in N., um Mitternacht, trifft Bouboule, der sich auf dem Rückweg nach D. befindet, auf der Straße einen Arbeiter, den er kannte. Weshalb hatte er das sonderbare Bedürfnis, ihn anzuhalten, wo es doch so einfach gewesen wäre vorbeizugehen; ihn um eine Zigarette zu bitten (hat er womöglich geglaubt, das würde auf den anderen *natürlicher* wirken?) und nach ein paar Minuten Konversation — vielleicht plötzlich von Angst gepackt — zu seinem Gegenüber zu sagen:

»Sag vor allem nicht, daß du mich heute nacht getroffen hast.«

Die Geschworenen sind übereingekommen, auf alle Fragen mit Ja zu antworten, und das Gericht verurteilte Prosper zu lebenslänglichem Zuchthaus.

KAPITEL V

chon wieder ein Unzuchtvergehen;
das vierte. Dieses Mal ist das Opfer
keine sechs Jahre alt; es ist die Tochter des Angeklagten ...

Ich würde gerne wissen, welchen Anteil bei
diesem wie bei den anderen Fällen die Gelegenheit hat; wäre das Verbrechen begangen
worden, wenn der Angeklagte hätte auswählen
können? ... und muß man darin eine Vorliebe sehen oder einfach die größere Leichtig-
keit der Durchführung, die trügerische Ver-
heißung, straffrei auszugehen?

Germain R. hat sein Kind besudelt, während
seine Frau wegen einer erneuten Entbindung
im Krankenhaus war.

Er ist klein, häßlich, von erbärmlichem
Äußeren; sein Kopf ist der eines Tiers. Über
einer gelblich schwarzen Jacke aus Baumwoll-
gewebe trägt er einen dicken blau-violetten
Schal. Er leugnet hartnäckig, mit einem
verstockten, dummen Gesichtsausdruck. Die
über ihn zusammengetragenen Zeugenaussagen sind schlimm. »Er denkt lieber an sich
als an seine Familie.«

Der Vorsitzende: »Er war oft betrunken?«

Der Zeuge: »Jeden Tag, die meiste Zeit.«

Und ein anderer Zeuge: »Der säuft sich voll und läßt seine Kinder verhungern.«

Sie alle, Vater, Mutter und die beiden Kleinen von sechs und drei Jahren, schlafen im selben bettlosen Raum, auf Stroh. Es wird behauptet, daß er die Kleine schon früher hatte anfassen wollen. Einmal sollte sie sich mit ihm in einen Sack legen; da er aber die Gewohnheit hatte, in einem Sack zu schlafen, und es Winter war, kann er sagen, es sei wegen der Wärme gewesen. Man weiß es nicht. Die Kleine will oder kann nichts sagen. Auf dem Stuhl, worauf man sie hat steigen lassen, damit sie den Ohren des Vorsitzenden näher ist, weint sie still vor sich hin und wird zeitweise von einem heftigen Schluchzen geschüttelt. Aus ihr ist nicht das geringste Wort herauszuholen. Man möchte meinen, sie hat Angst davor, selber auch bestraft zu werden. (Sie steht unter der Obhut der Fürsorge. Ein Mann in einer Livree mit großen kupfernen Knöpfen, der jetzt auf einer der Zeugenbänke sitzt, hatte sie hergebracht.)

Dann kommt Frau R., die Gattin des Angeklagten. Sie wäre gar nicht so häßlich, wenn ihr Gesicht nicht so fürchterlich wettergegerbt wäre. Sie sieht aus wie eine »Tagelöhnerin«. Ihr Haar ist nach hinten gekämmt und glänzt;

eine kurze schwarze Wollstola fällt über eine
blaue Schürze.

Der Vorsitzende: »Was haben Sie unternommen, um diesem Übel zu begegnen?«

Die Zeugin: »? ? ?«

Es kommt mehr als einmal vor, daß der
Vorsitzende eine Frage in Worten stellt, die für
den Zeugen oder den Beschuldigten völlig un-
verständlich sind. So auch hier.

Man schreitet zur Vernehmung der einzigen
Zeugin: der Nachbarin.

Der Vorsitzende: »Also haben Sie nichts gesehen!«

Die Zeugin: »Weil ich entweder zu früh oder
zu spät hereingekommen bin.«

Wenn wir R. verurteilen werden, dann — da
man im Grunde nicht weiß, woran man ist —
auf Vermutungen hin (wie so oft) und gar nicht
so sehr für die ihm zur Last gelegte, so ungewisse Tat, sondern vielmehr wegen seiner
Verhaltensweise im allgemeinen; und auch,
um seine Familie von ihm zu befreien.

Im letzten Fall an diesem Tag stehe wieder
ich der Jury vor.

Joseph Galmier, zwanzig Jahre alt, Sohn
der Anaïs Albertine (auf was für Namen man
stößt! Die arme Frau X. letzten Samstag in der
Sache Z., bei der ich nichts Merkwürdiges festzuhalten fand, hörte auf die Namen Adélaïde-

Héloïse! Bringt eine poetische Anwandlung die Armen dazu, ihren Kindern so seltsame Namen zu geben?), wird beschuldigt, zwei Diebstähle begangen zu haben, unter erschwerenden Umständen: bei Nacht; in einem bewohnten Haus; mit Einbruch; mit Komplizen.

Galmier ist Tagelöhner in Le Havre; nicht häßlicher, gewöhnlicher, ins Rötliche gehender Kopf; Nase etwas zu spitz; über die Stirn gezogene Haare; sprießender Schnurrbart; sieht aus wie ein normannischer Krieger von Cormon. Gut gebaut und von ziemlich eleganter Gestalt; trägt einen Jersey unter einem verschossenen Jackett.

Vorher einmal zu sechs Monaten verurteilt.

Nachts aufgegriffen, trug ein Brecheisen und war in Begleitung von Herumtreibern, die Nachschlüssel bei sich hatten.

In einem Brief an den Staatsanwalt hat er ein umfassendes Geständnis abgelegt; aber diesen Brief, sagt er jetzt, den habe ihn ein Vorbestrafter zu schreiben gezwungen. Und er streitet alles ab.

Der Vorsitzende: »Was für ein Vorbestrafter?«

Der Angeklagte: »Ich getraue mich nicht, ihn anzugeben. Er hat mir gedroht, daß er mir übel mitspielen wird, wenn ich rede und wieder herauskomme.«

Der Vorsitzende bleibt skeptisch.

Ich übertrage meine Notizen unverändert. Insbesondere für diesen Fall treffen sie vielleicht nicht alle zu:

... Der Angeklagte, der so schnell wie möglich spricht, weil er große Angst davor hat, daß ihm der Vorsitzende das Wort abschneidet (was er übrigens andauernd tut), und der sich schließlich nicht mehr klar ausdrückt — und der das merkt ... der Unglückliche, der um sein Leben kämpft.

Ist der Unschuldige wohl redegewandter als der Schuldige, weniger durcheinander? Ach wo! Sobald er merkt, daß man ihm nicht *glaubt,* wird er um so unsicherer werden, je weniger schuldig er ist. Er wird seine Beteuerungen übertreiben; sein Widerspruch wird immer mehr mißfallen; er wird den Boden unter den Füßen verlieren.

Die Seite des *Jagdhunds* im Polizeikommissar, in seinen Aussagen; sein überheblicher Ton. Und der Ausdruck der *Beute,* den der Beschuldigte sogleich annimmt. Die Kunst, ihn schuldig aussehen zu lassen.

Der Unglückliche, der sich — aber erst, als er mit ihr anfängt — darüber klarwird, daß seine Verteidigung unzureichend ist. Sein unbeholfenes Bemühen, sie gehaltvoller zu machen.

Die Unvorsichtigkeit des Übeltäters und diese Art von Rausch, der dazu führt, daß er den Betrag, den er gerade gestohlen hat, sofort ausgibt. Galmier kauft einen Überzieher, einen Anzug, Hemden, Hosenträger, Taschentücher, Krawatten usw.; dem Ladengehilfen, der ihm das Bündel bringt, gibt er einen Franc Trinkgeld (er wohnt neben dem Geschäft).

Die Freude der Berufsverbrecher, wenn sie einen *grünen Jungen* finden, unsicher und ein bißchen einfältig, der damit einverstanden ist, das Verbrechen auf seine Kappe zu nehmen. (Man hat ihm versprochen, ihm einen Anwalt zu bezahlen.)

Die einfachste Version hat immer die meisten Chancen, sich durchzusetzen; sie hat auch die geringsten Chancen, zutreffend zu sein.

❧

Der folgende Fall bringt fünf vor uns. Es hätten sechs sein können, aber einer hat die Flucht ergriffen. Der Älteste ist erst zweiundzwanzig Jahre alt. Es handelt sich um eine Bande von Langfingern. Acht Diebstähle werden ihnen zur Last gelegt. Sie gestehen alles.

Janvier hat man als ersten erwischt; den Jüngsten; er hat sich geweigert, seine Komplizen zu nennen. Seit acht Tagen ohne Bleibe, schlief er bei einem anderen aus der gleichen Bande; am vergangenen 12. Februar hat er aus einer Auslage eine Wurst stibitzt; der Preis dafür: vierzehn Tage auf Bewährung.

Janvier lächelt gern und nett; es fällt ihm schwer, nicht zu lächeln; er ist von heiterer Natur. Er scherzt nicht, aber man spürt, wie in seinen Antworten noch eine Erinnerung an das Vergnügen des Diebstahls mitschwingt, bei den Diebestouren, auf die man sich gemeinsam eingelassen hat. Sie spielten stehlen, stibitzen ... Diese Freude wird gleich einen gewaltigen Dämpfer erhalten.

Kann man sich jemals von einer Verurteilung erholen? Kann man sich davon *aus eigener Kraft* erholen?...

»He can be saved now. Imprison him as a criminal, and I affirm to you that he will be lost.«[1]

---

[1] Diese Worte läßt John Galsworthy den Verteidiger in seinem Drama *Justice* sagen.

KAPITEL VI

Zahlreiche Geschworene lassen sich für befangen erklären; daher wird mein Name häufig aus der Urne gezogen; nun bin ich also zum neuntenmal Mitglied der Jury. Im Beratungszimmer dringen die Geschworenen darauf, daß ich mich bereit finde, anstelle von Monsieur X., der mich darum bittet, den Vorsitz einzunehmen; anscheinend ist er dazu berechtigt. Als einziger oder beinahe einziger *Intellektueller* unter ihnen befürchtete ich eine feindselige Haltung, trotz der großen Mühe, die ich mir gab, um dieser vorzubeugen. Deshalb bin ich auch überaus empfänglich für diesen Achtungsbeweis. Man muß wirklich sagen, daß der Obmann der Geschworenen sich in einigen der vorangegangenen Fälle in äußerst fataler Weise als unfähig erwiesen hat und daß die Beratung und die Abstimmung infolge seines Unverständnisses, seines Zauderns, seiner Ungeschicklichkeiten in ärgerlicher Weise in die Länge gezogen wurden.

Der Fall an sich bietet nichts besonders Interessantes. Er wird vom Amtsgericht, in dessen Zuständigkeit er eher gehörte, an uns verwiesen, denn das Gericht hat sich für nicht zuständig erklärt.

Monsieur Granville, ein Tagelöhner, ist um ein Uhr früh auf der Rue de Barbot in Rouen von einem Räuber angegriffen worden, der ihm die beiden Hundert-Sous-Stücke wegnahm, die er in der Tasche hatte. Das Opfer erklärt sich für unfähig, seinen Angreifer zu identifizieren; aber Madame Ridel hatte auf seine Schreie hin aus dem Fenster gesehen und behauptet, ihn nun in dem Herrn Valentin, Tagelöhner, wiedererkennen zu können, der jetzt vor uns erscheint.

Valentin leugnet heftig und gibt vor, die ganze Nacht schlafend bei sich zu Hause gewesen zu sein. Und überhaupt: Wie hätte ihn Madame Ridel erkennen sollen? Die Nacht war mondlos und die Straße sehr schlecht beleuchtet.

Darauf protestiert Madame Ridel: Der Überfall hat ganz nah bei einer Gaslaterne stattgefunden.

Man befragt den Polizisten, der bei der Untersuchung des Falls geholfen hat; weitere Zeugen werden vernommen: Der eine plaziert die Gaslaterne fünf Meter weit weg; der andere fünfundzwanzig. Ein letzter geht sogar so weit zu behaupten, daß es in dem ganzen Straßenabschnitt keine Gaslaterne gibt.

Doch Valentin hat eine üble Vergangenheit, einen miserablen Ruf, und selbst wenn es dem Vertreter der Staatsanwaltschaft, der die Anklage vertritt, nicht gelingt, uns zu beweisen, daß Valentin der Schuldige ist, bringt es der Verteidiger nicht fertig, uns davon zu überzeugen, daß er unschuldig ist. Was wird der Geschworene im Zweifelsfall tun? Er wird für Schuldig votieren — und im selben Zug für mildernde Umstände, um die Verantwortung der Jury zu mildern. Wie oft (und sogar in der Dreyfus-Affäre) zeigen doch diese »mildernden Umstände« nichts anderes auf als die außerordentliche Ratlosigkeit der Jury! Und sobald eine selbst nur leichte Unschlüssigkeit vorliegt, neigt der Geschworene dazu, für mildernde Umstände zu stimmen, und zwar um so eher, je schwerwiegender das Verbrechen ist. Das soll heißen: Ja, es ist ein sehr schweres Verbrechen, aber wir sind nicht ganz sicher, daß es dieser da war, der es begangen hat. Dennoch bedarf es einer Bestrafung: Bestrafen wir auf gut Glück diesen da, bietet ihr ihn uns nun einmal als Opfer an; aber bestrafen wir ihn im Zweifelsfall trotzdem nicht zu sehr.

In mehreren Fällen, bei denen ich als Geschworener berufen worden bin, war ich gehemmt — und alle Geschworenen, die mit mir zu Gericht saßen, waren genauso gehemmt — durch die große Schwierigkeit, sich aus den

schlichten Aussagen der Zeugen und dem Verhör des Angeklagten ein Bild vom Tatort des
Verbrechens, vom *Schauplatz* der Handlung
zu machen. In manchen Fällen ist das von
größter Wichtigkeit. Hier handelt es sich beispielsweise darum, in welcher Entfernung von
einer Gaslaterne ein Überfall begangen worden ist. Hat dieser oder jener Zeuge, der sich
an genau der oder jener Stelle befand, den
Angreifer erkennen können? War dieser ausreichend beleuchtet? — Man kennt den Ort
des Überfalls genau. Über die Entfernung, die
der Angreifer zu der Gaslaterne hatte, gehen
sämtliche Zeugenaussagen auseinander: Der
eine sagt fünf Meter, der andere fünfundzwanzig ... Es wäre doch ganz einfach gewesen, durch die Gendarmerie einen *Plan*
vom Tatort anfertigen zu lassen, von dem man
jedem Geschworenen zu Beginn der Sitzung
eine Kopie ausgehändigt hätte. Ich meine,
daß ihm so ein Plan in zahlreichen Fällen
eine ernst zu nehmende Hilfe wäre.

Eine dritte Affäre, am selben Tag: Im Verlauf eines Streits mit X. hat Conrad ihr einige
Messerstiche versetzt, die zum Tod geführt
haben.

Während dieser Schlußsitzung, die übrigens
nichts besonders Interessantes bietet, schreibe
ich auf:

Wie selten bietet sich ein Fall *von Anfang an* und einfach dar.

Wie oft kommt es vor, daß die Vereinfachung bei der Darstellung der Fakten im Plädoyer der Anklage künstlich wird.

Wie leicht geschieht es, daß der Angeklagte sich in einer hingeworfenen Bemerkung verstrickt, deren Gewicht ihm zunächst entgeht.

»Dann, *außer mir vor Wut*...«, sagt Conrad im Lauf seines Berichts (es geht um den Messerstich, den er seiner Geliebten in dem Moment versetzt hat, als diese ihn töten wollte).

Und der Vorsitzende gleich, indem er ihn sofort unterbricht:

»Sie haben es gehört, meine Herren Geschworenen: *außer mir vor Wut*.«

Und die Anklagevertretung wird sich triumphierend auf diese unglückliche Wendung stürzen, die der Beschuldigte nicht mehr rückgängig machen kann — während doch klar ersichtlich ist, daß es sich nur um eine Redensart handelt, zu der sich Conrad, der sehr darauf bedacht ist, sich gut auszudrücken, um der Formulierung willen hat hinreißen lassen.

KAPITEL VII

Dienstag.

Wieder ein Unzuchtvergehen; das letzte von denen, über die wir zu urteilen haben. Diesmal ist es besonders unerquicklich, denn der Angeklagte, ein junger Tagelöhner aus Maromme, war an Gonorrhoe erkrankt und hat das Opfer angesteckt. Die Informationen, die wir über ihn haben, sind äußerst schlecht: unverschämt, ein Trunkenbold, bei der Arbeit unstet; schon früher einmal wollte er ein kleines Mädchen von zehn Jahren, dem er Geld und Bonbons anbot, dazu bringen, mit ihm in einen Wald zu gehen.

Die Kleine, die vor uns erscheint, ist erst sechseinhalb. Er hat sie in sein Zimmer gelockt, indem er ihr »eine kleine Tabaksdose« versprach.

Sie wird gezwungen, vor uns alles bis in die kleinsten Einzelheiten zu wiederholen, was sie bereits bei der Voruntersuchung gesagt hat, was der Täter gestanden hat und was der Arzt festgestellt hat. Es hat den Anschein, als machte man sich eine Aufgabe daraus, daß

sich diese Kleine erinnert. Übrigens ist sie
nicht vergewaltigt worden; anscheinend hat
der Angeklagte ihretwegen gewisse Vorkehrun-
gen getroffen, aufgrund derer er hoffte, sie
vielleicht nicht anzustecken; dank derer er
mildernde Umstände zugebilligt bekommt.

Die Affäre Charles, über die wir danach befinden, hat in den Zeitungen einigen Aufruhr
verursacht. Der Saal ist brechend voll; es ist
ein »aufsehenerregender« Fall. Die Anwesenden sind sehr aufgeregt. Zwischen den Bänken
wird immer wieder die Zahl der Messerstiche
genannt, von denen das Opfer getroffen worden ist: Nicht weniger als hundertzehn hat
der Arzt gezählt!

Das Opfer war Charles' Geliebte. Juliette R.
war erst siebzehn Jahre alt, als sie ihm vor
nunmehr drei Jahren das erste Mal begegnete.
Sie lebte mit einem Liebhaber zusammen,
dessen Platz sogleich Charles einnahm, der
für sie nach elf Ehejahren Frau und Kinder
verließ. Charles ist vierunddreißig Jahre alt;
er ist Kutscher, hat schon mehrmals die Stellung gewechselt; aber die Auskünfte, die bei
seinen verschiedenen Arbeitgebern über ihn
eingeholt wurden, sind gut. Seine Frau konnte
sich auch nicht über ihn beklagen, wenngleich
er ihr zuweilen »eine Szene« machte. — Nachdem er sich bei diesem Mädchen einquartiert

hatte, versuchte Madame Charles zu wiederholten Malen, ihn zurückzuholen, ihn wieder-
zubekommen; aber es war nichts zu machen,
und der Untersuchungsbericht spricht davon, er sei dem Mädchen, »wie man so sagt,
mit Haut und Haaren verfallen« gewesen. Er
wohnte dann mit Juliette R. zusammen, an
der Place de M., bei Madame Gilet. Diese hörte
manchmal, wie sie sich stritten.

»Das stimmt, Juliette hat mir vorgeworfen,
daß ich meinen Kindern einen Teil meines
Lohns schicke. Aber ich habe sie nie bedroht.«

Und Madame Gilet räumt ein, daß die
Auseinandersetzungen weder häufig noch von
langer Dauer waren.

Charles hat eine tiefe Stimme; er sieht nicht
unsympathisch aus; er ist groß, kräftig, gut
gebaut, ohne aber etwas von einem Schönling
oder einem Gecken an sich zu haben; mir
scheint, allein schon beim bloßen Ansehen
würde man darauf kommen, daß er Kutscher
ist; und nicht einmal Mietkutscher: Haus-
kutscher.

Er verteidigt sich nicht, entschuldigt sich
nicht einmal: Man merkt, daß er bemüht ist,
die Geschehnisse so zu schildern, wie sie sich
zugetragen haben, und ohne zu versuchen,
die Jury zu seinen Gunsten zu beeinflussen.
Warum versucht der Vorsitzende, ihn dazu zu
bringen, sich zu verplappern, sich zu widersprechen? Wohl aus der Berufsgewohnheit

eines ehemaligen Untersuchungsrichters heraus. — »Bei der Beschreibung der Beweggründe
der Tat haben Sie ein wenig abgeändert«, sagt
er zu ihm.

Das liegt auch daran, daß Charles sich selbst
nicht recht erklären kann, wie oder warum er
getötet hat. Er liebte diese Frau leidenschaft-
lich; er *brauchte* sie. Am Abend des 12. März,
dem Abend vor dem Verbrechen, aßen sie
gemeinsam zu Abend.

»Nach dem Abendessen bin ich mit ihr wie
gewöhnlich ins Bett gegangen; aber sie hat sich
verweigert. So hat das alles angefangen.«

»Haben Sie sich dann mit ihr gestritten?«

»Deswegen, ja.«

»Das ist also, was Sie als Motiv des Verbrechens angeben. Zuerst hatten Sie eine andere Erklärung gegeben.«

Der Angeklagte widerspricht nicht; möglich,
scheint er mit einer Geste sagen zu wollen.

»Ist die Nacht darauf ruhig verlaufen?«

»Ja, Monsieur.«

»Sie haben auch ausgesagt, daß Sie eifer-
süchtig waren; das ist sogar die Erklärung, die
Sie als erstes angegeben haben. War Ihnen
bekannt, ob sie einen Liebhaber hatte?«

»Sie hatte keinen.«

»Doch sie war bedrückt; im *Magasin des
Abeilles,* wo sie arbeitete, hat man gesagt, sie
sei verängstigt gewesen; sie hatte Angst vor
Ihnen. Eines Tages hat sie Ihr Rasiermesser

konfisziert. Fürchtete sie, daß Sie es gegen sie benutzen könnten?«

»Zu der Zeit war ich krank. Man hatte ihr gesagt, sie solle es mir wegnehmen, damit ich es nicht gegen mich verwende.«

»Kommen wir zum 13. März.«

»Wir haben uns einen guten Morgen gewünscht; ich bin hinuntergegangen, um die Zeitung zu holen.«

»Sie haben nichts getrunken?«

»Am Abend vorher hatte ich vor dem Abendessen in B. zwei Tassen Kaffee getrunken; aber an dem Morgen war ich nüchtern. Als ich wieder zu ihr hochgegangen war, habe ich sie noch einmal gefragt ... Sie hat wieder abgelehnt. Dann, als sie immer noch nicht wollte, da habe ich den Kopf verloren. Ich habe vom Tisch neben mir ein Messer genommen; ich habe ihr in den Hals gestochen. *Das Messer klebte mir in der Hand.*«

»Lag sie noch im Bett?«

»Beim ersten Stich, ja.«

»Dann hat sie versucht, sich zu retten; sie ist aus dem Bett gesprungen. Sie haben sich auf sie geworfen; sie ist hingefallen.«

»Am Schluß habe ich sie tatsächlich auf dem Boden vorgefunden.«

»Am Schluß? Machen wir nicht so schnell! Wir sind doch erst am Anfang. Sagen wir, sie ist auf den Boden gefallen; und da haben Sie wie ein Wahnsinniger weiter auf sie eingestochen, haben ihren Hals, ihr Gesicht und ihre Handballen mit Messerstichen durchlöchert.«

»Ich erinnere mich nur an den ersten Stich.«

»Das ist zu einfach. Sie haben ihr mehr als hundert Stiche versetzt; nach der Aussage einer Zeugin hielten Sie sie mit der einen Hand am Boden fest, und mit der anderen stachen Sie überall auf sie ein.«

»Als ich wieder zu mir gekommen bin, war Juliette tot; ich war über sie gebeugt; überall war Blut ... Ich hatte Madame Gilet nicht kommen sehen.«

»Als sie die Schreie der Unglücklichen hörte, wollte sie ihr zu Hilfe kommen. Sie hat Sie mit einer solchen Brutalität und einer derartigen Schnelligkeit auf sie einstechen sehen, daß es, wie sie unter Verwendung eines verblüffenden Bildes sagte, aussah wie das Abstempeln der Briefe in den Postämtern. Hören Sie, meine Herren Geschworenen, wie das Abstempeln der Briefe in den Postämtern!«

Und darauf schlägt der Vorsitzende, indem er die Worte mit der Mimik verbindet, mehrmals kräftig mit der Faust auf sein hohles Pult, wodurch er einen solch donnernden Lärm verursacht, daß das Publikum von einem wenig taktvollen Gelächter geschüttelt wird. Sicherlich hat das nicht ein solches Geräusch hervorrufen können.

»Ihre Geliebte hat geschrien: ›O Madame, retten Sie mich! Er hat ein Messer!‹ Da haben Sie Madame Gilet zurückgestoßen, die durch Ihre Berührung mit Blut verschmiert wurde. ›Verschwinden Sie; das geht Sie nichts an‹, haben Sie zu ihr gesagt; dann, als Sie sich wieder darangemacht haben, der Unglücklichen einen letzten Stoß zu versetzen, haben Sie ihr die Karyatide *(sic)*[1] durchgeschnitten«. (Madame Gilet wird nachher sagen, daß der letzte Stich »gegen die Stirn gerichtet« war.) »Was haben Sie dazu zu sagen?«

»An das alles erinnere ich mich nicht.«

»Doch als die Polizeibeamten eingetroffen sind, die Madame Gilet benachrichtigt hatte, waren sie erstaunt über Ihre Kaltblütigkeit. Anscheinend sahen Sie nicht einmal bewegt aus. Das Messer war auf dem Tisch. Sie haben sich ergreifen lassen.«

»Ich war benommen vor Entsetzen.«

»Gar nicht! Sie haben ganz ruhig gesagt: ›Verständigen Sie meine Frau‹, und als die Beamten Sie mitnehmen wollten, haben Sie darum gebeten, sich die Hände waschen zu dürfen, bevor Sie hinunter auf die Straße gingen.«

»Ich erinnere mich tatsächlich daran, die Adresse meiner Frau angegeben zu haben, damit sie benachrichtigt werden könnte.«

---

[1] Fälschlich für *carotide* = Halsschlagader. (Anm. d. Ü.)

»Und dann, haben Sie sich nicht aufhängen wollen?«

»Niemals.«

»Man hatte das geglaubt. Im Zimmer war ein Schraubhaken gefunden worden, der stark genug war, um ein großes Gewicht zu halten; auch ein Riemen wurde aufgefunden. Haben Sie denn nicht von dem Wunsch gesprochen, sich umzubringen?«

»Davon habe ich nie gesprochen.«

»Tut nichts zur Sache. Letzten Endes geben Sie die Tatsachen alle zu; und Sie geben als Erklärung für Ihr Verbrechen an, daß Juliette Ihnen ihre Gunst verweigert hat.«

»Ich habe an diesem Morgen vor mir etwas Schreckliches ablaufen sehen.«

»Nun also ... es ist tot, das arme Mädchen! Wenn sie nichts mehr von Ihnen wollte, hätten Sie doch bloß zu Ihrer Frau und zu Ihren Kindern zurückgehen brauchen. Weshalb sie töten?«

»Ich habe nicht versucht, sie zu töten.« (Unmutsäußerungen unter den Zuhörern.)

»Was denn! Bei hundert Messerstichen!«

Wie der Vorsitzende denkt auch die Mehrheit der Geschworenen, daß man jemanden eher zu töten versucht, wenn man ihm hundert Messerstiche versetzt, als wenn man ihm einen einzigen versetzt. Durch die medizinische Untersuchung des Opfers erfahren wir jedoch, daß diese Wunden, deren Spur man im

Gesicht, am Hals, im oberen Bereich des Brust-
korbs, an den Händen (die meisten am Hals)
feststellen konnte, größtenteils gleichmäßig
waren und allesamt geringfügig und nicht
sehr tiefgehend. (In Rußland hätte man darin
vermutlich ein »rituelles Verbrechen« gesehen.)
Eine einzige Verletzung hatte die Halsschlagader getroffen und eine ungeheure Blutung
bewirkt.

Da ich nicht zur Jury gehöre, kann ich
nicht fragen, ob es womöglich an der Form
und der Größe der Waffe lag, daß keine der
Verletzungen tiefreichend war. Es scheint aber
nicht so zu sein; und der Arzt wird gleich darauf sagen, daß Charles »auf eine stockende
Weise« zugestochen hat und »seine Waffe nicht
fest hineinstieß, so als wollte er nur verstüm-
meln«.

Die Finger waren zerschnitten; das Opfer
mußte versucht haben, sich zu schützen.

Die als Zeugin vorgeladene Madame Augu-
stine, verwitwete Gilet, die Zimmerwirtin, sagt
mit monotoner Stimme:

»Charles und die Ledige Juliette wohnten bei
mir. Ich konnte mich nicht über sie beklagen. Am 13. März morgens hörte ich Schreie;
ich ging zu ihnen hinein; sie lag auf dem
Boden, und ich sah, wie er auf sie einstach. Ich
packte ihn am Arm, um ihn zurückzuhalten.
Er drehte sich um und sagte zu mir: ›Gehen

Sie.‹ Juliette war nicht tot; als sie sah, daß ich versuchte, ihn zurückzuhalten, sagte sie zu mir: ›Oh, passen Sie auf, er hat ein Messer!‹ Da hat er noch einmal zugestochen; er hat das Messer in der Wunde herumgedreht; es hat ›kracks!‹ gemacht!« (Entsetzte Reaktionen und Unruhe im Publikum; selbst die Geschworenen sind vom Bericht Madame Gilets nachhaltig beeindruckt, und besonders von diesem letzten Detail. Doktor X. jedoch wird uns nachher auf eine Anfrage des Verteidigers sagen: »Keine der Verletzungen läßt darauf schließen, daß das Messer je in der Wunde herumgedreht wurde.«) »Es war, wie wenn das Messer nur schwer hineingegangen wäre. Ich war wie vor den Kopf gestoßen. Er stach schnell, so wie man Briefe stempelt. Vor meinen Augen hat er vielleicht fünfundzwanzigmal zugestochen. Als ich ihn habe aufhalten wollen und er sich umdrehte, hat er mich mit Blut beschmiert; ich hatte einen Morgenmantel an; auf meiner ganzen Wäsche habe ich Blut gefunden. Meine Angst war so groß, daß ich den Zustand des Zimmers nicht wahrgenommen habe; erst danach habe ich gesehen, daß das Bett voller Blut war. Am Abend zuvor hatte ich keinen Lärm gehört. Niemand kam zu ihnen. Juliette war ruhig und ging einer geregelten Arbeit nach. Es gab nichts an ihr auszusetzen. An ihm auch nicht. Er hat sich gut benommen. Ich habe ihn nie betrunken gesehen.«

»Ist das alles, was Sie über ihn sagen können?«

»Letzten Sommer war er nach einem Sturz
lange krank gewesen. Als ich ihn auf Juliette
einstechen sah, war mein erster Gedanke, daß
er verrückt geworden war. Er schien sie sehr
zu lieben. Erst als Juliette zu mir sagte: ›Er hat
ein Messer‹, habe ich begriffen, daß er eine
Waffe hatte. Bis zu diesem Moment hatte ich
geglaubt, er würde mit der Faust zuschlagen.«

Charles: »Ich habe Madame Gilet nicht gesehen, ich kann sie mir vorstellen; das ist
alles.«

Madame Gilet: »Es ist mir klar, daß man
nach einer solchen Schlächterei den Verstand
verliert. Der letzte Stoß war wohl gegen die
Stirn gerichtet. Aber es war nicht hell; es
war Viertel vor sechs; und ich habe kaum
etwas gesehen. Nichts im vorherigen Benehmen Charles' hat dieses Drama voraussahen
lassen; wenn es Auseinandersetzungen gab,
haben sie sich ohne große Verstimmung wieder versöhnt.«

Mademoiselle Gilet, ihrerseits aufgerufen,
wird sagen:

»Sie haben manchmal Streit angefangen,
aber nur, um sich fünf Minuten danach zu
küssen.«

Nach der Aussage der Vermieterin und der
ihrer Tochter hören wir die der Polizeibeamten:

M., der Chef der Polizeiwache: »Als wir den Angeklagten auf die Wache bringen wollten, hat er zu uns gesagt: ›Lassen Sie mir wenigstens die Zeit, um mir die Hände zu waschen.‹ Er wirkte weder besoffen noch verrückt. Er war eher ruhig.«

Und Monsieur V., Polizeikommissar: »Ich habe Charles in der Zentrale gesehen. Er war etwas nervös; aber nicht betrunken. Nach einigem Zögern hat er zu mir gesagt: ›Ich habe sie getötet, weil sie mich dazu gebracht hat, Geld auszugeben. Als man mich festnahm, war ich übrigens drauf und dran, mich umzubringen.‹«

Der Vorsitzende: »Da sehen Sie es also, Charles, zuerst haben Sie als Beweggrund für das Verbrechen eine Erklärung gegeben, die nicht die heutige ist. Nun, sprechen Sie.«

Der Angeklagte: »Was wollen Sie, daß ich antworte? Ich habe Ihnen die Wahrheit gesagt.«

Monsieur V.: »Ich hatte den Eindruck, daß er sie damals nicht sagte und daß er das Tatmotiv verheimlichte. Heute gibt er tatsächlich andere Gründe an . . . All das kam mir so merkwürdig vor: Ich habe seine Hände angefaßt, ich habe ihm unter die Augenlider gesehen: Er war weder betrunken noch verrückt.«

Madame Charles tritt an die Schranke, um auszusagen, daß sie ihrem Ehemann während zehn Jahren, das heißt bis zu dem Zeitpunkt, als ihm das Mädchen Juliette begegnete, nichts vorzuwerfen hatte.

Herr Doktor X. wird aufgefordert, über Charles auszusagen; er stellt ihn uns zunächst als vernünftigen und gesunden jungen Mann dar; keinerlei erblich bedingte Schädigungen. Aber an einer Hand hat er sechs Finger; er neigt zu Schwindelanfällen, zu Ausfällen in seinem Erinnerungsvermögen; er hat Orientierungsschwierigkeiten, Sprachfehler (ich gestehe, daß ich sie nicht bemerkt habe), Furcht davor, auf der Straße hinzufallen. Der Arzt spricht auch noch von einem zeitweise mangelnden Urteilsvermögen, von Unentschlossenheit und Willensschwäche (liegt nicht darin die Ursache für diese abrupte Umsetzung des unbefriedigten Verlangens in Tatkraft?), schließt dann am Ende mit der Aussage, daß zwar im Sinne dessen, wie der Artikel 64 des Strafgesetzbuchs zu verstehen ist, kein Zustand von Geistesschwäche vorliege, »die medizinische und biologische Untersuchung aber ebenso wie die besonders impulsive Art seines Verbrechens auf eine geistige Anomalie schließen läßt, die seine Zurechnungsfähigkeit vermindert«.

»Die Tat«, so hatte er kurz vorher gesagt, »wurde von ihm ausgeführt, ohne daß es in seinem Gehirn eine ganz klare Tötungsabsicht gegeben hätte. Der Beweis dafür findet sich in der Verteilung der Messerstiche, wie ich sie beschrieben habe.«

Weshalb wird der Strafverteidiger selbst nicht weiter gehen und sagen, daß Charles nicht nur nicht töten *wollte*, sondern auf obskure Weise, obgleich er sein Opfer verstümmelte, sogar versuchte, es *nicht* zu töten; daß er sicherlich deshalb, gerade um sie nicht zu töten, *das Messer direkt an der Klinge gepackt hatte* und daß es nur so zu erklären ist, daß die Stiche zugleich kräftig waren und doch Verletzungen von so geringer Tiefe verursachten, und daß Charles an den Fingern Schnittverletzungen hatte (Arztbericht)? Und ist das nicht auch der Grund dafür, daß Madame Gilet das Messer nicht sah und glaubte, er würde mit der Faust zuschlagen?

Nichts von alldem wird von Maître R., dem Verteidiger des Angeklagten, angesprochen. Er stützt sich auf das Gutachten der Ärzte, um die Geschworenen zu bitten, nicht weiter zu gehen als die Sachverständigen und dem Angeklagten verminderte Zurechnungsfähigkeit zuzubilligen.

Ich bin so lange und hartnäckig bei diesem Fall geblieben, weil er die erbärmliche Inkompetenz der Geschworenen auf einen Schlag zum Vorschein brachte. Aus der Untersuchung, den Zeugenaussagen, dem Gutachten der Ärzte ging klar hervor, daß die Absicht zu töten in Charles' Gehirn nicht deutlich herausgebildet war; daß man es hier auf jeden Fall nicht mit einem Berufsverbrecher zu tun hatte, und vielleicht eher mit einem Triebtäter als einem Mörder; daß man letzten Endes, wenn überhaupt, von einem Verbrechen aus Leidenschaft sprechen konnte . . .

Nach einer halben Stunde Beratung sieht man sie wieder in den Saal kommen, mit hochroten Köpfen, verstörtem Blick, wie überhitzt, aufeinander wütend und jeder einzelne auf sich selbst. Sie bringen auf die Frage nach dem Totschlag, die einzige, die das Gericht gestellt hat, einen Schuldspruch; was die mildernden Umstände angeht, *um die die Anklagevertretung selbst ersucht hat*, die ansonsten kaum zur Milde neigt — die haben sie abgelehnt.

Woraufhin Charles zu einer lebenslänglichen Zuchthausstrafe verurteilt wird.

Im Saal brechen wüste Beifallsbekundungen aus; »Bravo! Bravo!« wird wie im Wahn geschrien. Charles' Frau indes, die im Saal geblieben war, steht von heftigster Angst gepeinigt auf: »Das ist zuviel! Oh, das ist zuviel!« ruft sie und fällt in Ohnmacht. Man bringt sie hinaus.

Gleich nach der Sitzung aber versammelten sich die Geschworenen erneut, bestürzt über die Folgen ihres Votums (hatten sie nicht begriffen, daß es einer Ablehnung gleichkam, wenn sie auf das Ersuchen um mildernde Umstände nicht mit Ja stimmten?), und unterschrieben, indem sie ins andere Extrem fielen, einmütig ein Gnadengesuch.

Vermutlich hätten sie zuerst ganz einfach für mildernde Umstände gestimmt, wenn nicht Madame Gilet gesagt hätte, daß das Messer »kracks!« gemacht hatte, als es in der Wunde herumgedreht wurde.

Vielleicht kann ich die Kopflosigkeit der Geschworenen ein wenig erklären, wenn ich sage, daß zwei Tage zuvor im *Journal de Rouen* (Ausgabe vom 17. Mai 1912) auf der Titelseite ein Artikel über »Die Geschworenen und das Begnadigungsrecht« erschienen war, den ich von Hand zu Hand hatte gehen sehen und den demzufolge alle oder beinahe alle meiner Kollegen gelesen hatten. Dieser Artikel wandte sich gegen die Nachsichtigkeit, indem er einen Fall zum Vorwand nahm, der gerade in Paris zur Entscheidung gekommen war und in dem die Antworten der Jury das Gericht gezwungen hatten, drei jugendliche Räuber freizusprechen. Darin war zu lesen:

»Nie zuvor haben die Pariser Geschworenen einen solchen Beweis von Schwäche abgelegt wie in dem Fall, in dem sie gerade zur allgemeinen Verblüffung drei junge Einbrecher freisprachen, die des Versuchs überführt waren, ein kleines Haus auszurauben ...

Diese übertriebene und unsinnige Nachsicht ist im speziellen Fall vielleicht durch die außergewöhnliche Einstellung der Klägerin zu erklären, die um Freispruch für die Täter gebeten hatte und anscheinend sogar die Absicht geäußert haben soll, einen von ihnen zu adoptieren...[1] Aber muß man erst darauf hinweisen, daß die Geschworenen, die ihrerseits einen klaren Verstand haben und Lebenserfahrung besitzen müssen, sich nicht der gleichen Anwandlung einer einfältigen Sentimentalität unterwerfen durften *(sehr christlich ist dieses »einfältig« nicht, Herr Redakteur)* und daß sie folglich ihre Pflicht verletzt haben, als sie sich weigerten, nachweislich Schuldige zu verurteilen, und daß nichts darauf hinwies, daß bei ihnen irgendwelche besonderen Umstände zu beachten waren.

Dieses befremdliche Urteil, das in der Presse einhellig mißbilligt wurde, usw.

In diesen Zeiten, da sich die Verbrechen häufen, da die Dreistigkeit und die Grausamkeit der Verbrecher alle gekannten Grenzen überschreiten *(o Flaubert!)*, da sich selbst die jungen Leute so unverfroren auf die schiefe Bahn begeben, usw.«

Wer vermag zu sagen, wie groß die Überzeugungskraft — oder die der Einschüchterung — eines bedruckten Stücks Papier für Köpfe

---

[1] Wie interessant wäre es doch, das Ergebnis dieses seltenen Experiments kennenzulernen.

ist, die gegen Kritik nicht allzugut gewappnet sind und zum Großteil so gewissenhaft, so sehr bestrebt, es richtig zu machen! ...

»Der Vorsitzende hat zu mir gesagt, daß wir bis jetzt sehr gut entschieden hätten«, erzählte einer der Geschworenen vor ein paar Tagen weiter; und diese Belobigung durch den Vorsitzenden lief von Mund zu Mund, und jeder Geschworene blühte auf beim Weitersagen. Sie wurden bald wieder kleinlaut.

KAPITEL VIII

Da er zuerst als einfaches Delikt angesehen wurde, war der Fall, über den wir an diesem Tag zu urteilen hatten, bereits vor dem Amtsgericht von Le Havre verhandelt worden; einer der Angeklagten, der sich gegen seine Verurteilung zu zwei Jahren auflehnt, hat Berufung eingelegt. Es handelt sich um Yves Cordier, einen Schuhmacher; er erscheint in Begleitung von C. Lepic und Henri Goret, seinen Komplizen; sowie der beiden ledigen Frauen Mélanie und Gabrielle. Alle fünf werden sie beschuldigt, den Matrosen Braz, nachdem sie ihn betrunken gemacht hatten, mit sich geschleppt, ihn »durch die Mangel gedreht« und ihm das Geld abgenommen zu haben, das er bei sich trug. Dieser Matrose, der wieder auf Fahrt war, konnte der Vorladung nicht Folge leisten, so wie er auch nicht hatte erscheinen können, als der Fall vor dem Amtsgericht verhandelt worden war. Er hatte gleich nach dem Überfall Anzeige erstattet; dann hatte er sie wenige Tage danach, als er sein Geld wiederhatte, wieder zurückgezogen, bevor er erneut in See stach. Wenn die Sache ihren Lauf nahm, so geschah das genaugenommen gegen seinen Willen.

Cordier ist ein großgewachsener Bursche von achtzehn Jahren, etwas untersetzt, blond, blauäugig, mit heiterem Gesicht, und man kann sich bei ihm vorstellen, daß er oft lächelt; man könnte ihn für einen Matrosen halten; er hat die derbe Katechujacke aus dem Gefängnis anbehalten; er weint unablässig; dann und wann wischt er sich mit einem karierten Taschentuch, das er in seiner rechten Hand zu einer Kugel zusammenknüllt, das Gesicht ab; die linke Hand ist mit einem Stück Stoff umwickelt.

Lepic ist ein Tagelöhner aus Le Havre; das Melderegister weist ihn mit fünfundzwanzig Jahren aus; er hat, was man ein gemeines Gesicht nennt; hervorstehende Backenknochen, riesiger Schnauzbart; spitze Nase; man wundert sich nicht zu erfahren, daß er bereits siebenmal wegen Diebstahls verurteilt worden ist. Zwischen seinen Händen hält er eine kleine Mütze; schreckliche Hände, knotig und gewissermaßen unförmig. Er hat keine Unterwäsche; oder er zeigt sie nicht, wenn er welche hat.

Henri Goret wirkt neben ihm fehl am Platz. Von der Sorte Sohn aus gutem Hause, scheint er nicht derselben sozialen Klasse anzugehören wie die anderen; er hat sehr wohl

Wäsche, und sogar einen Kragenschoner; einen kleinen Schlips mit geradem Knoten; sein Gesicht mit dem sprießenden Schnurrbart wäre fast hübsch, wenn es nicht erniedrigt, abgestumpft wäre; seine Stimme ist kraftlos, unangenehm und heiser; er weiß mit seinen großen, plumpen Händen nichts anzufangen. Gorets Vater besitzt eine Schankwirtschaft und eine Art Hotel von zweifelhaftem Ruf am großen Hafenbecken. Henri Goret ist keine zwanzig Jahre alt; er hat eine Hure geheiratet, die sich kurz nach der Hochzeit ins Gefängnis hat werfen lassen. Sei's drum! Henri hält sich ziemlich gut; seine Zurückhaltung, sein distinguiertes Benehmen, wollte ich sagen, nimmt die Geschworenen bestimmt von vornherein für ihn ein; sie unterstreicht den niedrigen Stand und die Mittellosigkeit der beiden anderen.

Kommen wir zum Bericht über den »Ablauf der Gewalttätigkeiten, in die diese Individuen verwickelt sind«, wie es das *Journal de Rouen* (16. Mai) ausdrückt:

Am Abend des 4. Oktober 1911 machte Cordier die Bekanntschaft Lepics. Letzterer hatte vermutlich schnell herausgefunden, mit was für einem freundlichen und gutmütigen Menschen er es zu tun hatte. Sie gehen zusammen in die *Folies*. Als die Vorstellung zu Ende ist, beginnen sie mit einem Streifzug durch die

Straßen. Sie treffen auf zwei Matrosen, Braz
und Crochu. Crochu ist sternhagelvoll, schwer
von der Stelle zu bringen; Braz spricht die
beiden anderen an und fragt sie, ob sie nicht
eine Unterkunft wüßten, in der man den Trunkenbold schlafen legen könnte. Zu dritt schaffen sie Crochu zu Lestocard in die Rue de la
Girafe. Dort lassen sie ihn zurück, und Braz,
dankbar für die Hilfe, die ihm Lepic und Cordier leisteten, lädt diese ein, mit ihm etwas
trinken zu gehen.

Arm in Arm brechen sie bei Lestocard auf
und werden so bald nicht wieder auseinander-
gehen. An der Place du Vieux-Marché begegnen ihnen zwei Frauen, die Ledigen Gabrielle
und Mélanie; nehmen sie mit. Es ist zwei Uhr
früh. An der Place Gambetta ist es Cordier, der
zum Trinken einlädt. Dann gehen sie zurück
zur Place du Vieux-Marché ins Café Fortin,
Braz gibt eine weitere Runde aus. Zu diesem
Zeitpunkt stößt der junge Goret zu ihnen. Er
war dort im Café, an der Theke; er ist nicht
betrunken. Als die anderen hinausgehen, geht
er ebenfalls. Ich nehme einmal an, daß der
bereits betrunkene Braz ihn nicht allzusehr
beachtet hatte.

Es ist nun fast vier Uhr früh. Braz würde
sehr gern schlafen gehen, aber die anderen
ziehen ihn mit. Zu sechst ziehen sie auf gut
Glück weiter und gelangen in die Rue Casimir-
Delavigne. Braz kann nicht mehr; er hätte

gern, daß man ihn in Ruhe läßt. »Jetzt ist es
Zeit zum Schlafengehen.« Doch Lepic hat an-
deres im Sinn; er hat die Absicht, ihn aus der
Stadt zu bringen.

»Komm doch mit! Ich hab' da oben beim
Fort de Tourneville 'nen Garten. Wir holen
uns Rosen. Ich geb' dir 'nen Strauß, an den
du dich noch lang erinnerst.« (Aussage der
Ledigen Gabrielle.)

Vergeblich zieht Gabrielle den Matrosen am
Ärmel; sie möchte ihn zurückhalten; aber er
ist nicht mehr in der Lage, etwas zu begreifen,
oder zumindest nicht, sich zur Vernunft bringen zu lassen. Sie alle gehen wieder los und
beginnen den langgestreckten Hang hinauf-
zusteigen.

Ein Mädchen beugt sich zu der anderen:

»Meinst du nicht, daß da was passiert? . . .
Ganz bestimmt wollen die ihm ans Leder.«

»Nein; beim Fort gibt es immer Soldaten«,
antwortet die andere.

Braz ist zwischen Lepic und »dem, der die
Hand eingebunden hat«. (Braz' Aussage.) —
Diese »eingebundene Hand« hat ihn kräftig
geschlagen. — Die Mädchen folgen, dahinter
dann in einiger Entfernung Goret.

Es ist fünf Uhr, das heißt unmittelbar
vor Tagesanbruch (5. Oktober), als sie in den
Graben um das Fort hinuntersteigen; unter
welchem Vorwand, weiß ich nicht. Die beiden
Mädchen bleiben oben.

Was geschieht danach? Das festzustellen ist schwierig. Der Matrose ist nicht mehr da, um es zu erzählen; außerdem war er zum Zeitpunkt des Überfalls betrunken, und es ist wahrscheinlich, daß er nur undeutlich wahrnehmen konnte, auf welche Weise er angegriffen wurde und welche Rolle jeder seiner Angreifer im einzelnen spielte. Zur Klärung verfügen wir lediglich über die Zeugenaussagen der letzteren. Nun beteuert aber jeder der Angeklagten seine Unschuld; zumindest versucht jeder, seinen Anteil an der Verantwortung so gering wie möglich darzustellen. (Noch entschiedener wird Lepic sogar abstreiten, dabeigewesen zu sein: Man hat sich geirrt; er ist es nicht.)

Man beginnt mit dem Verhör Cordiers:

Es ist zweifelsohne ein ziemlich übler Bursche: Er hat schon drei Verurteilungen für Diebstahl hinnehmen müssen; beim ersten Mal war er erst vierzehn Jahre alt; er wird zu seinen Eltern zurückgebracht; er fängt wieder damit an; abermals schickt man ihn zu seiner Familie zurück; beim dritten Mal wird er einer Strafkolonie überstellt. Aber er entwickelt einen solchen Abscheu vor diesem strengen Regiment, daß er sich davonmacht und zu seiner Mutter zurückkehrt. Madame Cordier ist die Witwe eines Seemanns; sie besitzt eine Wäscherei und beschäftigt mehrere Arbeiterinnen. Yves Cordier ist das letzte von fünf Kindern. Der Zweitjüngste ist beim Militär; die anderen haben einen Beruf, sind verheiratet, kommen anständig voran; die ganze Familie hat einen achtbaren Ruf. Der Jüngste, der, mit dem wir uns beschäftigen, wird anscheinend besonders geliebt; und zwar nicht nur von seiner Mutter und seinen Brüdern, sondern ebenso von den Nachbarn. Seine Arbeitgeber geben ihm gute Zeugnisse; von einem von ihnen wird uns ein Brief vorgelesen, in dem von »seinem Benehmen und seiner Ehrlichkeit« mit großem Lob gesprochen und der Wunsch geäußert wird, ihn wieder in seine Dienste zu nehmen. Er war es, bei dem Cordier schon zwei Tage nach seiner ersten Haftentlassung wieder eine Arbeit annahm.[1]

Es ist festzuhalten, daß Cordiers Aussage und die der beiden Mädchen Punkt für Punkt übereinstimmen. Ihrem Bericht zufolge war Goret dem Matrosen plötzlich von hinten an den Hals gesprungen und hatte sich mit ihm auf dem Boden gewälzt. Dann hatte er ihn, während Lepic ihn knebelte, durchsucht und das Geld, das er in den Taschen fand, an Cordier weitergegeben. Dieses Geld, das reichte Cordier fast gleich danach an Lepic weiter. Goret versetzte dem Matrosen noch zwei letzte Fußtritte in den Nacken, und sie zogen ab.

---

[1] Ich gebe hier nur die Informationen wieder, die wir vom Gericht erhalten haben, und nicht diejenigen, die ich meinerseits danach einholen konnte.

Jeder ging für sich allein; sie hatten aber verabredet, sich etwas später in einem Zimmer in der Rue du Petit-Croissant, eben bei Goret, zu treffen und das Geld untereinander aufzuteilen.

Dort nahm sie die Polizei fest, die der Matrose sofort verständigt hatte.

Der Vorsitzende kürzt das Verhör der beiden Mädchen ab. Es ist offensichtlich, daß die beiden Zeuginnen, »von zweifelhafter Moral«, in seinen Augen kein großes Ansehen genießen; und das ist ganz natürlich. Bedauerlicherweise haben wir hier nur diese beiden, um uns zu informieren. Unter dem Druck der Fragen, die aufeinanderfolgen, ohne daß sie genug Zeit hätte, ihre Antworten zu Ende zu bringen, wird Gabrielle, die auch merkt, daß der Vorsitzende ihr kein bißchen Glauben schenkt, unsicher. Sie kann fast nur noch einsilbige Wörter vorbringen, mit Ja oder Nein antworten. Sie will sagen (zumindest kommt es mir so vor), daß Cordier an dem Überfall nicht beteiligt war und nichts anderes getan hat, als das Geld in Empfang zu nehmen, das die anderen ihm übergaben. Glauben Sie nur nicht, daß das einfach ist! ... Natürlich war all das schon bei der Untersuchung erläutert worden: Für den Richter, der sich mit dem Fall befaßt hat, kann und *braucht* dieses Verhör nichts Neues mehr zu bringen; für den

Geschworenen aber ist alles neu: Er versucht, sich eine Meinung zu bilden; er macht sich Gedanken und fragt sich, ob der Fall nicht vielleicht zu schnell abgeschlossen wurden, und nach der Meinung, die sich der Vorsitzende davon gebildet hat.

Der Vorsitzende: »Hat Cordier ihm die Hand auf den Mund gedrückt?«

Die Ledige Gabrielle: »Nein, Herr Präsident.«

Der Vorsitzende: »Dann war er es, der zugeschlagen hat?«

Die Ledige Gabrielle: »Nein, Herr Präsident.«

Der Vorsitzende: »Nun, einer hat zugeschlagen, der andere geknebelt, der dritte durchsucht. Braz sagt, daß es Cordier war, der ihn geschlagen hat; Sie sagen, daß Cordier ihn durchsucht hat. Während des Kampfs hat es bestimmt ein ziemliches Durcheinander gegeben, und demzufolge auch in den Zeugenaussagen. Aus dem allem ergibt sich, und das scheint offensichtlich, daß den drei Angeklagten das gleiche Maß an Verantwortung zugekommen ist. Ledige Gabrielle, Sie dürfen sich wieder setzen.«

Das Mädchen Gabrielle ist die letzte, die verhört wird; danach geht man zu den Plädoyers über. Wie üblich sagt der Vorsitzende, indem er sich »dem, der die Hand eingebunden hat«, zuwendet:

»Sie haben dem Bericht der Zeugin nichts hinzuzufügen?«

Cordier, der merkt, daß alles aus ist, mit einem Schluchzen:

»Herr Vorsitzender, ich sag' die Wahrheit, ich hab' ihn nich' angefaßt.« Dann in einer Anwandlung von Pathos, das sehr unangenehm wirkt: »Ich schwör's beim Grab meines Vaters ...«

Der Vorsitzende: »Mein Junge, lassen Sie doch Ihren Vater in Ruhe.«

»... nicht einmal mit einer Fingerspitze ...« fährt Cordier fort.

Wie bei den anderen ist auch für Cordier kein einziger Entlastungszeuge vorgeladen worden. Den Brief von einem der Arbeitgeber Cordiers hat man wohl vorgelesen; weshalb aber hören wir nicht seine Mutter? — Weil Yves Cordier nicht gewollt hat, daß sie vorgeladen würde; er hat sich sogar geweigert, ihre Adresse anzugeben.

Der Vorsitzende: »Warum wollten Sie die Adresse Ihrer Mutter nicht nennen?«

Cordier gibt keine Antwort.

Der Vorsitzende: »Sie weigern sich also, uns zu sagen, weshalb Sie die Adresse Ihrer Mutter nicht nennen wollten?«

Ach, Herr Präsident, ist das so schwer zu verstehen? Oder lassen Sie nicht gelten, daß Cordier den Wunsch gehabt haben könnte, seiner Mutter eine Schande zu ersparen? Wenn

Sie die arme Frau sehen könnten, so wie ich
es danach tat[1], Sie würden sich nicht mehr
wundern.

Ich bin bestürzt, entsetzt, als ich merke,
daß das Verhör abgeschlossen werden und
daß der spezielle Fall Cordiers so wenig, so
schlecht aufgeklärt bleiben wird. Denn ich
weiß nahezu nichts über ihn, doch ich habe
schon den Eindruck, daß dieser Junge nichts
von einem brutalen Menschen, nichts von
einem Banditen an sich hat. Es scheint mir
nicht einmal unmöglich, daß ihn eine Art
von unbestimmter Sympathie dazu gebracht
haben könnte, den Matrosen zu begleiten ...
Würde ich, da ich als Geschworener doch das
Recht habe, welche zu stellen, nicht imstande
sein, mir irgendeine Frage einfallen zu lassen,
die hier etwas Klarheit bringen und mir selber
Aufschluß geben könnte — denn womöglich
irre ich mich, und Yves Cordier verdient alles in
allem gar kein Mitleid? Sobald die Plädoyers
begonnen haben, werde ich nicht mehr berechtigt sein, diese Frage zu stellen. Es bleibt
mir nur noch ein Augenblick, und schon erhebt sich Cordiers Anwalt ... Mit erstickter
Stimme, klopfendem Herzen *lese* ich dann
das *ab,* was ich gerade aufgeschrieben habe,

---

[1] »Ich weigere mich keineswegs, Ihnen die Adresse meiner Mutter
zu geben«, schrieb mir Cordier kurz darauf aus dem Gefängnis —
»denn daß ich sie dem Richter nicht gegeben habe, das war nur,
damit sie nicht vor Gericht erscheint.«

weil ich befürchtete, sonst keine Worte finden und meinen Satz nicht zu Ende bringen zu können:

»Herr Vorsitzender, dürfen wir erfahren, welche Summe dem Opfer weggenommen wurde und in welchem Verhältnis danach die Verteilung unter den Angeklagten erfolgt ist?«

Der Vorsitzende führt ein kurzes Verhör durch, und wir erfahren: daß Braz 92 Francs entwendet worden sind; — daß jeder der beiden Frauen fünf Francs aus diesem Betrag gegeben wurden, um ihr Schweigen zu erkaufen; — daß Cordier zehn Francs erhalten hat, die er den Tätern gleich darauf zurückgab; und daß Lepic und Goret vom Restbetrag, also 72 Francs, jeweils die Hälfte behalten haben.

Ach, wenn es mir doch gestattet wäre, Schlüsse zu ziehen und entsprechend diesen exakten Zahlen den Anteil jedes einzelnen an der Verantwortung genau zu beziffern!... Wird es wenigstens Cordiers Anwalt tun? — Nein. Sein Plädoyer ist übrigens fundiert, gewandt; aber er kann nicht dagegen an, daß Cordier bereits mit einem Strafregister belastet ist. Er kann auch nicht ungeschehen machen, daß Cordier kurz nach seiner Inhaftierung — oder genauer nach der ersten Untersuchung, glaube ich — an den Staatsanwalt den überaus unsinnigen, völlig verrückten Brief geschrieben hat, in dem er sagt:

»Ich kenne weder Lepic noch Goret. Sie waren nicht dabei. Ich allein habe die Tat ausgeführt, mit einem meiner Freunde vom Hafen. Nur eins bedaure ich: daß ich den Matrosen nicht ganz erledigt habe.«

Ein Brief, der, wie der Verteidiger sagen wird, offensichtlich unter dem Druck von seiten Lepics und vermutlich unter dessen Drohungen geschrieben wurde. (Die beiden Frauen versuchte Lepic ebenfalls einzuschüchtern, indem er sie mit seinem »katalanischen« Messer bedrohte.) Hat man Cordier nicht davon zu überzeugen versucht, daß er als Minderjähriger nicht viel riskiert und zu keiner schweren Strafe verurteilt werden kann?

Die Anklage übrigens geht zwar auf diesen Brief ein, berücksichtigt ihn aber nicht allzusehr. Manchmal, oft sogar kommt es vor, daß der Staatsanwalt aus dem Gefängnis derartige »Geständnisse« bekommt, die mitunter dazu bestimmt sind, die Justiz aufzuklären, zuweilen dazu, sie irrezuführen; manchmal sogar Briefe, die ohne Absicht und grundlos geschrieben werden, aus dem Müßiggang im Gefängnis heraus. Sei's drum! In den Köpfen der Geschworenen hat dieser Brief eine höchst bedauerliche Wirkung. Ich selbst habe die größten Schwierigkeiten, ihn mir aus dem wenigen zu erklären, das mir die Untersuchung über Cordiers Charakter (und über seine Charakterlosigkeit) offenbart hat.

Nach dem ersten Plädoyer der Verteidigung wünscht das Gericht eine Sitzungsunterbrechung, und wir gehen essen.

Als wir zwei Stunden danach ins Gerichtsgebäude zurückkehren, *ist* Cordiers Anwalt *nicht mehr da.* Sicherlich ginge ich nicht so weit zu sagen, daß die Anwälte der beiden anderen Angeklagten diese Abwesenheit *ausnutzten,* aber da sie ihren jeweiligen Klienten nur entlasten konnten, indem sie Cordier belasteten, wäre die Anwesenheit von Cordiers Verteidiger dennoch nicht unnütz gewesen. Cordier blieb den beiden anderen auf Gedeih und Verderb ausgeliefert.

Und nicht nur deshalb mußte Cordier damit büßen, als erster abgeurteilt zu werden. Wenn ihre Strenge sich zuerst über Lepic entladen hätte, so hätten sich die Geschworenen wohl weniger unnachgiebig gezeigt. Goret war es, der, als dritter abgeurteilt, den Nutzen aus dem Verfahren zog; überdies hatten seine Wäsche, seine Manieren, seine durchtriebene Miene die Jury in günstiger Weise beeinflußt.

Wir waren kaum im Beratungszimmer, als ein langer, dünner, »ungebildeter« Mensch mit weißen Haaren aus seiner Tasche ein Stück Papier zog, auf dem er alle Cordier belastenden Punkte festgehalten hatte, und vor allem seine vorherigen Verurteilungen. Tatsächlich waren es diese, die ihn hineinrissen und die neuerliche Verurteilung bestimmten. Wie schwierig es doch für den Geschworenen ist, eine erste Verurteilung nicht als belastenden Punkt zu betrachten und den Beschuldigten außerhalb des Schattens zu beurteilen, den diese erste Verurteilung auf ihn wirft.

Vergebens las ein anderer Geschworener den Brief von einem der anderen Arbeitgeber Cordiers vor, der für diesen überaus günstig war — einen Brief, der nicht zu den Akten genommen worden war und der ihm von irgend jemandem, ich weiß nicht, wie, übergeben wurde, als wir gerade in das Beratungszimmer gingen — was ich für strengstens verboten hielt ...

»Das sind doch alles Banditen«, fing ein anderer Geschworener wieder an. »Davon muß man die Gesellschaft befreien.«

Das hat man im Rahmen des Möglichen getan. Cordier wurde zu fünf Jahren Zuchthaus und zehn Jahren Aufenthaltsverbot verurteilt. Goret ist zu dem Zeitpunkt, da ich diese Zeilen schreibe, seit drei Monaten auf freiem Fuß.

Heute nacht kann ich nicht schlafen; Angst hat mich zuinnerst gepackt und läßt in ihrer Umklammerung nicht einen Augenblick nach. Ich denke wieder an die Geschichte, die mir einst in Le Havre ein geretteter Schiffbrüchiger von der *Bourgogne* erzählte: Er selbst war mit ich weiß nicht wie vielen anderen in einem Boot; manche von diesen ruderten; andere waren ganz damit beschäftigt, rundherum um das Boot denjenigen, die bereits halb ertrunken versuchten, sich an das Boot zu klammern, und darum flehten, aufgenommen zu werden, mit dem Ruder kräftige Schläge auf Köpfe und Hände zu versetzen; oder ihnen sogar mit einem kleinen Beil die Handgelenke durchhackten. Man drückte sie wieder ins Wasser zurück, denn wenn man versucht hätte, sie zu retten, hätte man das volle Boot zum Kentern gebracht...

Tja, am besten ist es, nicht ins Wasser zu fallen! Wenn einem danach nicht der Himmel hilft, bleibt nur der Teufel, um davonzukommen! — Heute abend schäme ich mich für das Boot und dafür, daß ich mich darin in Sicherheit fühle.

Bevor ich zum Schlafen nach Hause ging, war ich lange in diesem tristen Viertel am Hafen umhergeschlendert, das von armseligen Gestalten bevölkert ist, für die das Gefängnis eine natürliche Wohnung zu sein scheint — schwarz vom Kohlenstaub, betrunken von schlechtem Wein, freudlos, abscheulich betrunken. Und in diesen vor Schmutz starrenden Straßen trieben sich kleine Kinder herum, bleich und ohne ein Lächeln, schlecht gekleidet, schlecht ernährt, ungenügend geliebt...

Cordier aber ist der Sohn einer anständigen Familie; er hatte gute Vorbilder vor Augen. Wenn man ihm eine Hilfestellung bietet, könnte man ihn vielleicht retten.

Am nächsten Morgen suche ich seinen Anwalt auf und unterbreite ihm den nachfolgenden Entwurf einer Eingabe (es handelt sich übrigens nicht um eine Bitte um Begnadigung, sondern schlicht um Strafminderung):

»In Anbetracht dessen,

daß die einzige Zeugenaussage gegen den Angeklagten Cordier diejenige des Opfers, Monsieur Braz, ist, das zu dem Zeitpunkt, als es angegriffen wurde, betrunken war;

daß außerdem Monsieur Braz, der Matrose und wieder auf Fahrt gegangen ist, von der Vorladung nicht erreicht und infolgedessen bei der Verhandlung nicht gehört werden konnte;

daß nichtsdestotrotz aus seiner ersten Aussage hervorgeht, daß er von hinten angegriffen worden ist und er den Angreifer nicht sehen konnte.

Andererseits:

In Anbetracht dessen,

daß Cordiers Aussage darüber hinaus voll und ganz mit denjenigen der ledigen Frauen Gabrielle und Mélanie, der einzigen Zeugen des Überfalls, übereinstimmt und aus ihren Worten hervorgeht, daß Cordier an dem Angriff gar nicht beteiligt war, sondern sich darauf beschränkt hat, das Geld des Opfers in Empfang zu nehmen, das ihm die beiden Angreifer Goret und Lepic reichten;

daß aus diesen Aussagen hervorgeht, daß Goret, der viel weniger betrunken war als die anderen, da er bei keiner der vorangegangenen »Runden« mitgemacht hatte, der Gruppe hinterherging, ohne daß es Braz bis zu dem Moment, als er sich auf ihn stürzte, gewußt hätte; daß Lepic den Matrosen in einer bestimmten Absicht mit sich zog; und daß Cordier, charakterschwach, nahezu unfähig, sich der Aufforderung mitzugehen zu widersetzen, und obendrein völlig betrunken, anscheinend nur mitgegangen ist;

daß dies zudem in der Tatsache Bestätigung findet, daß es Goret und Lepic der Teilung des Geldes zufolge, bei der sie einen großen Betrag für sich behielten, als ausreichend ansahen, ihm zehn Francs zu geben, so wie sie jedem der beiden Mädchen fünf Francs als Schweigegeld gegeben hatten.

In Anbetracht dessen,

daß Cordiers im Verlauf der Untersuchung protokollierte Erklärung: ›Ich allein habe die Tat mit einem anderen Kameraden ausgeführt; weder Lepic noch Goret waren dabei; nur eins bedaure ich: daß ich ihn nicht ganz erledigt habe‹, deren sich die Verteidiger der

anderen Angeklagten und die Staatsanwaltschaft bedient haben, offensichtlich von der
Furcht vor Lepic geleitet war, einem gefährlichen Vorbestraften — der ebenso versucht
hat, die beiden Frauen einzuschüchtern —,
und daß demzufolge keine Veranlassung besteht, diese Erklärung zu berücksichtigen.

In Anbetracht dessen,

daß es, falls Cordier schuldig wäre (zumindest in dem Umfang, von dem gesprochen
wurde), außerhalb jeder Wahrscheinlichkeit
liegt, daß er danach getrachtet haben sollte,
seinen Fall vor ein anderes Gericht zu bringen, so wie er es tat, als das Amtsgericht von
Le Havre gegen ihn eine Strafe von zwei Jahren
verhängte.«

. . . .

Der Anwalt ist so entgegenkommend, mich
auf diese und jene formale Änderung hinzuweisen, die er daran glaubt anbringen zu
müssen, legt besonderes Gewicht auf das Gutachten des Gerichtsmediziners, der der Ansicht ist, daß Cordiers »Intelligenz unter dem
Durchschnitt« liegt, »daß er gewisse Schwierigkeiten hat, sich auszudrücken, daß ihn sein
Erinnerungsvermögen manchmal im Stich
läßt«, und sich für verminderte Zurechnungsfähigkeit ausspricht. Dann weist er mir den
Weg, den ich einschlagen muß, um die Eingabe

unterzeichnen, durch den Generalstaatsanwalt
billigen zu lassen und an die zuständige Stelle
zu schicken.

Eine Art Schüchternheit, die Befürchtung
auch, nichts zu erreichen, wenn ich zuviel ver-
lange, und mein Gerechtigkeitsgefühl — denn
ich kann Cordier trotz allem nicht als unschuldig betrachten — bringen mich davon
ab, ganz einfach um ein Gnadengesuch zu
bitten. Wenig später stelle ich fest, daß es auch
nicht schwieriger zu erreichen gewesen wäre.
Über diesen Fall hatten nämlich mehrere
Geschworene nachgedacht; die Nacht hatte
ihnen Rat gebracht; sie sind bereit, meine
Eingabe zu unterstützen, und ich habe keinerlei Mühe, die Unterschriften von acht von
ihnen zusammenzubekommen.

Einer der anderen, ein riesiger Pachtbauer
mit rötlicher Haut, voller Gesundheit, Fröh-
lichkeit und Unwissenheit, als man in seinem
Beisein von der Erkrankung eines Häftlings
redet und davon, daß sich dessen Krankheit
durch die fehlende Behandlung verschlimmert
hätte:

»Wenn er verreckt, hat wenigstens die Gesellschaft was davon. Wofür soll man die behandeln?« ruft er. »Denen braucht man bloß zu
sagen, was der Arzt einem anderen geantwortet
hat, der seinen verfaulten Finger abschneiden
lassen wollte: ›Lohnt sich nicht, mein Junge!
Der fällt schon von ganz allein ab.‹«

Ich muß hinzufügen, daß dieser Spaß nur einige wenige zum Lachen bringt.

Die beiden anderen, die es ablehnten zu unterschreiben, gaben dafür dies als Grund an: Sie hätten nach ihrem Gewissen abgestimmt, und man hätte auch gar zuviel zu tun, wenn man auf jeden abgeurteilten Fall noch einmal zurückkommen müßte.

Selbstverständlich: Aber ich wäre trotzdem neugierig darauf gewesen, die Akte der zwei vorangegangenen Verurteilungen Cordiers kennenzulernen. Wenn er damals genauso abgeurteilt worden ist, wie wir ihn gestern verurteilt haben!...[1]

---

[1] Sowie ich einen freien Tag hatte, ging ich nach Le Havre und stattete der Mutter des Verurteilten einen Besuch ab. Ich hatte einige Schwierigkeiten, sie zu finden, denn die arme Frau hatte umziehen müssen, um den beleidigenden Äußerungen und Blicken der Nachbarn aus dem Weg zu gehen. Sobald sie verstand, weshalb ich gekommen war, zog sie mich in einen kleinen, abseits gelegenen Raum, in dem uns die bei ihr beschäftigten Arbeiterinnen nicht hören konnten.

Sie schluchzt und kann kaum sprechen; eine ihrer Töchter ist bei ihr, die die Berichte der Mutter ergänzt:

»Ach, Monsieur«, sagt diese zu mir, »das war für uns ein großes Elend, als mein anderer Sohn (der zweitjüngste) zum Militärdienst eingezogen worden ist. Er war ein guter Ratgeber, und Yves hörte immer auf ihn. Als er aus der Kolonie geflohen ist, hat er aus Furcht, wieder gefaßt zu werden, nicht mehr gewagt, im Haus zu wohnen. Ohne Bleibe hat er dann damit angefangen, mit den schlimmsten Leuten zu verkehren, die ihn mit sich gezogen und ins Verderben gestürzt haben.«

All die Auskünfte, die ich danach über Yves Cordier zusammengetragen habe — von seiner Mutter, seiner Schwester, von seinem letzten Arbeitgeber, von seinem Bruder, den ich in der Kaserne besuche —, bestätigen voll und ganz die Meinung, die sich in mir herauszubilden begann:

Einige Zeit darauf erhalte ich für meine Eingabe Genugtuung: Cordiers Strafe wird auf drei Jahre Gefängnis herabgesetzt.

Doch leider wartet nach dem Gefängnis der Militärdienst im afrikanischen Strafbataillon auf ihn! Und wer wird er nach Ablauf dieser sechs Jahre sein? ... *Was* wird er sein? ...

Yves Cordier hat kein Urteilsvermögen; von schwachem Verstand und bedauerlich leicht mitzureißen. Über alle Maßen gutmütig, sagen sie alle; und das heißt auch: wehrlos. Sein Wunsch, anderen gefällig zu sein, geht bis hin zur Manie, bis zur Torheit. Es sei für einen Kameraden gewesen, ›der welche brauchte‹, daß Yves Cordier ein altes Paar Schuhe stahl – sein erster Diebstahl.

Als ihm seine Mutter dank einer Genehmigung Leckereien in die Strafkolonie brachte, sagte ein Aufseher zu ihr: ›Wenn das, was Sie da mitbringen, Madame, für ihn ist, dann lohnt sich die Mühe nicht; er gibt alles den anderen und wird nichts für sich behalten.‹

In der Kolonie ließ er sich auf den Rat eines Mithäftlings hin den linken Handrücken tätowieren. Ein anderer Kamerad überzeugte ihn gleich darauf davon, daß ihm diese gut sichtbare Tätowierung im weiteren Leben hinderlich sein könnte, und Yves, willig dem neuen Rat folgend, legte ein Pflaster mit Salz und Vitriol auf, das ihm das Fleisch bis auf die Knochen wegätzte (und das ist der Grund, weshalb er am Tag der Tat seine Hand eingebunden hatte).

›Dieser Junge brauchte nur geführt zu werden‹, sagt mir zuletzt sein Schuhmachermeister, der mir in bewegten Worten von ihm erzählt und nichts weiter will, als ihn wieder in seine Dienste zu nehmen ...

KAPITEL IX

Der »bedeutendste« Fall wurde für den Schluß aufgehoben. Der, mit dem wir an diesem letzten Tag beschäftigt sind, droht so lang zu werden, daß man uns schon für neun Uhr früh zusammenruft. Die Sitzung wird bis nach zehn Uhr abends dauern, nur zweimal zu den Essenszeiten unterbrochen. Es geht um die Diebstähle von Waren, die sich im Lagerbahnhof von Sotteville in der Obhut der *Compagnie de l'État* befanden. Seit diese Gesellschaft eine neue Verwaltung hat, gibt es Beschwerden im Übermaß, und von allen Seiten kommen Klagen über zahllose Diebstähle, von denen manche überaus umfangreich sind.

Ein tiefer Seufzer der Erleichterung war in Presse und Öffentlichkeit zu vernehmen, als man erfuhr, daß eine vielköpfige Bande von Dieben und Hehlern geschnappt worden war. Nicht weniger als sechzehn von ihnen präsentiert man unserem Urteil; schon gleich zu Beginn der Sitzung geht das Gerücht, daß wir auf mehr als hundert Fragen antworten sollen.

Die Verlesung der Anklageschrift ruft bei uns nicht wenig Verwunderung hervor. Man hatte mehr, Besseres erwartet; angesichts des Umfangs mancher Unterschlagungen, die die Geschworenen einander vor dem Beginn der Sitzung wieder in Erinnerung riefen, erscheinen uns die Mausereien, die den Beschuldigten zur Last gelegt werden, wie läßliche Sünden, und das Erstaunen weicht rasch der Langeweile, der Ermüdung, bei einigen der Geschworenen im Verlauf des Verhörs sogar der Verärgerung und der Entrüstung.

Eine endlose Diskussion entspinnt sich über die Frage, ob dreieinhalb Flaschen Cointreau von Frau X. gestohlen oder, wie sie behauptet, Frau B. abgekauft wurden, die ihrerseits behauptet, Frau X. habe bei ihr nie Liköre gekauft. Frau X. trägt auf dem Arm ein kleines Baby, das weint, als ob es auch aussagen möchte.

X., der Ehemann der Beschuldigten, gibt zu, sich »des Rests einer Flasche Kirsch« bemächtigt zu haben; aber niemals habe er Y. dieses Paar Socken gegeben; im Gegenteil, er habe sie von diesem bekommen. Was das Tranchierbesteck angeht, da war es Z., der . . ., usw.

X. ist ein guter Arbeiter; er verdient hundert Sous pro Tag, zuzüglich einer Zulage; er ist Vater von vier Kindern. Seine Aussage stimmt

mit derjenigen von B. überein, der angibt, von
N. Senf und von M. Kaffee und Tee erhalten
zu haben, in lächerlichen Mengen übrigens;
wogegen er von D. oder von E. nichts bekommen habe. Er gibt zu, N. begleitet zu haben,
als er den Senftopf stibitzt hat, aber er selbst
hat nichts genommen. N. gibt den Diebstahl
des Senftopfs ohne weitere Umschweife zu.

Auch M. ist Vater von vier Kindern; er gesteht die Unterschlagung von fünf Kilogramm
Reis und einiger Kohlenstücke; er ist es auch,
der B. zwei Kilo Kaffee und Tee gegeben hat;
aber er selber habe sie von R. bekommen.

Frau M. hat niemals irgend etwas von
zweifelhafter Herkunft bei sich zu Hause auf-
bewahren wollen.

Frau W. hingegen, Mutter von sechs Kindern,
ist überführt, mit Zichorie, Reis und einem
Topf Farbe gehehlt zu haben. Sie behauptet,
allein M. habe ihr die Waren beschafft.

T., Putzkraft im Lager von Sotteville, Vater
von drei Kindern, dessen Frau im Krankenhaus im Sterben liegt, macht uns weiß, niemals
irgend etwas gestohlen zu haben; seine Aussage deckt sich vollkommen mit derjenigen
von M. Aber es gelingt ihm nicht, sich von der
Anschuldigung der Hehlerei reinzuwaschen.

Frau Y. gesteht das Hehlen eines Paars
Socken, derselben, die Y. später X. gegeben hat.

Eine Zeitlang ist ein heftiges Zwiegespräch
im Gange zwischen der Frau O., einer ab-

scheulichen Schnepfe von geranienroter Haut-
farbe, und Frau P., die schluchzt und sich
große Mühe gibt herauszustellen, daß sie etwas
Besseres ist; jede der beiden wirft der anderen
vor, ihr Öl und Heringe gebracht zu haben.

P., der Ehemann der Letztgenannten, ist
nicht bei der Compagnie beschäftigt. Er ist
ein Mann von fünfzig Jahren, entschlossenem
Aussehen, angegraut und mit einem kräfti-
gen Schnauzbart, Familienvater; schon einmal
wegen Körperverletzung verurteilt; er lebt von
dem, was ihm sein Garten einbringt. Dieser
Garten reicht einige Schritte vor einem Viadukt bis an die Eisenbahnlinie heran. Wenn
man unter dem Viadukt hindurchging, kam
man an die andere Seite der Gleise. (Auch hier
wäre uns ein Plan von Nutzen.) Einen besse-
ren Ort hätte man für Hehlereien gar nicht
wählen können. P. gibt zu, mit den von O. und
von X. gebrachten Waren Hehlerei getrieben
zu haben. Er gesteht sogar, einmal Schmiere
gestanden zu haben, »eher zu meiner eigenen
Sicherheit«, fügt er hinzu.

O. junior, fünfzehn Jahre alt, gibt zu, von
der Frau P. einen Packen Stoff bekommen zu
haben, behauptet aber, daß er von dessen
Herkunft nichts wußte; usw. usw.

Während der zweiten Sitzungsunterbrechung
tauschen die Geschworenen, als sie zum Essen
gehen, ihre Eindrücke aus. Zum erstenmal
wenden sie sich gegen die Staatsanwaltschaft;

der ganz eindeutige Meinungsumschwung ist höchst interessant zu beobachten.

Sie wiederholen untereinander, was aus den Berichten hervorgeht: daß diese alten Angestellten während der ganzen Zeit, die sie unter der Leitung der früheren Compagnie gearbeitet hatten, zuverlässig geblieben waren; und ob nicht die neue Leitung dafür verantwortlich sei, wenn sie nun der allgemeinen Mißwirtschaft Vorschub leisteten? »Als diese Männer«, wie einer ihrer Anwälte sagen wird, »auf ihren Schirmmützen an der Stelle des Wortes *Ouest* auf einmal das Wort *État*[1] geschrieben sahen, da hat jeder von ihnen gedacht: *Der Staat bin ich!* Was Wunder, wenn sie sich einige Freiheiten herausnahmen?« Zweifellos rechnet man damit, mit ihrer Verurteilung die öffentliche Meinung zu beschwichtigen! Ohne Hoffnung, die wahren Schuldigen zu fassen, oder — wer weiß? — womöglich aus der Befürchtung heraus, sie zu fassen, will man an ihrer Stelle die Urheber dieser Lappalien bezahlen lassen! Nein, so naiv wollen die Geschworenen nicht sein, bei diesem Spiel werden sie nicht mitmachen; um der schönen Augen der Anklagevertretung und der ehrenwerten *Compagnie de l'État* willen werden sie die Laufbahn dieser Familienväter nicht zerstören. Manche freuen

---

[1] Die *Compagnie de l'Ouest* war in die *Compagnie de l'État* umgewandelt worden. (Anm. d. Ü.)

sich schon bei dem Gedanken an das Gesicht, das der Vorsitzende binnen kurzem ziehen wird, wenn er aufgrund der Antworten der Geschworenen, die sich auf der ganzen Linie darauf vorbereiten, mit »nicht schuldig« zu stimmen, dazu gezwungen sein wird, alle Beschuldigten freizusprechen. Was für einen schönen Abschluß der Sitzungsperiode das abgeben wird! Die Zeitungen werden bestimmt darüber berichten!

Der Vorsitzende hat vermutlich von diesen Absichten Wind bekommen; als er bei der Wiederaufnahme der Verhandlung wieder vor uns auftaucht, scheint uns seine Miene ein bißchen verdüstert. Wir hören den Antrag der Anklage; wir hören die Plädoyers. In der Befürchtung, einer von uns könnte ausfallen, hat man vorsorglich zwei zusätzliche Geschworene benannt, die sich zur Ablösung bereithalten. Und während der Beratung bemitleiden wir sie sehr. Obwohl wir uns einig sind und uns alle im voraus entschieden haben, dauert diese Beratung mehr als eineinhalb Stunden, weil der Obmann der Jury sich hartnäckig weigert, die Fragen zusammenzufassen, und uns zwingt, über fast jede einzeln abzustimmen. In einem kleinen, abgelegenen Raum eingeschlossen, müssen die Ersatzgeschworenen die Zeit totschlagen! Haben sie wenigstens Zeitungen und Zigaretten? Wir bitten die diensthabende Wache, sich danach zu erkundigen.

Ein Punkt bleibt ziemlich heikel: Wir wollen diese Langfinger nicht verurteilen, das ist abgemacht; doch am Ende der Bank saß eine alte Hexe von Hehlerin, mit verblichener Perücke und krächzender Stimme, die es nicht verdient davonzukommen. Wie es der Staatsanwalt mit einem berühmten Wort ausdrückte: Der Hehler macht den Stehler. Zeigen wir, daß wir begriffen haben, und lassen wir die Strafe auf dem ersteren niedergehen. Schon ganz vergnügt kehren wir in den Hauptsaal zurück, mit einem mitfühlenden Lächeln für die armen Ersatzgeschworenen.

Das Gericht zieht sich seinerseits zurück. Gleich darauf kommt es wieder. Der Vorsitzende macht wirklich ein finsteres Gesicht.

»Meine Herren«, sagt er, »ich bin untröstlich, auf dem Blatt, das Sie mir übergeben haben, eine Sinnwidrigkeit feststellen zu müssen, die Ihr Votum ungültig macht — offenbar ein Versehen — und die mich zu meinem großen Bedauern zwingt, Sie zu bitten, noch einmal in das Beratungszimmer zu gehen und Ihre Antworten aufeinander abzustimmen. Bei der Hehlerei stimmen Sie mit *Ja;* beim Diebstahl mit *Nein.* Damit es Hehlerei geben kann, muß ein Diebstahl vorgelegen haben. Man kann nicht mit dem Ertrag eines Diebstahls hehlen, der nicht begangen worden ist.«

Selbstverständlich; aber genau dieser scheinbare Widerspruch gefiel uns. Wir dachten, wir hätten die Freiheit zu verurteilen, wen wir wollten; und wenn wir den Hehler verurteilten, während wir den Dieb freisprachen — war da nicht stillschweigend anzunehmen, daß nach unserer Einschätzung mit mehr Waren Hehlerei betrieben worden war, als die fraglichen Diebstähle eingebracht hatten, Hehlerei mit anderen Lebensmitteln, mit dem Ertrag anderer Diebstähle, deren Urheber die Staatsanwaltschaft nicht gefaßt hatte? Gewiß, wir haben unsere Wichtigkeit überschätzt. Wir werden daran erinnert, daß unserer Macht Grenzen gesetzt sind.

Einer nach dem andern gehen wir in das kleine Beratungszimmer zurück, so kleinlaut und mit so tief gesenktem Kopf, daß ich Mühe habe, nicht in Lachen auszubrechen. Die zusätzlichen Geschworenen werden auch wieder eingesperrt.

Im Rahmen des Unabdingbaren ändern wir unsere Antworten ab und gelangen zu irgendeinem Kompromiß, an den ich mich nicht mehr erinnere.

EPILOG

Drei Monate danach.

Die Szene spielt sich in einem Eisenbahnwagen ab, zwischen Narbonne, wo ich Paul Alibert zurückgelassen habe, und Nîmes.

In einem Dritte-Klasse-Abteil: ein junger Bursche, etwa sechzehn Jahre alt, gar nicht häßlich, arglose Miene, lächelt jeden an, der ihn anspricht; aber er versteht das Französische schlecht, und ich spreche das Provenzalische schlecht. Eine Frau von etwa vierzig Jahren, in Volltrauer, mit nichtssagendem Gesichtsausdruck, einfältigem Blick, hoffnungslos kindlichen Ansichten, schneidet auf einem Stück Brot eine flache Wurst, von der sie riesige Bissen hinunterschlingt. Sie macht sich zum Sprachrohr des Jünglings, und die Unterhaltung beginnt mit meinem Nachbarn zur Rechten, einem dicken Kürbiskopf, der über seinen Bauch hinweg die Dinge, die Menschen, das Leben anlächelt.

Die Frau erklärt, wobei sie um sich herum einiges an Nahrung verstreut, daß dieser

Jugendliche aus der Gegend von Perpignan nach Montpellier geladen wurde, wo er an ebendiesem Tag vor Gericht erscheinen muß; nicht etwa als Angeklagter, sondern als Opfer: Rowdys vom Land haben ihn vor ein paar Tagen um Mitternacht auf einer Straße überfallen und ihn, weil sie dachten, er sei tot, auf einem Feld liegenlassen, nachdem sie ihm das wenige Geld, das er bei sich hatte, abgenommen hatten.

Man beginnt über Verbrecher zu reden:

»Diese Leute, die müßte man umbringen«, sagt die Frau.

»Die könnt ihr zwanzig-, dreißigmal verurteilen«, führt mein Nachbar aus; »ihr unterhaltet sie auf Staatskosten; dabei kommt nichts Gutes heraus. Was bringt das der Gesellschaft, das frage ich Sie, mein Herr, was bringt es ihr?«

Ein anderer Mitreisender, der bisher in einer Wagenecke zu schlafen schien:

»Zunächst einmal können diese Leute, wenn sie von dort[1] wieder herkommen, keine Arbeitsstelle mehr finden.«

Der dicke Herr: »Aber, mein Herr, Sie verstehen doch wohl, daß keiner sie haben will. Und zu Recht; nach einiger Zeit fangen diese Kerle wieder damit an.«

---

[1] Gemeint sind die französischen Strafkolonien in Übersee. (Anm. d. Ü.)

Und als der andere Reisende einzuwenden
wagt, daß darunter welche seien, die, wenn
man sie unterstützt, ihnen hilft, passable und
mitunter gute Arbeiter abgeben würden, sagt
der dicke Herr, der nicht zugehört hat:

»Das beste Mittel, um sie zum Arbeiten zu
zwingen, ist, sie zum Pumpen in einen tiefen
Graben zu stellen, der sich mit Wasser füllt;
wenn sie aufhören zu pumpen, steigt das Wasser; so werden sie richtig angetrieben.«

Die Dame in Trauer: »Wie schrecklich!«

»Mir wäre es lieber, wenn man sie gleich um-
bringt«, seufzt eine andere Dame.

Als ihr aber die Dame in Trauer beipflichtet,
sagt dieselbe, die diese Ansicht zuerst geäußert
hatte und bestimmt zu der Sorte Leute gehört,
die an ihrer eigenen Meinung etwas auszusetzen finden, sobald sie nicht mehr von ihnen
selber zum Ausdruck gebracht wird:

»Mein Vater, *er war Geschworener,* der pflegte
sie immer nur zu lebenslänglich zu verurteilen.
Er sagte, daß man ihnen Zeit zum Bereuen
lassen müsse.«

Der dicke Herr zuckt die Schultern. Ein Verbrecher ist und bleibt für ihn ein Verbrecher;
man soll gar nicht erst versuchen, ihn davon
abzubringen.

Die Dame, die noch fast nichts gesagt hat,
äußert zaghaft den Gedanken, daß an der Entwicklung zum Verbrecher häufig die schlechte
Erziehung maßgeblichen Anteil habe, so daß

an erster Stelle oft die Eltern die Verantwortlichen seien.

Der dicke Herr aber glaubt, daß die Erziehung alles in allem nicht allmächtig ist und
daß es Naturen gibt, die für das Böse bestimmt
sind so wie andere zum Guten.

Der Herr aus der Ecke rückt näher und
spricht von Erbanlagen:

»Auch die beste Erziehung wird sich nie
gegen die schlechten Anlagen des Sohns eines
Alkoholikers durchsetzen. Drei Viertel aller
Mörder sind Kinder von Alkoholikern. Der
Alkoholismus . . .«

Die Dame in Trauer unterbricht ihn:

»Und dann noch die Angewohnheit der
Frauen, in Narbonne, um den Kopf ein schwar-
zes Seidentuch zu tragen; ein Arzt hat herausgefunden, daß sich dadurch ihr Gehirn
erhitzt . . .«

Sie glaubt aber trotzdem, daß es weniger
Verbrechen gäbe, wenn die Eltern nicht so
nachsichtig wären.

»In Perpignan hat man einen von ihnen
verurteilt«, fährt sie fort; »er hatte folgendermaßen angefangen: Als ganz kleines Kind
hat er eines Tages aus dem Nähkorb seiner
Mutter ein kleines Garnknäuel genommen;
seine Mutter hat es gesehen und ihn nicht ausgeschimpft; als der Junge dann gemerkt hat,
daß man ihn nicht bestrafte, hat er weiter-
gemacht: Er hat andere Leute bestohlen, und

am Ende, verstehen Sie, hat er dann gemordet. Man hat ihn zum Tod verurteilt, und das Folgende hat er unter dem Schafott gesagt (sie läßt ihre Stimme anschwellen, und ihr Mantel bedeckt sich mit Essensresten): ›Familienväterr und Mütterr, bei mir hat es damit angefangen, daß ich ein Garnknäuel gestohlen habe, und wenn mich meine Mutter bei diesem ersten Mal bestraft hätte, würden Sie mich heute nicht unter dem Schafott sehen!‹ Genau das hat er gesagt; und daß er nichts bereute, außer daß er in einer Wiege ein kleines Kind, das ihn anlächelte, erwürgt hat.«

Der dicke Herr, welcher der Dame ebensowenig zuhört wie sie ihm, kommt auf seine Ansicht zurück: Man verfährt mit diesen Kerlen nicht streng genug:

»Aus denen kann man nie etwas Gutes herausholen; und wenn man sie schon am Leben läßt, dann braucht das doch nicht zu ihrem Vergnügen geschehen, oder? Sie beklagen sich natürlich immer, diese Verbrecher; nichts ist ihnen gut genug ... Ich kenne die Geschichte von einem, der irrtümlich verurteilt worden war; nach siebenundzwanzig Jahren ließ man ihn wieder frei, weil der wahre Schuldige auf dem Sterbebett ein umfassendes Geständnis abgelegt hat; darauf hat der Sohn von dem, den man irrtümlich verurteilt hatte, sich auf die Reise gemacht und seinen Vater von dort unten zurückgeholt. Und wissen Sie, was der bei seiner Rückkehr gesagt hat? — Daß es ihm dort unten gar nicht so schlecht ging. Das heißt, mein Herr, daß es sehr wohl anständige Leute in Frankreich gibt, die weniger glücklich sind als die.«

»Gott wird ihn bestraft haben«, sagt die dicke Frau in Trauer nach einem nachdenklichen Schweigen.

»Wen denn?«

»Na, den wirklichen Verbrecher natürlich! Gott ist gut, aber er ist gerecht, wissen Sie.«

»Mich wundert aber trotzdem, daß der Priester von der Beichte erzählt haben soll«, sagt die andere Dame; »sie haben kein Recht dazu. Das Beichtgeheimnis ist doch heilig.«

»Aber, Madame, diese Beichte haben doch mehrere gehört; als er merkte, daß er sterben würde, was riskierte er da schon? Ganz im Gegenteil, er hat darum gebeten, daß man es weitererzählt. Vor sieben Jahren war das. Siebenundzwanzig Jahre nach dem Verbrechen. Siebenundzwanzig Jahre, denken Sie nur! Und niemand hat etwas geahnt; er hatte sein Leben fortgesetzt, war in der Gegend angesehen.«

»Was für ein Verbrechen hatte er begangen?« fragt der Herr aus der Ecke.

»Er hatte eine Frau umgebracht.«

Ich: »Mein Herr, mir scheint, daß dieses Beispiel ein wenig dem widerspricht, was Sie vorhin behauptet haben.«

Der dicke Herr läuft rot an:

»Dann glauben Sie also nicht, was ich Ihnen erzähle?«

»Aber ja doch, aber ja! Sie verstehen mich nicht. Ich sage nur, daß dieses Beispiel beweist, daß mitunter ein Mensch ein einzelnes Verbrechen begehen kann, ohne sich danach in weitere Verbrechen zu stürzen. Nehmen Sie doch diesen da: Wie Sie sagen, hat er nach diesem Verbrechen siebenundzwanzig Jahre lang ein anständiges Leben geführt. Hätten Sie ihn verurteilt, so hätten Sie damit mit großer Wahrscheinlichkeit erreicht, daß er rückfällig wird.«

»Aber, Monsieur, gerade das Béranger-Gesetz . . .« fängt die andere Dame an.

Die in Trauer unterbricht sie:

»Nennen Sie das denn kein Verbrechen, einen Unschuldigen an seiner Stelle siebenundzwanzig Jahre im Gefängnis absitzen zu lassen?«

Der zweite Herr zuckt die Schultern und verdrückt sich wieder in seine Ecke. Der Kürbis schläft ein.

In Montpellier steigt der junge Bursche aus; und sowie er weg ist, sagt die Dame in Trauer, die ihr Mahl inzwischen beendet hat und die Reste von Wurst und Brot wieder in ihren Korb räumt:

»Seit dem frühen Morgen so zu reisen, was muß das Kind Hunger haben!«

ANHANG

ANTWORT AUF EINE UMFRAGE
(*L'Opinion* vom 25. Oktober 1913)

»Die Geschworenen in ihrem eigenen Urteil.«

Sicher liegen diese Fragen »in der Luft«. Ich habe die letzten Wochen dieses Sommers damit zugebracht, meine eignen Erinnerungen aus dem Schwurgericht, die demnächst in einer Zeitschrift, danach als Buch erscheinen werden, ins reine zu schreiben.

Ich habe geglaubt, das schlichte Erzählen der Fälle, über die wir zu richten hatten, wäre beredter als kritische Betrachtungen. Doch die Umfrage von *L'Opinion* veranlaßt mich zu versuchen, diese in Worte zu fassen.

Daß manche Räder der Rechtsprechungsmaschinerie bisweilen knirschen, das kann man nicht bestreiten. Aber man scheint heute zu glauben, daß das Knirschen allein von der Seite der Geschworenen kommt. Zumindest ist heute nur davon die Rede; doch ich mußte mich zu wiederholten Malen davon überzeugen — und nicht nur bei dieser

Sitzungsperiode, in der ich als Geschworener saß —, daß die Maschinerie häufig auch
bei den Verhören knirscht. Der das Verhör
führende Richter kommt mit einer bereits aus-
gebildeten Meinung über den Fall, von dem
der Geschworene noch nichts weiß. Die Art
und Weise, wie der Vorsitzende die Fragen
stellt, durch die er, und sei es unbewußt,
irgendeine Zeugenaussage erleichtert und unterstützt, irgendeine andere dagegen behindert
und abkürzt, führt rasch dazu, daß die Geschworenen begreifen, was seine persönliche
Meinung ist. Wie schwierig ist es doch für die
Geschworenen (ich spreche von den Geschworenen in der Provinz), die Ansicht des Vorsitzenden nicht zu berücksichtigen, sei es, um
ihre eigene dieser anzupassen (wenn ihnen
der Vorsitzende »sympathisch« ist), sei es, um
urplötzlich genau das Gegenteil davon zu
tun! — Das hat sich mir in mehr als einem
Fall klar und deutlich gezeigt, und das habe ich
in meinen Erinnerungen kommentarlos dargelegt.

Nach meinen Erfahrungen brachten es die
Plädoyers der Verteidiger (zumindest in den
Fällen, über die ich zu urteilen hatte) nur
selten, womöglich nie fertig, die Geschworenen
von ihrem ersten Eindruck abzubringen — so
daß es kaum übertrieben wäre zu sagen, daß
ein geschickter Richter mit der Jury tun kann,
was er will.

Das richterliche Verhör ... Vielleicht wird diese heikle Frage später einmal in einer weiteren Umfrage von *L'Opinion* aufgeworfen. Da ich noch keinen Strafgerichtssitzungen in England beigewohnt habe, kann ich nicht abschätzen, ob das von Anwälten und Staatsanwaltschaft durchgeführte Verhör nicht womöglich noch schwerer wiegende Nachteile mit sich bringt ... das jedenfalls ist es nicht, worauf Sie mich gebeten haben zu antworten.

Meine Meinung über die Zusammensetzung der Jury? — Diese Zusammensetzung ist in höchstem Maße unvollkommen! Ich weiß nicht genau, wie diejenige zusammengestellt wurde, der ich angehörte; wenn sie aber das Ergebnis einer *Auswahl* war, dann war das mit Sicherheit eine verkehrte Auswahl. — Ich will damit sagen, daß es den Anschein hatte, als wären all diejenigen in den Städten und ländlichen Gebieten, die als würdig hätten erscheinen können, ihr anzugehören, sorgfältig ausgeschlossen worden — sofern sie sich nicht als befangen ablehnen ließen.

Aber Sie selbst? wird man mich fragen. — Wenn ich nicht beim Bürgermeister meiner Gemeinde, der beauftragt ist, die ersten Listen zu erstellen, darauf bestanden hätte, daß er regelmäßig seit sechs Jahren meinen Namen eintrug, hätte er, dessen bin ich mir ganz sicher, mich nicht vorgeschlagen — *aus Angst, mir ungelegen zu sein.* Selbst nachdem ich

meine Vorladung erhalten hatte, befürchtete
ich noch, als *Intellektueller* abgelehnt zu werden, entweder im ganzen oder nach und nach
bei jedem einzelnen Fall.

(Ich mußte es befürchten, und ich erinnerte
mich daran, daß mein Vater, zum Geschworenen ernannt, als Jurist systematisch ausgeschlossen worden war, jedesmal, wenn sein
Name aus der Urne gezogen wurde.)

Aber es verhielt sich anders. Und da sich
manche meiner Kollegen häufig für befangen
erklären ließen, wurde ich mit zahlreichen
Fällen befaßt und konnte so mehr als einmal
die Unschlüssigkeit, die Verwirrung, die Kopflosigkeit der Jury miterleben.

Bei einem anderen Fall gehörte ich nicht
zu den Geschworenen, die auf die Fragen des
Gerichts so geantwortet hatten, daß dieses den
Angeklagten zu lebenslänglichem Zuchthaus
verurteilen mußte, und danach derart über
das Ergebnis ihres Votums erschraken, daß
sie gleich nach der Sitzung noch einmal zu-
sammenkamen, von einem Extrem ins andere
fielen und schlicht und einfach ein Gnadengesuch unterzeichneten.

Es wurde vorgeschlagen, daß der Obmann
der Jury nicht wie derzeit durch das Los
bestimmt werden solle (der erste Name, der
aus der Urne gezogen wird), sondern durch
eine Abstimmung im Beratungszimmer —
was gelegentlich vorkommt. Und ich meine,

daß dies eine sehr glückliche Reform wäre. Denn ich habe in manchen Fällen erlebt, wie irgendein Geschworenenobmann durch Unentschlossenheit, Unverständnis, Umständlichkeit seinen Teil zu der Verwirrung beitrug, die ein guter Geschworenenobmann im Gegensatz dazu hätte vermeiden können. (Ich muß hinzufügen, daß der Unfähigste wirklich auch derjenige war, der sich auf seine Rolle am meisten einbildete und am wenigsten geneigt war, sie aufzugeben.)

Nicht eine hohe Bildung ist nötig, um ein guter Geschworener zu sein, und ich kenne manche »Bauern«, deren (manchmal etwas starrsinnige) Urteile vernünftiger sind als die vieler Intellektueller; aber ich wundere mich trotzdem darüber, wie Leute, für die jegliche geistige Arbeit ungewohnt ist, in der Lage sein sollen, über Stunden hinweg die beständige Aufmerksamkeit aufzubringen, die hier von ihnen verlangt wird. Einer von ihnen verschwieg mir seine Erschöpfung nicht; er ließ sich bei den letzten Sitzungen für befangen erklären: »Ich wäre sicher verrückt geworden«, sagte er. Er war einer der Besten.

Übrigens glaube ich, daß sich die Meinung des Geschworenen ziemlich rasch bildet und festsetzt. Nach Ablauf von zwei oder drei Viertelstunden ist er übersättigt − entweder von Zweifeln oder von Überzeugungen. (Ich rede von einem Geschworenen aus der Provinz.)

Hier wie anderswo wächst im allgemeinen die Macht der Überzeugungen mit dem Mangel an Bildung und mit dem Mangel an Kritikfähigkeit.

Wenn man nun also in Reformierlaune ist, so sollte die erste Reform, wie mir scheint, die Erstellung der Listen für die Ernennung der Geschworenen zum Gegenstand haben, indem man auf diesen nicht die am wenigsten Beschäftigten und Unbedeutendsten, sondern die Geeignetsten einträgt. Es wäre auch erforderlich, daß die letzteren ihre Ehre dareinsetzen, sich nicht für befangen erklären zu lassen.

In der letzten Zeit habe ich den Vorschlag gehört, die Jury solle zusammen mit dem Gericht beraten und mit diesem über die Höhe der Strafe befinden. Ja, vielleicht ... Zumindest ist es ärgerlich, wenn die Geschworenen von der Entscheidung des Gerichts überrascht werden und sich dann denken: Hätten wir voraussehen können, daß unser Votum eine so hohe — oder so geringe — Strafe nach sich zieht, wir hätten anders abgestimmt.

Vor allem muß man sagen, daß die Fragen, welche die Geschworenen zu beantworten haben, in einer Art und Weise gestellt werden, daß sie häufig den Charakter einer Falle annehmen und den armen Geschworenen dazu zwingen, entgegen der Wahrheit abzustimmen,

um das herauszubekommen, was er für gerecht
hält.

Mehr als einmal habe ich brave Bauern
erlebt, die entschlossen waren, nicht für erschwerende Umstände zu stimmen, und dann
angesichts der Fragen »Wurde der Diebstahl
nachts begangen ... mittels Einbruchs ... zu
mehreren?« (was gerade die erschwerenden
Umstände ausmacht) voller Verzweiflung aus-
riefen: »Da können wir ja wohl nicht *Nein*
dazu sagen.« Und danach stimmen sie dann
aufs Geratewohl für *mildernde Umstände,* als
Notlösung gewissermaßen.

Wenn die Fragen nicht anders gestellt werden können (zugegebenermaßen weiß ich auch
nicht recht, wie sie gestellt werden könnten),
wäre es gut, wenn die Geschworenen am Anfang der ersten Sitzung ein wenig Unterwei-
sung erhielten, die ihren Ängsten und ihrer
Verwirrung vorbeugen könnte — eine Unterwei-
sung darüber, welche Strafen ihre Antworten
nach sich ziehen.

Es wurde vorgeschlagen, jedem von ihnen
vor Sitzungsbeginn eine eigene Kopie der Fragen auszuhändigen; mir scheint diese Maß-
nahme ernsthafte Vorzüge zu bieten — und
Nachteile erkenne ich dabei nicht.

Ich möchte auch vorschlagen, daß bei manchen Fällen jeder Geschworene einen Lage-
plan ausgehändigt bekommt, durch den es ihm
leichter möglich wäre, sich den Schauplatz des

Verbrechens vorzustellen: Im Fall eines nächt-
lichen Überfalls, bei dem ich in der Jury saß,
hing die Ansicht der Geschworenen einzig und
allein davon ab, ob der Angeklagte nah genug
an einer Straßenlaterne und damit ausreichend angeleuchtet war, so daß Frau X. ihn
von ihrem Fenster aus erkennen konnte. Einer
von mehreren Zeugen, die in den Zeugenstand
gerufen wurden, plazierte die Straßenlaterne
fünf Meter vom genauen Ort des Überfalls
entfernt, ein anderer fünfundzwanzig. Ein
dritter ging so weit zu behaupten, es habe
überhaupt keine Straßenlaterne in diesem
Straßenabschnitt gegeben ... Wäre es nicht
einfacher gewesen, von der Gendarmerie einen
Plan vom Tatort anfertigen zu lassen?

Monsieur Bergson fordert, jeder Geschworene solle dazu verpflichtet werden, sein Votum
zu begründen und zu erklären ... Gewiß; aber
für mich ist keineswegs bewiesen, daß der beim
Sprechen ungeschickteste Geschworene auch
der im Fühlen und Denken schlechteste ist.
Und leider auch umgekehrt!

D I E

AFFÄRE E

RED U

REA U

VORWORT

Die Reihe, deren erster Band hier vorliegt[1], ist keine Sammlung von *Aufsehenerregenden Rechtsfällen.* Unser Interesse gilt nicht den »schönen Verbrechen«, sondern den »Affären«, die nicht unbedingt verbrecherischer Natur sein müssen und deren Beweggründe im dunkeln bleiben, die Schemata der traditionellen Psychologie sprengen und die menschliche Rechtsprechung ins Wanken bringen, die die schlimmsten Irrtümer riskiert, wenn sie in solchen Fällen ihrem Grundsatz *Is fecit cui prodest*[2] folgt. Die Affäre Redureau etwa, die wir hier darstellen, zeigt uns einen folgsamen und sanften Jungen, der körperlich und geistig für völlig gesund gilt, von gesunden und rechtschaffenen Eltern stammt und plötzlich, aus unerfindlichen Gründen, sieben Menschen die

---

[1] Es handelt sich dabei um die Sammlung *Richtet nicht*, herausgegeben unter der Leitung von André Gide, deren erster Band 1930 erschienen ist. (Anm. d. Hrsg.)

[2] Deutsch: »Jener hat die Tat begangen, dem sie nützt.« (Anm. d. Hrsg.)

Kehle durchschneidet. »Geistig normal«, werden die ärztlichen Gutachter sagen; also nicht krank. Doch das Motiv für diese Schreckenstat ist weder Geldgier noch Eifersucht, noch Haß, noch enttäuschte Liebe — nichts, was mühelos *erkennbar* und einzuordnen wäre.

Freilich handeln Menschen nie wirklich unmotiviert; den »acte gratuit« gibt es nur dem Anschein nach. Wir werden hier aber zugeben müssen, daß uns der heutige Wissensstand der Psychologie nicht ermöglicht, alles zu verstehen, und es auf der Landkarte der menschlichen Seele noch so manchen unerforschten Bezirk, noch so manche *terrae incognitae* gibt. Auf sie will unsere Reihe die Aufmerksamkeit lenken und dazu beitragen, deutlicher werden zu lassen, worüber bislang erst vage Vermutungen bestehen.

Über die Affären, die wir darstellen, werden wir ohne Rücksicht auf die Geduld des Lesers so eingehend wie möglich informieren. Es ist nicht unser Wunsch, ihn zu unterhalten, sondern ihm Kenntnisse zu vermitteln. Den Tatsachen gegenüber wollen wir nicht die Haltung eines Malers oder Romanschriftstellers einnehmen, sondern die eines Naturforschers. Eine Geschichte ist oft um so ergreifender, je gedrängter sie erzählt wird; doch über die Wirkung machen wir uns keine Gedanken. Wir werden uns, so gut es geht, im Hintergrund halten und eine möglichst getreue Dokumentation präsentieren; damit ist der Verzicht auf Interpretation und statt dessen die Verwendung direkter Zeugenberichte gemeint.

Über die Schwierigkeiten eines solchen Unterfangens sind wir uns im klaren. Vermutlich sind Dokumente dieser Art gar nicht so rar; überaus schwierig aber ist es, an sie heranzukommen; deshalb bitten wir alle Interessierten, uns auf wichtige Dokumente hinzuweisen oder, sofern sie darüber verfügen, uns zukommen zu lassen.

I

Am 30. September 1913 brachte der junge Marcel Redureau, fünfzehn Jahre alt und Knecht im Hause des Ehepaars Mabit, Landwirte in der Charente-Inférieure, auf bestialische Weise die gesamte Familie Mabit sowie die Magd Marie Dugast um: insgesamt sieben Personen.

Es sei zunächst kurz an den Tatbestand erinnert. Das beste ist, die Stelle aus der Anklageschrift zu zitieren, in der das Verbrechen ausführlich dargestellt wird:

»Am 1. Oktober 1913 gegen sieben Uhr morgens fand Madame Durant, Hausfrau in Le Bas-Briacé, die beim benachbarten Ehepaar Mabit täglich die Milch zu holen pflegt, zu ihrem größten Erstaunen alles im Haus still und Türen und Fenster geschlossen vor.

Unter der Haustür stand tränenüberströmt und nur mit einem Hemd bekleidet der vierjährige kleine Pierre Mabit. Auf die Frage, wo sich seine Mutter befinde, gab der Junge zur Antwort, sie sei im Haus und blute stark, und die Großmutter ebenfalls.

Da Madame Durant wußte, daß Madame Mabit hochschwanger war, dachte sie, es handle sich um eine Frühgeburt, und zog sich aus Diskretion zurück. Als Monsieur Gohaud erfuhr, was der Junge gesagt hatte, begab er sich seinerseits zum Haus der Mabits, stieß von außen die nur angelehnten Läden des Küchenfensters auf und sah auf dem Boden der Küche in einer Blutlache die leblosen Körper von Madame Mabit und deren Magd Marie Dugast liegen. Mittlerweile war ein weiterer Nachbar, Monsieur Aubron, dazugestoßen, und als die beiden Männer in die Küche eingedrungen waren, stellten sie fest, daß den beiden Opfern die Kehle durchgeschnitten worden war. Ohne sich die Zeit zu nehmen, nach den übrigen Hausbewohnern zu suchen, fuhr Aubron mit dem Fahrrad zur Gendarmerie von Loroux-Bottereau. Zwei Soldaten der dortigen Brigade begaben sich auf der Stelle ins Dorf Le Bas-Briacé und betraten das Haus der Mabits, wo sich ihnen ein Bild des Grauens darbot. Sie entdeckten nämlich, daß es anstelle von zwei Opfern deren sieben gab und daß allen Angehörigen der Familie Mabit sowie der jungen Magd Marie Dugast, mit Ausnahme des kleinen Pierre, die Kehle durchgeschnitten worden war.

Alle Leichen waren gräßlich verstümmelt, und der Mörder hatte sich offenkundig nicht damit begnügt, seine Opfer umzubringen, sondern sie so brutal zugerichtet, daß die Wunden so zahlreich waren und so dicht nebeneinander lagen, daß sie gar nicht mehr gezählt werden konnten.

. . . .

Als die Gendarmen zu ihrer Überraschung im ganzen Haus nirgendwo den ebenfalls bei dem Ehepaar Mabit angestellten Knecht Marcel Redureau antrafen, machten sie sich auf die Suche und fanden ihn in einem unbewohnten Häuschen nahe der Wohnung seiner Eltern, etwa fünfhundert Meter vom Tatort entfernt. Da sein Gesicht und sein Hemd Blutspuren aufwiesen, wurde er festgenommen und gestand nach einigem Zögern, sämtliche Morde allein begangen zu haben.

Während der gesamten Dauer der Ermittlungen wich Marcel Redureau von dem Geständnis, das er vor den Gendarmen abgelegt hatte, nicht ab und schilderte in den Verhören ohne erkennbare Gemütsbewegung die Begleitumstände des Verbrechens im einzelnen.

Am 30. September gegen zehn Uhr abends arbeitete er gemeinsam mit Mabit an der Kelter. Der Bauer hielt die Stange, mit der die Schraube der Presse bewegt wird, während Redureau auf der Plattform stand und ihm dabei half. Da der Knecht wenig Eifer an den Tag legte, ließ Mabit die Bemerkung fallen, er sei ein Taugenichts, und er, Mabit, sei seit einigen Tagen mit ihm unzufrieden.

Gereizt über diese Bemerkung, stieg Redureau von der Kelter herab, ergriff einen Holzstampfer, eine fünfzig Zentimeter lange Keule, die sich in der Nähe befand, und versetzte seinem Herrn damit mehrere Schläge auf den Kopf, worauf dieser die Stange losließ und stöhnend zusammenbrach. Als Redureau sah, daß er noch am Leben war, bemächtigte er sich eines riesigen Hackbeils, das die Bauern Weinhippe nennen und das nicht im Weinberg verwendet wird, sondern zum Zerkleinern der in der Kelter aufgehäuften Traubenmassen dient.

Diese Waffe, bei deren Anblick einem sofort klar wird, welch schreckliche Wunden sie zufügen kann, besteht aus einer sehr scharfen, am oberen Ende abgerundeten Klinge, die ungefähr zweieinhalb Kilo wiegt, fünfundsechzig Zentimeter lang und dreizehn Zentimeter breit ist und an einem ungefähr einen Meter langen Holzstiel befestigt ist.[1]

---

[1] In Anbetracht der von Redureau verwendeten Waffe konnten die Wunden nicht harmlos sein. Diese Waffe, die eher ›einer Sense oder einem Beil ähnelt‹ als einem Messer, war so geschmeidig, daß die Tiefe der Wunden leicht zu erklären ist. Offensichtlich hatte Redureau völlig den Kopf verloren und muß *wie blind drauflosgeschlagen haben.* In der Tatsache, daß die Waffe ausgerechnet in dem Moment zerbrach, als er das jüngste Opfer niedermetzelte, von dem er den geringsten Widerstand zu befürchten hatte, meinte ich zunächst einen Beweis für seine vorübergehende Bewußtseins-

Mit diesem Werkzeug schnitt Redureau seinem Herrn die Kehle durch, worauf dieser röchelnd zusammenbrach und schließlich tot liegenblieb.

Nach dieser ersten Mordtat hatte der Beschuldigte, wie er behauptet, zunächst die Absicht zu fliehen, als er aber in die Küche gehen wollte, um die Kelterlaterne zurückzutragen, habe ihn Madame Mabit, die gemeinsam mit Marie Dugast mit Näharbeiten beschäftigt war, beim Namen gerufen und gefragt, wo ihr Mann bleibe. Aus Angst, sie könnte in die Kelter gehen und dort den Leichnam ihres Mannes finden, faßte Redureau den Plan, alle Zeugen seines Verbrechens zu beseitigen, um ungestraft davonzukommen. Ohne Madame Mabit zu antworten, traf der Beschuldigte Anstalten, sein Vorhaben in die Tat umzusetzen, und kehrte in die Kelter zurück; dort nahm er das blutige Hackbeil, dessen er sich soeben bedient hatte, ging in die Küche und brachte die beiden Frauen um.

Unausweichlich wäre die Großmutter, die entweder noch nicht schlief oder durch das Drama, das sich in ihrer unmittelbaren Nähe abspielte, aufgewacht war, ihrer Schwiegertochter zu Hilfe geeilt. Auch sie mußte ver-

---

trübung zu erkennen; doch bei genauerem Hinsehen scheint mir eher, daß der lange Stiel der Traubenhippe gegen einen der Holz- oder Eisenpfosten der Wiege gestoßen sein wird, in der das zweijährige Kind wohl lag.

schwinden. Und so steht Redureau, der keine
Sekunde verliert, im Schein seiner Laterne,
das Hackbeil in der Hand, plötzlich vor ihr
und ermordet sie.

Blieben drei Kinder, deren Angstschreie die
Nachbarn alarmieren konnten. Sie alle wurden hingemetzelt; der Zweijährige, der, sollte
man meinen, zu klein war, um für den Verbrecher eine Gefahr darzustellen, blieb ebensowenig verschont wie die anderen, und Redureau hieb mit solcher Brutalität auf ihn ein,
daß er seiner eigenen Aussage nach an der
Wiege seines letzten Opfers den Stiel des Hackbeils zerbrach.

Der kleine Pierre Mabit, der seine Schlafstatt
in der Küche hatte und entweder schlief oder
vor lauter Entsetzen nicht geschrien hatte,
verdankte diesem Umstand, daß er dem gräß-
lichen Massaker entging.

Sorgfältig brachte Redureau das Mordinstrument in die Kelter zurück, wo es anderntags
auch aufgefunden wurde, stellte die blut-
befleckte Laterne auf den Rand des Brunnens
im Hof, ging in sein Zimmer und verbrachte
dort den Rest der Nacht. Am Morgen begab er
sich zur Wohnung seiner Eltern.

Wie er behauptet, hatte er Gewissensbisse
und wollte sich in einem nahe gelegenen
Wasserbecken ertränken; in der Tat jedoch
handelte es sich dabei nur um eine vorübergehende Anwandlung, und man wird sich fra-

gen dürfen, ob er nicht einfach einen Selbstmordversuch vortäuschen wollte und sich die
Schuhe und das untere Ende der Hosenbeine
nur naß gemacht hatte, um glaubwürdiger zu
wirken.[1]

Der Beschuldigte stammt aus einer ehr-
baren und vielköpfigen Familie. Beim Ehepaar Mabit war er erst seit einigen Monaten
in Dienst. Intelligent und im Besitz eines
Volksschul-Abschlußzeugnisses, galt er in den
Augen einiger Zeugen für nicht eben mitteil-
sam, für hinterhältig und nachtragend. Wenn
man einem gewissen Monsieur Chiron Glauben schenken darf, der ihn um die Mitte des
Monats Juli gesehen und ihm dazu gratuliert
hatte, bei so rechtschaffenen Leuten wie den
Mabits zu dienen, dann machte Marcel Redureau folgende schwerwiegende Äußerung, die
von den späteren Ereignissen nur allzusehr
bestätigt wurde: ›Also ich kann sie nicht leiden, umbringen sollte man die; wenn ich
könnte, dann würde ich sie alle umbringen,
keinen einzigen würde ich übriglassen.‹«

---

[1] Die Gerichtsmediziner teilen die Skepsis des Staatsanwalts
nicht. In diesem Punkt (dem Selbstmordversuch) wie in allen übrigen scheint ihnen Redureau — der nicht den geringsten Versuch
macht, seine Schuld abzuschwächen — vollkommen aufrichtig zu
sein.
    Fügen wir hinzu, daß Redureau nach vollbrachter Tat nicht
eine Sekunde lang auf die Idee gekommen war, das Geld aus dem
Schrank zu nehmen, das sich mit Sicherheit dort befand und das
ihm die Flucht ermöglicht hätte. Nicht eine Sekunde lang war er auf
die Idee gekommen zu fliehen.

Zu dieser einzigen Zeugenaussage des Herrn Chiron hier einige Bemerkungen. Die von ihm zitierte Äußerung würde, wenn schon nicht auf eine Absicht, so doch auf eine gewisse Bereitschaft, das Verbrechen zu begehen, schließen lassen und diesem damit einiges von seiner Sonderbarkeit nehmen. Aus dem aufmerksamen Studium der Prozeßakten, die mir ein Leser der *N. R. F.* liebenswürdigerweise zukommen ließ (und wofür ich ihm an dieser Stelle auf das herzlichste danke), gewinne ich den Eindruck, daß sie vollkommen aus der Luft gegriffen ist. Daß der Herr Gerichtspräsident dennoch auf sie Bezug nimmt, mag noch angehen. Doch ist es einfach ungeheuerlich, daß die Staatsanwaltschaft, im Bestreben, sich ein Bild von der Glaubwürdigkeit der Zeugenaussage Monsieur Chirons zu machen, vor die Geschworenen nur solche Zeugen laden ließ, die sich über den Lebenswandel Monsieur Chirons günstig äußerten, und alle anderen wegließ, wie es im übrigen auch ihr gutes Recht ist. Anzumerken ist, daß es bei den Personen, die sich über Chiron günstig äußerten und an die die Gendarmerie sich gewandt hatte, um folgende handelte: erstens den Fleischer, dem Monsieur Chiron seine Schweine verkaufte; zweitens den Schlachter, dem Monsieur Chiron sein Schlachtvieh verkaufte; und drittens einen weiteren Händler, mit dem Monsieur Chiron seit langer Zeit in Geschäftsverbindung stand.

Die Aussagen der anderen Zeugen wären geeignet gewesen, die Meinung der Geschworenen entschieden zu modifizieren, und hätten
Monsieur Chiron womöglich als Ehrenmann,
doch auch als »Aufschneider mit blühender
Phantasie« dargestellt.

»Monsieur Chiron«, so einer von ihnen,
»hat eine recht eigene Mentalität und erzählt
Geschichten, die er sich selbst ausgedacht
hat. Mit Vorliebe schreibt er sich bei wichtigen
Vorkommnissen in der Umgebung eine Rolle
zu.« So hat er doch tatsächlich behauptet,
ein gewisses Gesetz aus dem Jahr 1898, das
im Bezirk bahnbrechend war, sei durch seinen persönlichen Einsatz zustande gekommen.
Das die Wahl entscheidende Dokument bei
der Umfrage habe er beigebracht, sagt er. Bei
dem Verbrechen vom 30. September 1913, das
in der Lokalgeschichte von Landreau ebenfalls
eine große Rolle spielt, kommt Chiron der
Satz, von dem er berichtet oder den er sich
ausgedacht hat, nicht sofort in den Sinn,
sondern erst nach zwei Tagen. Zunächst einmal äußert er die Auffassung, das Verbrechen
könne nur von einem Fremden begangen worden sein.

Hinzu kommt folgendes. Ich habe eben gesagt, keiner der Chiron belastenden Zeugen
sei vorgeladen worden; hierin habe ich mich
getäuscht. Monsieur Pierre Bertin, der in seiner Aussage die von mir oben erwähnte »eigene

Mentalität« Chirons unterstrich, war nur *irr-tümlich* geladen worden. Das kam so: In die Untersuchung waren zwei Pierre Bertins ver-wickelt; der eine hatte ein günstiges Zeugnis abzulegen, und nur ihn wollte der Staats-anwalt zu Wort kommen lassen. Als uner-warteterweise der andere Pierre Bertin, der Belastungszeuge, erschien, zeigte sich Mon-sieur Chiron höchst verärgert und suchte schleunigst das Weite.

Man möge mich nicht mißverstehen; man verstehe mich recht: Ich habe keineswegs die Absicht, die Scheußlichkeit von Redureaus Verbrechen abzuschwächen; doch wenn ein Fall so schwerwiegend ist, wird man mit Recht darauf hoffen dürfen, daß es der Anklage selbst ein Anliegen ist, dem Auge der Justiz alle Begleitumstände zu präsentieren, selbst solche, die zugunsten des Angeklagten spre-chen könnten. Insbesondere dann, wenn es sich um einen armen Jungen handelt, dessen einziger Beistand ein Pflichtverteidiger ist.

Daß ich mich so eingehend bei diesem Punkt aufgehalten habe, liegt auch daran, daß die Affäre Redureau von weit geringerem psychologischem Interesse wäre, wenn sich der junge Mörder erwiesenermaßen schon seit langem mit dem Gedanken an das Verbrechen getragen hätte, worauf seine angeblichen Äuße-rungen schließen lassen würden. Im übrigen ist zu bemerken, daß das auch der einzige

Punkt ist, den der junge Redureau heftig in Abrede stellt — er, der andererseits sofort ein vollständiges Geständnis abgelegt und alles, was ihm zur Last gelegt wurde, als zutreffend akzeptiert hat.[1] Diese Äußerungen hat er nie getan; er war, bevor er das Verbrechen beging, nie auf den Gedanken verfallen, es zu begehen.

II

Erstens. Monsieur Henry Barby schreibt in *Le Journal* (Samstag, 4. Oktober 1913):

Nantes, 3. Oktober (Telegraphische Meldung unseres Sonderberichterstatters). — Meinen gestrigen telegraphischen Bericht beendete ich mit der Mitteilung, daß man hier einfach nicht glauben will, daß Marcel Redureau, wie er selbst behauptet, auf eine simple Bemerkung seines Dienstherrn hin zum bestialisch grausamen Mörder an sieben Personen wurde.

Und es ist bei diesem fünfzehnjährigen Burschen auch wirklich nicht die *erbliche Belastung*[2], es sind nicht die Stigmata der

---

[1] Und ebenfalls anzumerken ist, wie ungenau die Zeitungen in diesem Punkt — wie in sehr vielen anderen — berichten: »Redureau behauptet heute, er habe etwas Derartiges nie gesagt, *aber zahlreiche Zeugen versichern das Gegenteil.*« (*Le Journal*, März 1914.)

[2] Alle kursiv gedruckten Hervorhebungen stammen von mir.

Entartung festzustellen, die den geborenen Verbrecher kennzeichnen. Marcel Redureau ist das vierte von *zehn Kindern, die allesamt so kräftig, gesund und anständig sind wie ihre Eltern.* Diese besitzen ein wenig Grund und Boden, sind zugleich Landwirte und Weinbauern und leben vom Ertrag ihrer Arbeit. Sie wohnen keine dreihundert Meter vom Hof der Mabits entfernt. Sie sind im ganzen Dorf geachtet, *haben ihren Kindern stets nur gute Ratschläge gegeben und sind ihnen immer ein Vorbild gewesen.*

Ihr Sohn Marcel-Joseph-René, dessen grauenhafte Untat sie nunmehr in Verzweiflung stürzt, wurde am 24. Juni 1896 [sic!] geboren. Er ist also genau fünfzehn Jahre und drei Monate alt. Seine Kindheit verlief ohne nennenswerte Ereignisse und unterschied sich nicht von der anderer Bauernjungen, die, sowie sie einigermaßen dazu imstande sind, aus dem Haus gehen und sich eine Arbeit suchen, um der Familie nicht weiter zur Last zu fallen.

Der Bürgermeister von Landreau, Monsieur du Boisgueheneuc, der ihn gut kannte, kann einfach nicht verstehen, daß er ein solches Verbrechen begehen konnte:

»Marcel«, meint er, »dessen Familie mit den Mabits im besten Einvernehmen stand, hat bis zu diesem Zeitpunkt keinerlei Anlaß zur Unzufriedenheit gegeben. Er war vielleicht etwas nervös, aber das ist alles. *Es heißt jetzt, er sei*

*hinterhältig und ungesellig, ich muß sagen, daß
das früher niemandem aufgefallen ist.* Er hat
nicht getrunken, kurz, nichts deutete darauf
hin, daß er zu einer solchen Untat imstande
sein würde.«

Sein ehemaliger Schullehrer, Monsieur Bé-
ranger, äußert sich in ähnlichen Worten:

»Redureau«, sagt er, »war durchschnittlich
intelligent und hat sich immer ordentlich betragen. *Er war ein guter Schüler, und ich war
immer zufrieden mit ihm. Wenn er getadelt
wurde, hat er sich nie aufgelehnt. Er war ein
eher fügsames Kind.*«

Mit elf Jahren erhielt Marcel sein Abschluß-
zeugnis und ging von der Schule ab. Seine
Eltern suchten ihm eine Stelle. Da er ein
wenig zu zart war, um bei Fremden zu arbeiten, fing er bei seinem Onkel, Monsieur Louis
Bouyer, Landwirt in der Bonnière, zwei Kilo-
meter von Landreau entfernt, als Viehhüter
an. *Er war sehr folgsam, war nicht faul und
nicht störrisch, und sein Onkel behielt ihn drei
Jahre in seinen Diensten und konnte darüber
nur froh sein.*

Nachdem Marcel Redureau zehn Monate
bei seinen Eltern gearbeitet hatte, trat er im
Juni dieses Jahres eine Stelle als Knecht auf
dem Hof der Mabits an, wobei er seinem
älteren Bruder nachfolgte, der zum Militär
ging. Sein Jahreslohn betrug dreihundertsech-
zig Francs.

»*Er war so furchtsam*«, berichtet sein Vater, »*daß er sich abends nicht aus dem Haus wagte.*«

Was ist in diesen drei Monaten passiert, daß sich dieser schüchterne, dieser sanfte, dieser ängstliche Junge in eine blutrünstige Bestie verwandeln konnte?

Unmittelbar nach der Entdeckung des Verbrechens dachte man, das Motiv sei Raub gewesen. Am vorangegangenen Sonntag hatte Monsieur Mabit für den Verkauf eines Teils seiner Ernte dreitausend Francs einkassiert. Doch obwohl die Summe für den Mörder zugänglich war, wurde sie unberührt aufgefunden. Marcel hat *also* (!) ausschließlich aus Rache getötet.

Jetzt, wo das Schreckensbild des Verbrechens langsam verblaßt, beginnen die Leute zu reden, in Landreau wie in Le Bas-Briacé lösen sich die Zungen, und aus diesen Gerüchten ergibt sich eine ganz unerwartete Version der Dinge.

Marcel Redureau soll für die keimenden Reize von Marie Dugast, der jungen Magd der Bauern, nicht unempfänglich gewesen sein. So wie er stand Marie seit drei Monaten bei den Eheleuten Mabit in Diensten.

Nun wird im Weiler behauptet, Marcel Redureau habe am Tag des Verbrechens versucht, der jungen, ebenso wie er selbst fünfzehn Jahre alten Magd Gewalt anzutun, und seine

Tat habe ihm eine scharfe Rüge von Madame Mabit eingetragen. Der Bauer soll seine schweren und gerechtfertigten Vorhaltungen denen seiner Frau beigefügt haben. Aber stimmt das auch?

Wie auch immer, nun hat die gerichtliche Untersuchung das Wort. Der Untersuchungsrichter Monsieur Mallet, der die strafrechtliche Voruntersuchung leitet, hat den Präsidenten der Anwaltskammer von Nantes schriftlich ersucht, einen Anwalt zu ernennen, der Marcel Redureau vertreten soll. Der Präsident ernannte den Rechtsanwalt Abel Durand.

Henry Barby
(*Le Journal*, Samstag, 4. Oktober 1913)

Zweitens. Der Korrespondent von *Le Temps* berichtet:

Im Beisein zahlreicher Trauergäste fanden gestern um drei Uhr die Begräbnisfeierlichkeiten für die Opfer des Verbrechens von Landreau statt. Das Haus der Ermordeten wurde vom Friedensrichter amtlich versiegelt.

Der Bürgermeister von Landreau erklärte, daß er Redureau gut gekannt habe und daß *der junge Mann keinerlei Anzeichen einer solchen Veranlagung habe erkennen lassen. Er sei weder hinterhältig noch ungesellig gewesen*, wie man mittlerweile gerne behaupte.

Er habe sogar Freunde gehabt. *Er habe nicht getrunken.*

In letzter Zeit war er allerdings von seinem Dienstherrn öfter getadelt worden. Vielleicht hatten ihn diese Tadel so gereizt, daß er schließlich den Kopf verloren hat.

Der ehemalige Schullehrer Redureaus erklärt außerdem, dieser sei zwar nur durchschnittlich intelligent, *aber ein guter Schüler gewesen, mit dem er immer zufrieden gewesen sei.* Er hat die Schule erfolgreich abgeschlossen. Auch der Lehrer war sehr überrascht, als er von dem Verbrechen erfuhr.

Die Gerichtsärzte erklären, selten einem solchen Maß an verbissener Brutalität begegnet zu sein. Bei einigen der Leichen sehen sie sich außerstande, Anzahl und Reihenfolge der Hiebe zu bestimmen. Redureau muß auf die sieben Menschen, die er getötet hat, fünfzig-, sechzigmal eingehauen haben.

Als Mordinstrument bediente er sich einer fünfzig Zentimeter langen Weinhippe. Ihr Stiel ist länger als die Klinge. Diese ist krumm wie ein Türkensäbel und ähnelt einem Jatagan.

Der Mörder hat im Gefängnis von Nantes eine sehr ruhige Nacht verbracht. Da er noch keinen Verteidiger hat, wird er wohl kaum vor Montag verhört werden.

(Le Temps, 4. Oktober 1913)

Drittens. Gleichfalls in *Le Temps* erscheint folgende Meldung:

Unser Korrespondent in Nantes berichtet:

Der Präsident der Anwaltskammer hat Herrn Rechtsanwalt Abel Durand zum Verteidiger von Marcel Redureau ernannt. Redureau fällt unter die Bestimmungen der Paragraphen 66 und 67 des Strafrechts, die folgendermaßen lauten:

Paragraph 66 — Hat der Angeklagte das sechzehnte Lebensjahr noch nicht vollendet und war er zum Zeitpunkt der Tat erwiesenermaßen nicht zurechnungsfähig, wird er freigesprochen und, je nach den Umständen, entweder der Obhut seiner Eltern übergeben oder in einer Besserungsanstalt aufgezogen, wo er höchstens bis zur Vollendung seines zwanzigsten Lebensjahres festgehalten wird.

Paragraph 67 — War der Angeklagte hingegen zum Zeitpunkt der Tat zurechnungsfähig, gilt es zu unterscheiden, unter welches Strafmaß seine Tat fällt. Steht auf die Tat die Todesstrafe oder lebenslängliches Zuchthaus, lautet das Urteil auf zehn bis zwanzig Jahre Besserungsanstalt. Hat er sich eine zeitlich begrenzte Zuchthausstrafe oder schweren Kerker zugezogen, so lautet das Urteil auf eine Haftstrafe, deren Dauer mindestens einem

Drittel und höchstens der Hälfte des verdienten Strafmaßes entspricht.

Die Höchststrafe, mit der der Verbrecher von Landreau rechnen muß, sind also zwanzig Jahre Gefängnis.

Alle Motive für das Verbrechen, die bisher in Betracht gezogen wurden, haben sich nach und nach als unhaltbar erwiesen. Man hatte an Raub gedacht, da Redureaus Dienstherr am Sonntag für den Verkauf seiner Weinernte zweitausend Francs einkassiert hatte. *Der Geldbetrag wurde vollständig aufgefunden. Also ist diese Möglichkeit auszuschließen. Auch die Hypothese eines Verbrechens aus Leidenschaft scheint nicht aufrechterhaltbar zu sein.* Bleibt Rachsucht, bleibt Redureaus Groll auf seinen Dienstherrn, der ihn grob behandelt haben soll. Und es scheint, daß die Nachforschungen des Untersuchungsrichters in diese Richtung gehen werden.

Der Häftling zeigt sich unterdessen nach wie vor sehr ruhig und ist sich anscheinend der Grauenhaftigkeit seines Verbrechens nicht bewußt. *Er ist bei Appetit, schläft gut und scheint nicht unter Gewissensbissen zu leiden.* Freitag nachmittag suchte ihn sein Rechtsanwalt auf und hatte mit ihm eine ziemlich lange Unterredung.

(Le Temps, 5. Oktober 1913)

III

GUTACHTEN DER GERICHTSMEDIZINER

Nun übergebe ich das Wort den Gerichts-
medizinern (Monsieur A. Cullerre und Monsieur M. Desclaux). Ihr Gutachten ist von so
großer Bedeutung, daß man mir, wie ich hoffe,
verbunden sein wird, wenn ich es fast zur
Gänze zitiere:

»Charakteristisch für diese grauenhafte Tragödie ist die Tatsache, daß für ihr Zustande-
kommen nicht die gewöhnlichen ätiologischen
Voraussetzungen der Jugendkriminalität verantwortlich sind. Weder ist das Verbrechen
erbbedingt, noch ist es durch Umwelteinflüsse
erklärbar: Der Täter weist in erblicher Hinsicht keine belastende Vorgeschichte auf; er
wuchs in einem untadeligen Milieu auf und
wurde stets von richtigen Prinzipien und Vor-
bildern geleitet. Ebensowenig ist es die Folge
einer bei jugendlichen Kriminellen so häufig
anzutreffenden Regression, einer instinktiven
Bösartigkeit, einer seelischen Empfindungs-
losigkeit, eines fehlenden Gefühls für Moral:
In der Anamnese des jungen Mörders findet
sich kein einziger Anhaltspunkt, der für eine
solche Annahme spräche. Bemerkenswerter-
weise wurde er von keiner der Personen, in
deren Mitte oder unter deren Augen er auf-
gewachsen ist, bei der Gerichtsverhandlung als
geistig zurückgeblieben dargestellt. Alle, die

ihn kennen oder mit ihm Umgang hatten, schilderten ihn übereinstimmend als sehr intelligent, arbeitsam und frei von schlechten Gewohnheiten. Allerdings ist auf einen Punkt, der sicherlich eine gewisse Bedeutung hat, hinzuweisen: Beinahe einstimmig bezeichneten ihn die Zeugen als verschlossen, ein wenig schwierig und hinterhältig.[1]

Er ist auch nicht in somatischer Hinsicht degeneriert, den völlig aus der Luft gegriffenen Darstellungen in gewissen Zeitungen, die über den Prozeß berichtet haben, zum Trotz. ›Der Junge‹, steht in einem dieser Blätter zu lesen, ›ist beinahe ein Kind, dessen körperliche Entwicklung noch nicht abgeschlossen ist. Hätte die Balustrade zwischen der Angeklagtenbank und dem Gerichtssaal nicht Stäbe, könnte man ihn, wenn er sitzt, nicht sehen, und wenn er steht, ist er nicht größer als ein Dreikäsehoch.‹ Nun ist Redureau aber 1,584 Meter groß und liegt damit um fünf Zentimeter über dem Quételet-Durchschnitt für einen Sechzehnjährigen. In derselben Zeitung heißt es weiter: ›Er hat einen großen Kopf und blonde Haare, die ihm in die niedrige, gewölbte Stirn fallen. Im Profil gesehen zeigt er

---

[1] Eine weitere Charaktereigenschaft Marcel Redureaus, die merkwürdigerweise hier nicht erwähnt wird und auf die ich noch zurückkommen möchte, ist seine von einigen Zeugen erwähnte *Furchtsamkeit*; möglicherweise liegt die Ursache dieser Angst in einer übergroßen »Nervosität«.

eine gerade Nase, einen breiten Mund, eine
fliehende Stirn und ein fliehendes Kinn.[1]
Keines dieser Details trifft zu und entspricht
der Realität. Seine Stirn ist weder niedrig
noch sonderlich gewölbt, und schon gar nicht
fliehend. Kopf und Gesicht sind in ihrer Ge-
samtheit sehr regelmäßig; Morel-Stigmata sind
nicht zu entdecken. Ebenso falsch ist, daß die
Ohren, wie es im selben Artikel heißt, ›riesig‹
sein sollen. Ihre Größe beträgt auf der anthro-
pometrischen Signalementskarte 6,8 Zentimeter; sie sind vollkommen symmetrisch, wohl-
geformt, weisen feine Ränder auf und stehen
nicht vom Kopf ab. Einzige vorhandene Beson-
derheit ist ein Darwinscher Höcker, der wohl
eine Seltenheit, nicht jedoch eine Anomalie
darstellt.

Näher an der Wahrheit bleibt eine andere
Zeitung, die den Mörder folgendermaßen schildert: ›Mit seinen blonden, ja hellblonden Haaren und seinen blauen Augen ist er ein eher
sympathischer Junge; er hat nicht im min-
desten das Aussehen eines Rohlings, das man
allgemein einem Mörder zuschreibt.[2]

Der Junge ist verschlossen und hinterhältig:
mehr konnte man nicht finden, um sein Verbrechen zu erklären. Und dennoch wäre es vor

---

[1] Bei dieser Zeitung handelt es sich um *Le Temps* (2. Oktober
1913), und ich könnte mir gar kein besseres Beispiel für die Irrtümer
wünschen, die durch Voreingenommenheit entstehen.

[2] *Le Phare de la Loire*, 2. Oktober 1913.

diesem Zeitpunkt vielleicht niemandem ein-
gefallen, etwas Schlechtes über seinen Charakter zu sagen. Seine Eltern haben ihn nie
so gesehen; ebensowenig wie der Lehrer, der
ihn sechs Jahre unterrichtet hat.

Dic entscheidenden Faktoren, die zu dem
schrecklichen Blutbad geführt haben, sind
wohl die Impulsivität, die für die turbulen-
ten Jahre der Adoleszenz charakteristisch ist,
sowie das furchtbare Mordinstrument, das
griffbereit dalag, das in dieser Gegend Weinhippe genannt wird und ein Mittelding zwischen Sense und Axt darstellt.

Das Verbrechen des jungen Redureau gehört
zu den schauderhaftesten, die man sich vorstellen kann. Am 30. September 1913 gegen
halb elf Uhr abends war er mit seinem Dienstherrn an der Kelter beschäftigt, und als ihm
dieser Vorhaltungen bezüglich seiner Arbeit
machte, schlug er ihn mit einem Stampfer
nieder und durchtrennte ihm anschließend
mit der Weinhippe die Kehle. Danach ging er
ins Wohnhaus, wo er auf dieselbe Weise der
Reihe nach Madame Mabit, ihre Dienstmagd,
ihre Schwiegermutter und drei ihrer Kinder
tötete, wobei er auf seine Opfer mit beispiel-
loser Brutalität einhieb. Wir halten uns hier
nicht länger bei der Beschreibung der Einzelheiten des Dramas auf, werden aber im weiteren Verlauf alle Umstände noch genauer untersuchen.

Wir haben bei den Eltern des Beschuldigten folgende Informationen über seine erbmäßige und persönliche Anamnese eingezogen:

Weder bei den direkten Vorfahren noch bei deren Voreltern, noch bei den Verwandten beider Seitenlinien sind je Psychopathien oder epileptische Erkrankungen vorgekommen. Außerdem finden wir weder Originale noch Sonderlinge, noch Alkoholiker.

Vater und Mutter sind bei guter Gesundheit und von kräftiger Konstitution. Sie haben keine schwere körperliche oder das Gehirn befallende Krankheit durchgemacht.

Von elf Kindern sind zehn noch am Leben, sechs Knaben und vier Mädchen. Die älteste Tochter ist einundzwanzig Jahre alt, die Jüngste, ebenfalls ein Mädchen, zwanzig Monate. Das dritte Kind, ein Knabe, starb vier Tage nach der Geburt. Der Beschuldigte ist das fünftgeborene Kind. Schwangerschaften und Geburten der Mutter verliefen normal. Kein Kind hatte schwere Krankheiten, weder allgemeine noch solche des Nervensystems oder des Gehirns. Alle sind kräftig und haben gesundheitlich nie Anlaß zu Besorgnis gegeben.

Abgesehen von einigen kleinen Unpäßlichkeiten während seiner Kindheit hatte Marcel, der Beschuldigte, außer einem Rheumaanfall im September 1912, keine Krankheiten; während seiner Dienstzeit bei Monsieur B. bekam er plötzlich Fieber und Gelenkschmerzen, vor allem in den Knien, die jedoch nicht anschwollen. Er war nur acht Tage lang krank und nahm seine Arbeit zwei Wochen nach Krankheitsbeginn wieder auf.

Er ist intelligent und hat die Volksschule abgeschlossen. Niemand hatte sich je in irgendeiner Hinsicht über ihn zu beklagen; weder seine Dienstherrschaft noch seine Kameraden, noch die Dorfbewohner. Er hat nie schlechte Neigungen an den Tag gelegt. Er ist nicht streitlustig und hat sich nie grausam gegen Tiere gezeigt.

Seine Eltern räumen ein, daß er etwas nervös, lebhaft und mutwillig ist, doch ohne böse Absicht. Er ist im weitesten Sinn des Wortes furchtsam.[1] Über diesen Punkt sowie über den Charakter Marcels können sie keine ge-

---

[1] Einige Zeugen haben Redureaus Anlage zur Ängstlichkeit betont, und ich muß zugeben, daß ich davon besonders berührt war. Ich hatte bei der Aufzucht eines nervösen und furchtsamen jungen Hundes Gelegenheit zu beobachten, wie sich bei ihm die Angst auf ganz natürliche Weise in Bösartigkeit verwandelte. Dieser Hund schreckte beim geringsten ungewöhnlichen Geräusch auf und begab sich sofort in Abwehrstellung ... Ich möchte annehmen, daß Redureau aus Angst dermaßen den Kopf verloren hat. Wenn die Embryologie, wie von Agassiz mit sehr beredten Worten hervorgehoben wurde *(De la classification en zoologie)*, außerordentlich hilfreich war bei der Entdeckung bestimmter, bis dahin ungeahnter Beziehungen zwischen scheinbar ganz verschiedenen Tierarten, so glaube ich, daß es ebenfalls besonders lehrreich sein kann, gewisse Gefühle in einem gleichsam embryonalen Zustand zu untersuchen. Die Angst ist vermutlich der Embryo des kurzen Irreseins, das Redureau zum Mord getrieben hat. Einer meiner Neffen, der sich im Krieg heldenhaft verhalten hat, ist nach wie vor überzeugt, daß just das Gefühl der

naueren Angaben machen. Er hatte nicht den
geringsten Hang zur Verschwendung, trank
nicht und spielte an seinen freien Tagen mit
den Kameraden. Einen Hang zu unmäßiger
Lektüre konnten sie bei ihm nicht feststellen. Er hatte den vorangehenden Sonntag bei
ihnen verbracht, und sie hatten nichts Außergewöhnliches an ihm bemerkt. Er hat sich
bei ihnen nie über seinen Dienstherrn Mabit
beschwert. Das Verbrechen überrascht sie zu-
tiefst, und sie finden keine Erklärung dafür.

Wenn wir diese Informationen mit den Prozeßakten vergleichen sowie mit den Erklärungen der Behörden und den Aussagen der Zeugen während der Voruntersuchung, so stellen
wir fest, daß in keinem wesentlichen Punkt
Abweichungen zu verzeichnen sind.

Der Friedensrichter von Loroux-Bottereau
erklärt im Bericht, in dem er über den Beschuldigten Auskunft gibt, daß von irgendwelchen
entscheidenden Charakterfehlern nichts bekannt sei, daß er aber ›etwas nervös und bisweilen hinterhältig‹ sei.

Der Lehrer, der ihn unterrichtet hat, sagte
aus: Marcel Redureaus Intelligenz war etwas
höher als der Durchschnitt, er war ein guter
Schüler, zog sich selten Strafen zu. Während

Angst manchen Soldaten so kopflos machte, daß er zu ähnlichen
Handlungen bereit war wie der junge Redureau, Handlungen, die
ihm damals das Kriegsverdienstkreuz eintrugen.

seiner Schulzeit gab er keinerlei Anlaß zu Klagen. Er hatte einen recht guten Charakter und wirkte nicht hinterhältig. Sein Betragen war gut. In bezug auf Ehrlichkeit und sittliches Verhalten gab er keinerlei Anlaß zu Vorhaltungen.

Keine einzige Zeugenaussage weicht merklich von der des Lehrers ab, außer in einem Punkt: dem Charakter.

Der Zeuge B., sein Onkel, bei dem er vom elften bis zum vierzehnten Lebensjahr gearbeitet hat, konnte sich nicht über ihn beklagen, er sei aber nicht sehr gesprächig und habe einen hinterhältigen Charakter.

Der Zeuge C., ein Nachbar des Vorgenannten, kannte Marcel sehr gut und sagte aus, dieser habe sich gut betragen und gut gearbeitet, sei aber ›sehr verschlossen‹ und habe oft, wenn man ihn angesprochen habe, keine Antwort gegeben.

Der Zeuge Br., bei dem er in Diensten gestanden hat, bezeichnet ihn als sehr intelligent, findet aber, er habe einen ›hinterhältigen und eigenwilligen Charakter‹.

Alle übrigen Zeugen betonen diese Charaktereigenheit des Beschuldigten, aber keiner äußert sich negativ über seine Neigungen und sein sittliches Verhalten.

Madame Br., Ehefrau des zuletzt genannten Zeugen, konnte bezüglich seines Charakters, seiner Arbeit und seines Betragens nichts

Negatives beobachten und konnte auch nicht
bemerken, daß er gewalttätig gewesen sei.

Unter den Aussagen ist eine, die, sofern sie
zutrifft, Marcel Redureaus Charakterfehler
deutlich zutage treten läßt: die des Zeugen Ch.
Er ist dem Beschuldigten gegen Mitte des
Monats Juli begegnet, und als er erfuhr, daß
er eine Stelle bei den Mabits gefunden habe,
beglückwünschte er ihn dazu, da es sich um
›anständige Leute‹ handle. Der Beschuldigte
jedoch soll erwidert haben: ›Also, ich kann
sie nicht leiden, umbringen sollte man die;
wenn ich könnte, dann würde ich sie alle
umbringen, keinen einzigen würde ich übriglassen.‹ Der Zeuge fügt hinzu, daß Redureaus
›Ton sehr hart gewesen‹ sei und daß er sich
›über etwas zu ärgern‹ schien. Diese im Zorn
hervorgebrachte Äußerung wäre ein untrüg-
liches Zeichen für ein gewalttätiges und rach-
süchtiges Gemüt. Allerdings dürfen wir dabei
nicht außer acht lassen, daß der Beschuldigte
entschieden leugnet, etwas Derartiges gesagt
zu haben.

Alles in allem bezieht sich die einzige Äußerung, die über Redureaus Wesen gemacht
wurde, auf seinen Charakter. Und nicht einmal hierin herrscht Einstimmigkeit. Der Lehrer, der doch den Charakter eines Jungen,
den er fünf oder sechs Jahre beobachtet hat,
kennen müßte, konnte nicht feststellen, daß er
hinterhältig wäre; und auch sein Vater weigerte

sich, ihn als ›hinterhältig und nachtragend‹ zu bezeichnen.

Die oben zitierte Zeugin Madame Br. meinte unter anderem, er habe viel gelesen, konnte jedoch nicht sagen, was er gelesen hat. Der Zeuge J. hat mit seiner Aussage: ›Erst heute habe ich erfahren, daß er schlechte Bücher las‹ wohl nur wiederholt, was die obige Zeugin behauptet hatte. Wir konnten uns im übrigen davon überzeugen, daß wir uns bei dieser Einzelheit nicht weiter aufzuhalten brauchen und sich Redureaus Lektüre auf eine regionale Zeitung und den Almanach beschränkte. Vor allem hat er nie diese populären Romane gelesen, deren beliebteste Themen Verbrechen und Mord sind.

Als Redureau die Morde beging, die ihm zur Last gelegt werden, war er fünfzehn Jahre und vier Monate alt. Er ist 1,584 Meter groß, sieht gesund aus, wirkt normal und weist keine sichtbaren Anzeichen von Degeneration auf. Es liegt keine Mißbildung des Schädels oder des harten Gaumens vor. Die Ohren sind wohlgebildet. Herz und Lunge sind gesund; Milz und Leber von normaler Größe. Das Muskelsystem ist recht gut entwickelt; das Bewegungsvermögen weist insgesamt keine Störungen auf. Das allgemeine Empfindungsvermögen ist in seinen verschiedenen Erscheinungsweisen — Tastsinn, Schmerzempfinden, Empfinden von warm und kalt — intakt. An den Sinnesorganen kann keinerlei Anomalie festgestellt werden; insbesondere ist der Farbsinn nicht verändert. Die nach der gebräuchlichen klinischen Methode untersuchten Reflexe entsprechen dem physiologischen Zustand.

Sein Verhalten ist uns gegenüber das eines eingeschüchterten Kindes. Nur mit Mühe ist er dazu zu bewegen, den Blick zu heben. Er spricht anfangs leise und gibt beinahe nur einsilbige Antworten; auf wiederholtes Fragen antwortet er jedoch ausführlicher. Das Gefängnispersonal hat während seiner langen Inhaftierung bezüglich seines Geistes- und Gemütszustands nichts Außergewöhnliches beobachtet, außer daß er auf Vorhaltungen mürrisch reagiert und bockig wird. Er nimmt am Gemeinschaftsleben teil und richtet sich wie die übrigen Häftlinge nach den Vorschriften.

Sein seelisches Empfindungsvermögen ist nicht gestört. Er weint, wenn man ihn an seine Mutter erinnert oder an einen seiner Brüder, der vor kurzem nach Algerien aufgebrochen ist, um seinen Militärdienst abzuleisten. In bezug auf die Taten, die er begangen hat, zeigt er eine Reue, die aufrichtig scheint. Wir werden in der Folge sehen, daß ihm Gewissensbisse nicht fremd sind.

Alle unsere Fragen beantwortet er mit großer Genauigkeit. Er hat ein gutes Gefühl für Raum und Zeit. In seinen Worten drücken sich

Intelligenz und solide Grundkenntnisse in Geschichte, Geographie, Grammatik und im Rechnen aus. Alle Antworten, die er uns auf Fragen nach seiner Vergangenheit, seinen Dienstherren, seiner Arbeit, seiner Entlohnung gibt, sind zutreffend oder glaubwürdig.

Er hat nie übermäßig viel getrunken und hatte nie einen Vollrausch, so daß man nicht sagen kann, wie er wäre, wenn er sich zufällig einmal betrinken würde. Er war mit anderen Jungen seines Alters befreundet und traf sich mit ihnen am Sonntag zum Kartenspielen; weder Gewinne noch Verluste überstiegen zehn Sous. Er war kein Wirtshausbesucher.

Er ging nicht zu Mädchen und hatte noch keine geschlechtlichen Beziehungen. Mit der jungen Magd seiner Dienstherrschaft hatte er kameradschaftlichen Umgang, empfand aber für sie keine darüber hinausgehenden Gefühle und hat ihr nie den Hof gemacht.

Er litt nie unter affektiven Ängsten, Zwangsvorstellungen oder fixen Ideen. Auf alle Fragen, die wir ihm in diesem Zusammenhang stellen, erhalten wir durchaus negative Antworten.

Indessen gibt er zu, daß er ängstlich ist — eine Eigentümlichkeit, auf die schon sein Vater hingewiesen hatte. Am Abend hat er Angst vor der Dunkelheit, und er weiß nicht, ob er nachts einen Auftrag erledigen könnte, bei dem er sich weit von zu Hause entfernen müßte. Hätte er

einen solchen erhalten, dann ›hätte er nicht
hingehen wollen‹; es handelt sich dabei um ein
vages, unbestimmtes Gefühl, das weder partiell
noch systematisiert ist und nichts mit dem zu
tun hat, was in der Psychiatrie *Phobie* genannt
wird; er glaubt nicht an Gespenster, würde
sich nicht davor fürchten, an einem Friedhof
vorbeizugehen, hat keine Angst vor Zauberern
und kennt auch keine in seinem Dorf. Mit
einem Wort, er ist schlicht und einfach ängstlich, übertrieben ängstlich vielleicht für einen
Jungen seines Alters, doch selbst wenn das ein
Zeichen für Nervosität ist, so ist es doch kein
Phänomen, das in den Bereich der Pathologie
fällt.

Auf die Frage, was er für seinen Dienstherrn
und dessen Familie empfunden habe, erklärt
er mit Nachdruck, er habe sich nie über sie zu
beklagen gehabt noch ihnen gegenüber Groll
oder Haß verspürt. Mit der Dienstherrin und
der jungen Magd verstand er sich gut. Erst
seit der Ernte sei der Dienstherr manchmal
heftig geworden und habe ihn beschimpft. Er
leugnet mit Nachdruck die Äußerungen, die er
dem Zeugen Ch. zufolge getan haben soll und
aus denen hervorgehen würde, daß er ihnen
seit langem gegrollt hat und er sich insgeheim
an ihnen rächen wollte.

Immer wieder kommen wir auf die Frage
zurück, ob er nicht am Tag des Verbrechens zur
Stärkung mehr Wein als gewöhnlich getrunken

habe. Aus seinen Antworten, die wir zu wiederholten Malen provozieren und die immer gleich lauten, geht hervor, daß er ordnungsgemäß nur zu den Mahlzeiten und nur sein normales Quantum, nämlich ungefähr je zwei Gläser, und zwar Rotwein, getrunken hat. Nur vor dem Abendessen trank er mit seinem Dienstherrn ein Gläschen von einem weißen Flaschenwein. Diese Angaben stimmen mit dem Sachverhalt, den die Voruntersuchung ergeben hat, überein. Tatsächlich wurde in der Speisekammer eine Flasche Weißwein gefunden, die zu einem Drittel geleert war. Er versichert also, und wir glauben, daß es damit seine Richtigkeit hat, sich im Augenblick der Tragödie nicht in einem durch Alkohol verursachten Zustand der Erregung befunden zu haben.

Das Verbrechen selbst schildert er immer auf die gleiche Weise. Sein Dienstherr Mabit und er betätigten die Kelter. Mabit befand sich an der Stange und Redureau auf der Plattform, um die Schraube zu reparieren. Da er die ihm aufgetragene Arbeit nicht schnell genug erledigen konnte, machte ihm Mabit heftige Vorwürfe, schrie, ›er sei ungeschickt, ein *Faulenzer*, seit acht Tagen arbeite er nicht ordentlich‹. Da stieg er von der Kelter herunter, nahm den Stampfer, der sich in seiner Reichweite befand, und versetzte damit Mabit von hinten Schläge auf den Kopf. Mabit ließ die

Stange los und stürzte zu Boden. Da er stöhnte, ergriff Redureau, nachdem er ihn einen Augenblick lang betrachtet hatte, die Weinhippe (lange und breite, sehr scharfe Klinge, 65 Zentimeter lang und 13 Zentimeter breit, Gewicht ungefähr 2,5 Kilogramm) und durchtrennte ihm die Kehle.

Danach nahm er die Laterne und ging auf das Haus zu, wo, wie er dachte, schon alles schlafen würde. Doch als er in die Küche kam, sah er, daß Madame Mabit und die Magd am Tisch saßen und arbeiteten. Zunächst wollte er fliehen, doch als ihn die Dienstherrin fragte, wo ihr Mann sei, verließ er, ohne zu antworten, die Küche, holte die Weinhippe aus dem Keller, kehrte zurück und hieb damit zuerst auf die Magd, dann auf Madame Mabit ein; beide kehrten ihm den Rücken zu; sie hatten keine Zeit mehr, etwas zu sagen; sie schrien nur in dem Moment auf, als sie getroffen wurden. ›Ich habe‹, sagt er, ›die Magd am Hals getroffen; sie ist sofort zusammengesunken, und ich habe die Dienstherrin ebenfalls am Hals getroffen, und sie ist zusammengesunken. Als sie auf dem Boden lag, stieß ich ihr das Messer in den Leib.‹ In dem einen der beiden angrenzenden Zimmer schlief die Großmutter, im andern drei der Kinder; sie wachten durch den Lärm auf und begannen zu schreien. Daraufhin nahm er die Laterne, ging zuerst ins Zimmer der Großmutter und trennte ihr

die Kehle durch: ›Sie hat nichts gesagt; sie
hatte keine Zeit mehr dazu.‹ Anschließend
ging er ins andere Zimmer: ›Ich habe dem
einen der Mädchen, das schrie, einen Hieb auf
den Hals gegeben, und da ihre Schwester, die
neben ihr lag, in diesem Moment aufwachte,
habe ich ihr ebenfalls einen Hieb mit dem
Messer gegeben. Das Kind, das in der Wiege
lag, war durch den Lärm aufgewacht und hat
ebenfalls zu schreien angefangen; da habe ich
es getötet.‹[1] Beim letzten Hieb zerbrach der
Stiel des Werkzeugs. Redureau legte die einzelnen Stücke im Keller neben die Kelter, und
dort wurden sie auch gefunden. Ein kleiner
Junge, der in der Küche schlief, war der einzige, der dem Gemetzel entging.

Diese schreckliche Tragödie wird vom Beschuldigten immer auf dieselbe Weise erklärt:
Beim Dienstherrn hatte er sich von einem
heftigen Zorn hinreißen lassen. Als er nach
dem Mord ins Haus zurückkehrte, war er sehr
erregt und wußte gar nicht recht, was er tat.
Als ihn die Dienstherrin fragte, wo ihr Mann
sei, verlor er den Kopf. Ihm fiel ein, sie könnte
in den Keller gehen und den Mord entdecken,
und darum wollte er alle Zeugen beseitigen.

Wörtlich sagte er: ›Ich hatte Angst, die
Dienstherrin könnte in den Keller zu ihrem

---

[1] Da die Lampe, bei deren Licht die Dienstherrin und die Magd
gearbeitet hatten, zu Beginn der Tragödie umgefallen war, nahm er
sich in die anderen Zimmer die Laterne aus der Kelter mit.

Mann gehen ..., ich habe der Magd die Kehle durchgeschnitten, weil sie bei der Herrin saß ..., ich habe die anderen umgebracht, weil sie geschrien haben.‹ Daß diese Angaben der Wahrheit entsprechen und aufrichtig sind, scheint durch folgende Aussage bestätigt zu werden: ›Dem kleinen Pierre habe ich nichts getan, weil er nichts gesagt hat und weil er geschlafen hat.‹

Dafür, daß er auf seine Opfer so oft und so heftig eingehauen hat (zertrümmerte Schädel, zerhackte Gesichter und Hälse, durchtrennte Wirbelsäulen), kann er keinen Grund angeben; ebensowenig kann er sagen, warum er den Leib von Madame Mabit, die kurz vor der Niederkunft stand, aufgeschlitzt hat. Er beteuert nur, daß er dabei keinerlei obszöne oder sadistische Gedanken hatte. Ihrem Wesen nach unterscheidet sich diese Tat nicht von den anderen und war nur durch Zorn motiviert.

Nachdem er das Messer und den zerbrochenen Stiel in den Keller zurückgetragen hatte, ging er in sein Zimmer und setzte sich nieder. Langsam kam er wieder zu sich und begriff, was er da angerichtet hatte. Nun ergriff ihn Reue. ›Ich hatte *Gewissensbisse*‹, sagt er, ›und ich wollte mich umbringen.‹ Er hatte ungefähr eine Stunde in seinem Zimmer verbracht, als er schließlich das Haus verließ, um sich in einem fünfzig Meter entfernten Teich zu ertränken. Er stieg ins Wasser, machte ein paar

Schritte, doch da verließ ihn der Mut, und er kehrte in sein Zimmer zurück; dort blieb er bis zum frühen Morgen. Dann machte er sich auf den Weg zu seinen Eltern, wo er festgenommen wurde.

Der Selbstmordversuch wirkt glaubwürdig; er stimmt mit den Gewissensbissen des Beschuldigten überein; für ihn spricht die Tatsache, daß in seinem Zimmer eine feuchte Hose gefunden wurde. Kurz, seine Darstellung scheint uns der Wahrheit zu entsprechen; sie ergibt einen logischen Zusammenhang, und er versucht nicht, seine Schuld abzuschwächen.

Sie scheint uns darüber hinaus deutlich zu beweisen, daß er sich seiner Handlungsweise und seiner Verantwortlichkeit völlig bewußt war. Daß er Gewissensbisse empfand, bedeutet, daß er Gut und Böse voneinander unterscheiden kann, und das kann er um so besser, als er über eine für sein Alter nicht nur normale, sondern, seinem ehemaligen Lehrer zufolge, eine überdurchschnittliche Intelligenz verfügt. Es kann also über seine Zurechnungsfähigkeit im juristischen Sinne keinen Zweifel geben.

Der obige Bericht zeigt, daß Redureau zur Zeit keinerlei geistige Verwirrung aufweist. Er könnte darüber hinaus zum Beweis dienen, daß er sich zum Zeitpunkt, als er die ihm zur Last gelegten Morde beging, nicht in einem pathologischen Geisteszustand befunden hat. Auf diesen Punkt muß allerdings noch genauer eingegangen werden.

Die Zahl der Opfer, die Hartnäckigkeit und rasende Wut, mit der er auf sie losging und nicht von ihnen abließ, legen *a priori* den Gedanken nahe, er könnte in einem Anfall geistiger Umnachtung gehandelt haben, wie das bisweilen bei latenter Epilepsie und in Ausnahmefällen auch bei gewissen Vergiftungszuständen vorkommt. Doch diese Hypothese ist nicht haltbar, und zwar aus folgenden Gründen: Redureau hat nie auch nur das geringfügigste Symptom für Epilepsie erkennen lassen. Er befand sich weder in einem Zustand der Vergiftung noch der krankhaften Erregung, war im Vollbesitz seiner geistigen Kräfte und ist sich der Handlungen, die er an dem verhängnisvollen Abend ausgeführt hat, in vollem Umfang bewußt. Nun ist aber das pathognostische Symptom solcher Anfälle geistiger Umnachtung die Amnesie, und jemand, der in einem Zustand epileptischer oder epileptoider Geistesverwirrung gehandelt hätte, würde sich an die Taten, die er begangen hat, entweder gar nicht oder bestenfalls undeutlich, verworren und nur bruchstückhaft erinnern.

Die Aussage des Zeugen Ch., der zufolge der Beschuldigte zweieinhalb Monate vor der Tat geäußert haben soll, ›man sollte seine Dienstherrschaft umbringen‹, ermöglicht aus psychiatrischer Sicht noch eine weitere Hypothese: War Redureau nicht seit langem von der fixen Idee beherrscht, seinen Dienstherrn zu töten? Könnte er nicht einem unwiderstehlichen inneren Drang zu morden gefolgt sein, wofür in der wissenschaftlichen Literatur einige Fälle bekannt sind?

Doch auf der einen Seite stellt Redureau diese Äußerung in Abrede. Und auf der andern haben wir gesehen, daß er niemals von irgendwelchen fixen Ideen verfolgt war und auf alle erdenklichen Fragen, die wir ihm diesbezüglich stellten, negative Antworten gegeben hat. Im übrigen wäre es unwahrscheinlich, daß sich jemand, der von einer fixen Idee beherrscht ist, in der Weise äußert, wie Redureau es getan haben soll. Eine Person, die vom Gedanken an einen Mord beherrscht wird, leidet seelisch unter dieser Zwangsvorstellung: Sie klagt nicht das zukünftige Opfer an, sondern sich selbst: Sie verurteilt sich, nicht andere. Redureau hat also weder einer fixen Idee nachgegeben noch einem unwiderstehlichen inneren Drang.

Wir wollten in Erfahrung bringen, in welcher körperlichen Verfassung sich der Beschuldigte zur Tatzeit befand. War er vielleicht überarbeitet, erschöpft, befand er sich in einem Zustand verminderter organischer und nervlicher Widerstandskraft? Die Weinlese ist ziemlich anstrengend, und Erkundigungen, die wir

anstellen ließen, ergaben, daß bei Mabit
die Arbeit um fünf Uhr früh begann und,
abgesehen von den Mahlzeiten, ohne Unter-
brechung bis zehn Uhr abends dauerte. Doch
aus den Erkundigungen ging auch hervor, daß
die Lese in mehreren Etappen stattfand, zwischen denen arbeitsfreie Tage lagen. Geerntet
wurde am 17., 18. und 19. September; am
20., 21. und 22. wurde die Arbeit unterbrochen
und vom 23. bis zum 27. fortgesetzt. Am Sonntag, dem 28., wurde nicht gearbeitet und am
29. nicht den ganzen Tag; am 30., dem Tag, an
dem das Verbrechen begangen wurde, dauerten die Arbeiten bis zum Abend. Daraus folgt
also, daß diese für einen fünfzehnjährigen
Jungen in der Tat beschwerliche Arbeit mehrmals unterbrochen worden war und nicht unter Bedingungen stattfand, die zu körperlicher
Überanstrengung und einer wirklichen psychischen Erschöpfung hätten führen können.[1]

---

[1] Allerdings gibt der Verteidiger, Maître Durand, folgendes zu
bedenken: »Nach Auskunft der Sachverständigen fand die Weinlese
in mehreren Etappen, unterbrochen von arbeitsfreien Tagen, statt.
Das ist zutreffend. Doch wie viele Tage waren arbeitsfrei? Wenn wir
uns die von den Sachverständigen erhobenen Daten ansehen, die
sich auf die Angaben von Monsieur Mabit, dem Bruder des Ermordeten, stützen, kommen wir zu folgenden Ergebnissen:

Mit der Lese wurde am Mittwoch der dritten Septemberwoche
begonnen. In dieser Woche wurde an drei Tagen gearbeitet: am
Mittwoch, Donnerstag und Freitag, beziehungsweise am 17., 18. und
19. September. Danach wird einige Tage unterbrochen, doch in der
Woche darauf wird die Arbeit am Dienstag fortgesetzt und dauert
bis einschließlich Samstag. Die Sonntagsruhe wird eingehalten, am

Im Laufe unserer Begutachtung erhielt der Untersuchungsrichter ein anonymes Schreiben, das er an uns weiterleitete. Er wird darin auf die verwirrende Wirkung aufmerksam gemacht, die ›in der Kelter der Dunst des Weins, der verarbeitet wird und gärt‹, auf das Hirn der dort beschäftigten Personen ausübt. Obwohl es aus medizinischer Sicht keinen Grund zu der Annahme gibt, daß Redureaus Handlungsweise durch diesen Umstand hätte beeinflußt sein können, haben wir bei kompetenten Medizinern diesbezügliche Erkundigungen eingezogen, jedoch ausschließlich negative Antworten

---

Montag nachmittag wird weitergearbeitet. Am Dienstag, dem 30., waren Knecht und Herr von fünf Uhr früh an auf den Beinen, und um halb elf Uhr abends arbeiteten sie immer noch.

Denn wie lange dauerte ein Arbeitstag?

Arbeitsbeginn war bei den Mabits um fünf Uhr morgens. Unterbrochen wurde nur zu den Mahlzeiten. Arbeitsschluß war frühestens um zehn Uhr abends.

. . . .

In der Fabrik beträgt die gesetzliche Höchstarbeitszeit für Jugendliche dieses Alters zehn Stunden. Sein Arbeitstag hatte vierzehn bis fünfzehn Stunden.

Ich mache Mabit nicht den Vorwurf, ein unmenschlicher Dienstherr gewesen zu sein, bei ihm galten Arbeitszeiten, wie sie in der Gegend, in der er wohnte, üblich waren. Er hielt sich selbst an sie. Doch hier muß alles gesagt werden: Er konnte sie von fünfundzwanzig- oder dreißigjährigen Tagelöhnern verlangen; es war ein Fehler, den fünfzehnjährigen Knecht in derselben Weise zu behandeln. Ich widerspreche also nicht den Sachverständigen, wenn sie, gestützt auf ihre Autorität, erklären, daß der Angeklagte durch die Erntearbeiten nicht psychisch erschöpft war. Doch wenn ich dann in ihrem Bericht lese, daß die von Redureau begangenen Taten ihren Grund in einer besonders reizbaren Veranlagung haben, scheint es mir offenkundig, daß eine der Ursachen, die zu diesem akuten Zustand der Reizbarkeit geführt haben, Überanstrengung war.«

erhalten. Keiner der befragten Ärzte hat geistige Erregungszustände beobachtet, die auf
die Entwicklung von Weindämpfen zurück-
führbar wären. Das erklärt sich aus dem Umstand, daß der gärende Most sehr viel mehr
betäubende Gase als erregende Dämpfe frei-
setzt. Die dominanten Kohlendioxide rufen
Erstickungsanfälle hervor, nicht rauschhafte
Erregungszustände.

Im übrigen steht im Falle Redureaus fest,
daß er von Beginn der Weinlese an die meiste
Zeit im Freien, in den Weingärten verbrachte,
daß er täglich nur einige Stunden an der Kelter arbeitete und daß er sich am Abend, an
dem er das Verbrechen beging, nur eineinhalb
Stunden im Keller aufgehalten hatte. Er selbst
bekräftigt immer wieder die Tatsache, daß er
weder verwirrt noch erregt, noch betrunken
war, als er auf seinen Herrn einschlug.

Letzten Endes sind die wahren Beweggründe
für die Taten, die der Beschuldigte begangen
hat, *nicht in der Psychopathologie zu suchen,
sondern vielmehr in der normalen Psychologie
des Heranwachsenden.* Es ist eine Schulweis-
heit, daß sich das Entwicklungsstadium der
Pubertät durch tiefgreifende Veränderungen
nicht nur im Organischen, sondern auch
im Bereich der psychischen Funktionen aus-
zeichnet: im Empfindungsvermögen, der Intelligenz, der Willenstätigkeit. Hand in Hand
mit einer Verminderung der physischen Wider-

standsfähigkeit und einer Beeinträchtigung der körpereigenen Abwehrkräfte gegen Krankheitserreger tritt eine vorübergehende Störung des geistigen Gleichgewichts ein — übersteigerte Entwicklung des Ich-Gefühls, übertriebene Verletzlichkeit, psychische Überempfindlichkeit. Es treten eine ausgesprochene Neigung zur Kampflust und eine bemerkenswerte Übersteigerung der Impulsivität und der Neigung zur Gewalttätigkeit zutage. Der Heranwachsende ist sehr empfänglich für Lob und, auf der anderen Seite, in seiner Eigenliebe sehr viel leichter kränkbar; die äußeren Eindrücke verwandeln sich im Gehirn unwiderstehlich in motorische Reize, das heißt in impulsive Handlungen. Spezialisten auf dem Gebiet der Pubertätspsychologie stellen mit Regelmäßigkeit fest, daß sich in den Erziehungsanstalten jeweils die etwa Fünfzehnjährigen die meisten Strafen wegen schlechten Betragens, Streitereien und Tätlichkeiten zuziehen, weil bei den Jugendlichen dieses Alters die ersten Regungen auf wenig Hemmungen stoßen und Unüberlegtheit zu den Hauptmerkmalen ihrer psychischen Verfassung zählt. In diesem Rahmen ist nach heutiger wissenschaftlicher Erkenntnis die Hauptursache der Anfälligkeit von pubertierenden Jugendlichen für Verbrechen an Personen anzusiedeln.

Obige Ausführungen lassen erkennen, bis zu welchem Grad von Gewalttätigkeit gewisse

leidenschaftliche Regungen beim Heranwachsenden führen können und wie sehr man
sich hüten muß, sie nach Kriterien der geistigen Verfassung des Erwachsenen zu beurteilen.

In der Regel können also bestimmte schwer
verständliche Handlungen wie die dem Beschuldigten vorgeworfenen einem *Geisteszustand entspringen, der nicht pathologischer
Natur ist,* sondern, mit einem Wort, physio-
logisch begründet ist. Dazu kommt, daß Redureau zwar in psychischer Hinsicht keine
Deformationen aufweist, aber unbestreitbar
von seinem Temperament her nervös ist, und
daß durch zahlreiche Zeugenaussagen festzustehen scheint, daß er einen eigenartigen,
als ›hinterhältig‹ zu bezeichnenden Charakter hat, der wohl ebensogut als ›empfindlich
und rachsüchtig‹ eingestuft werden könnte —
Umstände, die ganz sicherlich dazu beigetragen haben, daß Impulsivität und Gewalttätigkeit bei ihm zum Ausbruch gekommen sind.

Wir beantworten die an uns gerichteten
Fragen deshalb wie folgt:

1. Redureau Marcel befand sich, als er die
ihm zur Last gelegten Taten beging, nicht
im Zustand der Demenz im Sinne des Paragraphen 64 des Strafgesetzbuches.

2. Er war zum Zeitpunkt des Verbrechens
voll zurechnungsfähig und war sich seiner
Handlungen zur Gänze bewußt.

3. Die von uns durchgeführte psychiatrische und biologische Untersuchung hat keinerlei geistige oder psychische Anomalie ergeben.

Die festgestellten Besonderheiten in Temperament und Charakter verbleiben innerhalb des Rahmens individueller psychologischer Varianten und scheinen uns nicht dazu angetan, seine Verantwortlichkeit herabzumindern.«

Nantes, 17. Januar 1914.

IV

Durch dieses bemerkenswerte medizinische Gutachten, das für Redureau fast notwendig die Höchststrafe nach sich ziehen mußte, sah sich der Verteidiger vor eine ausgesprochen schwierige Aufgabe gestellt. Das sehr schöne Plädoyer von Maître Durand, aus dem ich weiter unten einige Auszüge zitieren werde, konnte nicht verhindern, daß sein Mandant zu zwanzig Jahren Haft verurteilt wurde.

Es ist ein einigermaßen beunruhigender Gedanke, daß es bei der gegenwärtigen Rechtslage für den Angeklagten von Vorteil gewesen wäre, hätte er alle Anzeichen der Entartung eines Menschen, der zum Verbrechen bestimmt ist, erkennen lassen. In diesem Falle hätte seine ärztlich anerkannte Unzurechnungsfähigkeit

den Geschworenen gestattet, vom Rechtsvorteil
»mildernder Umstände« Gebrauch zu machen,
woraus sich für Redureau eine spürbare Mil-
derung des Strafmaßes ergeben hätte. Die
Geschworenen, die auf präzise Fragen nur mit
Ja oder *Nein* antworten konnten, sahen sich
genötigt, eine bejahende Antwort zu geben;
und ich hätte mich nicht anders verhalten.
Doch ich hätte einmal mehr gedacht, daß ein
solches Verfahren sowie Gesetze, die für einen
Prädestinierten, der gar nicht anders kann, als
zu töten, weniger streng sind und ihm damit
mehr Freiheit lassen als jemandem, der aufgrund einer »dementia brevis« vorübergehend
nicht weiß, was er tut, ein schlechter Schutz
für die Gesellschaft sind und unser Bedürfnis
nach Gerechtigkeit nur höchst unvollkommen
befriedigen. Ich breche hier ab, denn zu diesem Thema gäbe es allzu viel zu sagen ... Doch
man wird es zu schätzen wissen, wenn ich
hier die Überlegungen wiedergebe, die Maître
Durand, der Verteidiger, in seinem Plädoyer
angestellt hat, sowie einige Zitate von bedeu-
tenden Juristen, die er in seiner Rede erwähnt.
Seine höchst richtigen Bemerkungen konnten
unglücklicherweise für die allzuoft ungebil-
deten Köpfe der meisten Geschworenen wie
subtile Spitzfindigkeiten erscheinen. Bekannt-
lich erfolgt ihre Wahl nach dem Prinzip des
Zufalls, und daß, wie Descartes behauptete,
»der Verstand die bestverteilte Sache der Welt«

sein soll, wird durch die Urteile von Geschworenen so gut wie nie bewiesen.

Die Unzulänglichkeit einer Prozeßordnung, deren Unsinnigkeit ich schon in meinen *Erinnerungen aus dem Schwurgericht* aufgezeigt habe und auf die seither mehrfach hingewiesen wurde, geht überdeutlich aus den folgenden Zeilen hervor. Aus ihnen wird ersichtlich, daß dem Geschworenen, der seinem Gerechtigkeitsstreben folgen will, nichts anderes übrigbleibt, als *nein* zu sagen, auch wenn die Tatsachen klar zutage liegen; wodurch er oft genötigt ist, *ja* zu sagen, auch wenn es gegen alle Gerechtigkeit ist.

Doch wenden wir uns zunächst den Bemühungen des Verteidigers zu, der in der hoffnungslosen Situation, die sich durch das medizinische Gutachten ergeben hatte, nach einem Ausweg suchte:

»Die festgestellten Besonderheiten in Temperament und Charakter verbleiben innerhalb des Rahmens individueller psychologischer Varianten und scheinen uns nicht dazu angetan, seine Verantwortlichkeit herabzumindern.«

Dem entgegnet der Rechtsanwalt Durand:

»Ich schließe mich der Auffassung der Sachverständigen an, was den ersten Teil angeht. Die psychiatrische und biologische Untersuchung hat keinerlei geistige oder psychische Anomalien ergeben. Doch ich bestreite, daß

sie daraus den richtigen Schluß ziehen. Er
steht in Widerspruch zu ihrer These über die
Psychologie der Pubertät. Wenn ich diese
These in Verbindung zu den allgemeinen Prinzipien des Strafrechts setze, komme ich notwendig zu der Überzeugung, daß Redureau
nicht als voll verantwortlich für seine Handlungen zu betrachten ist.«

Etwas später sagt Maître Durand:

»Das moralische Gewicht einer Handlung
mißt sich am Grad der Freiheit dessen, der
diese Handlung ausführt.«

Und er zitiert folgende Äußerung des rang-
ältesten Rechtsanwalts Villey: »Freiheit ist die
Voraussetzung und die Rechtfertigung der
menschlichen Verantwortung. Und darunter
verstehen wir nicht die physische Möglichkeit,
so oder auch anders zu handeln — diese Freiheit haben auch die Tiere, und es würde niemandem in den Sinn kommen, sie für ihre
Handlungen zur Rechenschaft zu ziehen. Wir
sprechen von der Freiheit der Intelligenz und
der Vernunft. Die strafrechtliche Zurechnungsfähigkeit beruht folglich auf zwei Voraussetzungen: auf der *Intelligenz* im Sinne von *mora-
lischer Vernunft*, aus der das Wissen um Gut
und Böse stammt; auf dem *freien Willen* oder
der *Freiheit*, die es uns erlaubt, zwischen Gut
und Böse zu wählen.« »Ohne Freiheit keine
Verantwortung«, sagt auch Professor Saleilles;
und was unter Freiheit zu verstehen sei, präzi-

siert er folgendermaßen: »Die Freiheit ist ein
Zustand, der Zustand eines Menschen, der
sich selbst vollkommen in der Hand hat.« Ein
Mensch im Zustand der Demenz ist nicht verantwortlich; in diesem Fall verfügt er weder
über Intelligenz noch Freiheit. Es kann folglich, wie es im Paragraphen 64 des Strafgesetzbuches heißt, weder von Vergehen noch von
Verbrechen die Rede sein. Die Strafgesetzordnung des Jahres 1810 ließ Unzurechnungsfähigkeit nur in Fällen von Geisteskrankheit
gelten, nur in Fällen, in denen die Ärzte von
pathologischer Gemütsverfassung sprechen.
Doch die Gerichtsmedizin hat Fortschritte gemacht, und auch unsere Strafgesetzordnung
hat sich geändert. Sie hat sich von einer
so engen Auffassung entfernt. Ihre eigenen
Vorgänger, meine Herren, die französischen
Geschworenen haben durch ihren Urteilsspruch die Legislative dazu gezwungen, das
Strafrecht zu mildern. Die Strafgesetzordnung
von 1810 sah abgesehen von der Demenz
keine Einschränkung der Verantwortlichkeit
vor. Sie kannte keine mildernden Umstände.
Nun sahen sich die Geschworenen oft mit
einem Menschen konfrontiert, der zu seiner
Verteidigung in allen Einzelheiten sein Leben
schilderte, alle Triebe, denen er unterworfen
war, alle Ängste, die ihn kopflos gemacht hatten: Die Geschworenen sahen sehr wohl, daß
es auch jenseits des Wahnsinns verschiedene

Grade der Freiheit gibt. Da sie keine Möglich-
keiten hatten, die Verantwortlichkeit höher
oder geringer zu veranschlagen, entschieden
sie einfach auf Freispruch. Und nun wurden
vom Gesetzgeber, der den Tendenzen der Geschworenen nachgab, zweimal nacheinander,
nämlich 1824 und 1832, die mildernden Umstände eingeführt. »Der gerichtliche Beweis«,
sagt Saleilles, dem ich in meinen obigen Ausführungen beinahe Wort für Wort gefolgt bin,
»der gerichtliche Beweis darf sich nun nicht
mehr nur auf einen als pathologisch diagno-
stizierten Zustand gründen — ein relativ einfaches und rein medizinisch zu entscheiden-
des Problem —, sondern er wird sich auf eine
Frage der moralischen Psychologie gründen,
auf die Frage, ob die (konkrete) Handlung im
Zustand der moralischen Freiheit begangen
wurde oder nicht.«

Und etwas später sagte Maître Durand,
um den Geschworenen klarzumachen, welche
Konsequenzen ihre Antworten für den Angeklagten haben würden, folgende Worte,
die mich zu meinen Überlegungen veranlaßt
haben:

»Unabhängig von der speziellen Frage nach
der Zurechnungsfähigkeit, auf die ich gleich
noch zu sprechen komme, werden Sie, meine
Herren, anläßlich eines jeden der sieben Opfer
mit zwei Fragen befaßt werden, mit einer
Haupt- und mit einer Nebenfrage: ›Hat Re-

dureau vorsätzlich getötet?...‹ Diese Frage
werden Sie mit Ja beantworten. Die Nebenfrage wird sich auf die erschwerenden Umstände beziehen. Sie wird im Falle Mabits
nicht dieselbe sein wie im Falle der sechs
anderen.

Der erschwerende Umstand, nach dem im
Falle des Vaters gefragt werden wird, lautet: ›Ist
der Mord den anderen Verbrechen vorausgegangen, stand er mit ihnen in Verbindung,
oder ist er ihnen gefolgt...‹ — Auf diese Frage,
meine Herren, ersuche ich Sie, mit Nein zu
antworten, und zwar aus folgendem Grund:
Es trifft zu, daß der Mord an Mabit faktisch
mit dem Mord an den übrigen sechs Opfern in
Verbindung stand und ihm vorausging. Doch
dieser rein faktische Umstand stellt keine hin-
reichende Erschwerung im Sinne des Gesetzes
dar. Der Umstand, den der Gesetzgeber im
Auge hatte, ist die moralische Gleichzeitigkeit,
die Tatsache, daß ein Verbrechen in der Absicht begangen wurde, um die Verübung eines
weiteren Verbrechens zu erleichtern. Voraussetzung für einen erschwerenden Umstand
ist, daß beide Verbrechen gleichzeitig geplant
worden sind. Das lehrt unser berühmter
Landsmann Faustin Hélie in seiner Theorie
des Strafrechts (Bd. III, Nr. 13047): ›Im allgemeinen‹, heißt es da, ›dürfen die beiden Verbrechen nur dann als gleichzeitig gelten, wenn
sie Teil ein und desselben Plans, die Folge ein

und derselben Handlung sind und wenn sie zur selben Zeit und am selben Ort verübt werden.‹ Nun steht es aber außer Frage, daß Redureau zum Zeitpunkt, als er Mabit tötete, nicht daran dachte, noch weitere Personen umzubringen.

Sie werden auf diese Nebenfrage also mit Nein antworten.«

Was die Geschworenen nicht taten.

V

Zitieren wir nun zum Abschluß folgenden Anhang zum medizinischen Gutachten:

»Nach zwei Gerichtssitzungen, die für den Prozeß keinerlei neue Erkenntnisse brachten, und nachdem die Geschworenen in allen Fragen auf schuldig entschieden hatten, wurde Redureau vom Gerichtshof zur für sein Alter vorgesehenen Höchststrafe von *zwanzig Jahren Haft* verurteilt.

Während der Verhandlung saß er zusammengesunken, mit gesenktem Kopf und verweintem Gesicht auf seiner Bank und verhielt sich wie ein Kind, das etwas angestellt hat und sich auf eine strenge Strafe gefaßt macht. Nur die Aussage des Zeugen Ch., die darauf abzielte, die Vorsätzlichkeit zu erweisen, brachte ihn dazu, erneut und auf das entschiedenste zu widersprechen.[1] Er weinte, als sein Onkel in den Zeugenstand trat, um seine Aussage zu machen. Auch während der Plädoyers des Staatsanwalts und seines Verteidigers vergoß er ein paar Tränen. Mit einem Wort, er hatte nicht das geringste von einem frühreifen Schwurgerichtshelden an sich.

Während der Monate, die Redureau als Untersuchungshäftling in der Krankenabteilung der Haftanstalt von Nantes verbrachte, gab er keinen Anlaß zu nennenswerten Beobachtungen. Der Oberaufseher des Gefängnisses machte eine Zeugenaussage, die von der Zeitung *Le Phare* folgendermaßen wiedergegeben wird: ›Der Zeuge bemerkte, daß Redureau sich verstellt, hinterhältig ist, immer auf der Hut ist und nur einsilbige Antworten gibt. Er schläft gut, ißt normal, scheint sich über seinen Fall keine großen Sorgen zu machen. Er kann nicht sagen, ob der Angeklagte seine Tat bereut, hat ihn jedoch einmal, nachdem sein Rechtsanwalt bei ihm gewesen war, weinen sehen.‹ Redureau hat nicht nur einmal geweint: Er weinte, als seine Mutter ihn besuchte; oft hat er in unserer Gegenwart geweint, wenn wir ihm seine Opfer in Erinnerung riefen. Am Tag nach seiner Ver-

---

[1] Hierzu sollte angemerkt werden, daß der Verteidiger gegen diesen Zeugen bei der Verhandlung Fakten vorbrachte, die dahin gingen, ihn als eine Art Mythomanen hinzustellen. (Worauf wir ausführlich hingewiesen haben.)

urteilung weinte er lange und bitterlich, wie
ein Kind; und als seine Tränen versiegt waren,
gewannen aufs neue die raschen Stimmungs-
wechsel und die Unbekümmertheit eines
Kindes, das sich über alles freut, das über
jede Kleinigkeit lacht und völlig den Ein-
flüssen der Außenwelt preisgegeben ist, die
Oberhand über ihn. Nur wenn er sich an seine
Familie erinnerte, wurde er sich für einen
Augenblick der Realität bewußt und begann
zu weinen. Und zu diesem Punkt können wir
hier, dank des freundlichen Entgegenkommens
von Maître Abel Durand, dem bekannten
Rechtsanwalt, der die Verteidigung übernom-
men hatte, die Abschrift eines Briefs beifügen,
den Redureau am Tag nach seinem Prozeß an
seine Eltern schrieb, einen Brief, der uns ganz
besonders bezeichnend scheint:

Liebe Eltern,

*Ich schreibe Euch um Euch zu sagen, daß
der große Tag vorüber ist aber leider nicht gut
ausgegangen ist und wie Ihr sicher schon erfahren habt, bin ich zu zwanzig langen Jahren
Gefängnis in einer Strafkolonie verurteilt worden und wie Ihr seht, liebe Eltern, wird der
Tod uns holen bevor wir uns wiedersehen und
deshalb müßt Ihr kommen und meine Sachen
abholen, sonst sind sie weg, und wenn Ihr
kommt dann am Samstag und am Dienstag
denn an den anderen Tagen ist es verboten die*

*Verurteilten zu besuchen, außer am Dienstag
und am Samstag.*

*Vergeßt nicht mir Eure Adresse zu geben,
wenn Ihr vom Dorf weggezogen seid wo es uns
so gut gegangen ist vor diesem schlimmen Tag
am 30. September an dem ich dieses schreckliche Verbrechen begangen habe wegen dem ich
jetzt für immer fern von meinem guten Vater und
meiner guten Mutter sein werde, und von meinen guten Brüdern und Schwestern, die ich nie
mehr sehen werde und meinem armen Großvater, der mich so gern gehabt hat, den werde
ich nie mehr sehen und Clémentine und Berthe
die ich so gern gehabt habe und Jean der
in Algier ist und der mir so gut war so eine
Schande für Euch die gar nichts dafür könnt.
Sagt mir ob Marie immer noch in T. ist weil
ihre Gefährtinnen bestimmt mit ihr über mich
reden wenn sie noch dort ist und bestimmt
wollen sie nichts mehr mit ihr zu tun haben
und dabei kann sie doch gar nichts dafür.*

*Der Rechtsanwalt hat mir gesagt, daß es
Papa sehr elend geht, weil Ihr aus dem Dorf
wegziehen müßt, hoffentlich geht es ihm bald
besser und Ihr könnt aus diesem Unglücksdorf
weg das so schön war vor diesem Verbrechen
das ich Elender begangen habe und bin doch
noch so jung.*

*Ich glaube nicht daß ich noch lange in
Nantes bleibe, wenn ich dann woanders sein
werde schicke ich Euch die Adresse damit Ihr*

mir schreiben könnt, wie es Euch geht weil es wäre mir gar zu arg wenn ich nicht wissen würde wie es Euch geht. Bitte antwortet mir und schreibt mir wie es meinem armen Vater geht der über sein armes Kind weint das dazu verurteilt ist ihn nie wiederzusehen, ich glaube daß er bald wieder gesund sein wird und er soll nicht verzagen und bitte schreibt mir wie es Großvater geht der bestimmt gealtert ist.

Euer Sohn der daran denkt was er begangen hat und der weint wenn er daran denkt daß dieses schreckliche Verbrechen Leid und Schande über Euch bringt solange Ihr lebt, wie auch über meine guten Brüder und Schwestern die immerzu über dieses schwere Verbrechen weinen werden das ihr junger Bruder begangen hat der für immer im Gefängnis ist.

Euer Sohn der weinend seine guten Eltern umarmt die für immer und ewig weit von ihm entfernt sind.

Marcel Redureau.

Mit seiner Mischung aus naiven Befürchtungen und aufrichtig klingender Reue stellt dieser Brief ein psychologisches Dokument dar, das unserer Ansicht nach für unsere Einschätzung der Mentalität seines Autors eine volle Bestätigung ist und einen umfassenderen Kommentar überflüssig macht.«

✧≣

»Nach der Verurteilung«, teilt mir Monsieur Gaëtan Rondeau, mein überaus liebenswürdiger Briefpartner, mit, »brachen die Beziehungen zwischen Marcel Redureau und seinem Rechtsanwalt nicht ab. Diesen ließ das psychologische Mysterium, das sich für ihn wohl auch nach eingehendem Studium der Akte nicht erhellt hatte, nicht los. Marcel Redureau bekundete bis zu seinem Tod erbauliche Gefühle, und sein Verteidiger konnte sich bis zum Ende nicht einer Sympathie für ihn erwehren, die ein wenig der ähnelte, die Mauriac seinen ›kriminellen‹ Helden entgegenbringt. Marcel Redureau starb in der Strafkolonie von X. gegen Februar 1916 an Tuberkulose. Einige Wochen davor hatte sein Rechtsanwalt einen rührenden Abschiedsbrief von ihm erhalten. In der Strafkolonie war seine Führung bis zuletzt einwandfrei gewesen.«

DIE EINGESCHLOSSENE VON POITIERS

»... ich habe festgestellt, daß alles Unglück der Menschen daher kommt, daß sie nicht ruhig in einem Zimmer bleiben können.«

Pascal, *Pensées*

»Viele kleine Vorfälle, die jeder für sich ganz harmlos und natürlich wären, können sich allzu leicht zu einer monströsen Summe addieren.«

Les Faux-Monnayeurs

Madame Blanche Monnier
de Marconnay, Mutter der Eingeschlossenen
(Photo *L'Illustration*).

Der Bruder der Eingeschlossenen,
Pierre Bastian.

Die beiden Dienstmädchen im Garten von
Madame Monnier (Photo *L'Illustration*).

Das Haus der Monniers in der Rue de la Visitation
in Poitiers (Photo *L'Illustration*).

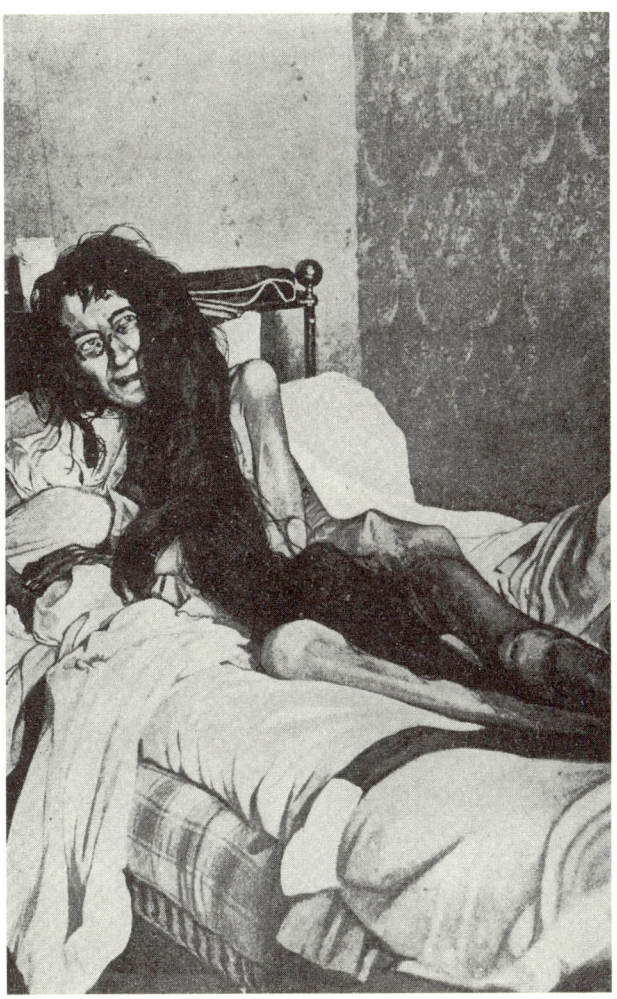

Blanche Monnier, die Eingeschlossene von Poitiers.
Photo bei ihrer Einlieferung ins Krankenhaus
(Photo *L'Illustration*).

Blanche Monnier im Krankenhaus.
Man hat ihr die Haare abgeschnitten
(Archiv René Dazy).

Blanche Monnier auf dem Wege der Genesung.
Beilage des *Petit Journal Illustré*
(Sammlung Jean Henry).

Gerichtsskizzen vom Prozeß der
»Eingeschlossenen« beim Strafgericht in Poitiers.
Von links nach rechts: Juliette Dupuy,
der Vorsitzende Fontan, Eugénie Tabeau,
eine Dienstmagd, Monsieur Marcel Monnier,
Bruder der Eingeschlossenen, Abbé de Mondion,
der Seelsorger des Krankenhauses von Poitiers
(Photo *L'Illustration*).

La recluse de Poitiers (Die Abgeschiedene
von Poitiers), Chanson von Léo Lelièvre und
Émile Spencer (Sammlung Jean Henry).

»Die Abgeschiedene von Poitiers.
Großes Klagelied über die arme eingeschlossene
Frau.« Kolportageblatt (Archiv Jean Henry)

Die Begegnung von Latude (Jean-Henri Latude
[1725–1805], Abenteurer aus dem Hérault;
nach Zwistigkeiten mit Madame de Pompadour
wurde Latude eingesperrt und blieb 35 Jahre lang
Gefangener) und Blanche Monnier, in:
L'Assiette au Beurre vom 20. September 1902
(Archiv René Dazy).

VORWORT

Ich zögere ein wenig, unter die merkwürdige Geschichte, die ich hier berichten werde, meinen Namen zu setzen. In meiner ganz unpersönlichen Darstellung habe ich mich darauf beschränkt, die Dokumente, deren ich habhaft werden konnte, zusammenzustellen und mich selbst im Hintergrund zu halten.

Folgendermaßen stellte im Jahr 1901 *La Vie illustrée* den sonderbaren Fall, der uns hier beschäftigen wird, ihren Lesern vor:

GEHEIME TRAGÖDIEN.

DIE EINGESCHLOSSENE VON POITIERS.

»In einer ruhigen, friedlichen Straße von Poitiers mit dem klösterlichen Namen Rue de la Visitation wohnte, in der ganzen Gegend hoch geachtet, eine Familie aus dem gehobenen Bürgertum. Die verwitwete Madame Bastian, geborene de Chartreux, aus einem alten Adelsgeschlecht in Poitiers stammend, wohnte hier gemeinsam mit ihrem Sohn, Monsieur Pierre Bastian, ehemaliger Unterpräfekt von Puget-Théniers im Seize-Mai. Die fünfundsiebzigjährige Madame Bastian de Chartreux bewohnte nach wie vor das Haus, in dem sie mit ihrem Mann, dem ehemaligen Dekan der Philosophischen Fakultät dieser alten Provinzstadt, gelebt hatte. Ihr Sohn hatte eine Spanierin geheiratet, deren Temperament weniger gemäßigt war als sein eigenes, und war alleine nach Poitiers zurückgekehrt. Seine Wohnung lag dem Haus der Mutter gegenüber. Zur Familie gehörte noch eine dritte Person, ein Mädchen namens Mélanie, die man immer fröhlich und heiter gesehen hatte, bis sie im Alter von fünfundzwanzig Jahren plötzlich verschwunden war ... Geisteskrank, hieß es. Madame Bastian de Chartreux hatte sie zunächst in eine Nervenheilanstalt einweisen lassen und dann aus Opferbereitschaft und christlicher Barmherzigkeit wieder zu sich genommen und, unterstützt von einer alten Dienstmagd, voller Hingabe gepflegt, hinter den geschlossenen Fensterläden des leidgeprüften Hauses, das von niemandem mehr betreten wurde. Und vor sechs Jahren erhielt die alte Dienstmagd, Madame Renard, die ihrer Herrschaft vierzig Jahre lang gedient hatte, auf Ansuchen von Monsieur Pierre Bastian, der sich ebenfalls, aus Rücksicht auf die Hälfte blauen Bluts in seinen Adern, de Chartreux nannte, eine Auszeichnung des Wohltätigkeitsvereins. Mit diesem Tugendpreis wurden zugleich die alte Dienerin und ihre sehr tugendhafte Herrschaft geehrt. Doch die tugendhafte Madame Renard starb, und neue Dienstbotinnen kamen ins Haus, dieses seltsame Haus, bei dem die Läden eines gewissen Fensters von außen verriegelt waren und aus dem bisweilen wie von ferne halberstickte Schreie drangen. Eines der Dienstmädchen nun verschmähte es nicht, an diesem strengen Ort des Nachts einen strammen Soldaten zu empfangen, den Burschen eines Oberleutnants der Garnison. Dieser Krieger, der mit Staubwedel und Glanzbürste besser umzugehen wußte als mit Bajonett und Schießgewehr, besaß nicht die Diskretion einer Madame Renard, und es war ihm nicht unbekannt, daß anonyme Briefe ihren Verfasser nicht sonderlich kompromittieren. Er schrieb einen. Und auf diese Weise erfuhr die Staatsanwaltschaft, der in Poitiers von einer nur maßvoll neugierigen Polizei zugearbeitet wird, daß erstens Mademoiselle Bastian keineswegs verrückt ist; daß sie zweitens seit vierundzwanzig Jahren in einem vor Schmutz starrenden Zimmer festgehalten wurde — dem Zimmer mit den verriegelten Fensterläden, aus dem die Klagen drangen —, das sie niemals verließ und wo sie in vollständiger Dunkelheit inmitten von Abfällen, Ungeziefer, Maden und Ratten beinahe

ohne Nahrung lebte. Einigermaßen spät mußten sich die Herren von der Staatsanwaltschaft, die vor der hochanständigen Familie
Bastian den größten Respekt hatten — wie alle
Welt im übrigen —, in Bewegung setzen. Sie
schalteten sich ein, verschafften sich gewalt-
sam Zutritt und fanden, auf dem Boden eines
unbeschreiblichen Lochs ausgestreckt, das
unglückselige Geschöpf vor.

Die Gründe?... In Poitiers erzählt man sich
folgendes: Im Alter von ungefähr fünfundzwanzig Jahren verliebte sich Mademoiselle Mélanie
Bastian und gab sich ihrem Geliebten hin.
Man glaubt, daß diese Liebesbeziehung nicht
ohne Folgen geblieben ist. Man meint darüber
hinaus, daß das Kind beiseite geschafft wurde.
Und um das arme Mädchen für das, was die
Leute einen Fehltritt nennen, zu bestrafen,
und vor allem, um zu verhindern, daß es etwas
ausplauderte, sperrte die lautere, die ehren-
werte, die treffliche Madame Bastian de Chartreux, unterstützt von ihrem werten Sohn, der
Stillschweigen bewahrte, die arme Mélanie für
alle Zeiten in dieses Loch, wo sie partout nicht
sterben wollte und wo man sie jetzt, nach vierundzwanzig Jahren, gefunden hat.

Es ist eine grauenhafte Tragödie aus Vorurteilen, Ehrbarkeit, exzessiver Tugend — einer
Tugend, die Ausdruck widerwärtiger Konventionen ist; noch abscheulicher aber ist die Nie-
derträchtigkeit der Zeugen, die heute massen-

haft ihre Stimme erheben und die ein Viertel-
jahrhundert lang, als es weniger harmlos scheinen konnte zu sprechen, unerbittlich geschwie-
gen haben.

Freilich ist auch die Diskretion eine Tugend,
und diese — nicht minder exzessive und nieder-
trächtige — Tugend war vierundzwanzig Jahre
hindurch die verbrecherische Helfershelferin
der grausamen Tugend der Witwe Madame
Bastian de Chartreux und ihres Sohns, des
hochanständigen Herrn Unterpräfekten.«

Bis in den Ton dieses Artikels ist die Entrüstung spürbar, die damals sofort die öffentliche Meinung ergriff. Wie konnte dieser augen-
scheinlich so monströse Fall, bei dem die
Schuld Madame Bastians und ihres Sohns
zunächst offensichtlich schien, mit einem Freispruch für die Beschuldigten enden? Das wird
wohl aus der Lektüre des nun folgenden Be-
richtes hervorgehen.

KAPITEL I

Am 22. Mai 1901 erhielt also der Generalstaatsanwalt von Poitiers einen mit 19. Mai datierten anonymen Brief dieses Inhalts:

»Sehr geehrter Herr Staatsanwalt,

Ich beehre mich, Ihnen einen außerordentlich schwerwiegenden Fall anzuzeigen. Es handelt sich um ein älteres Fräulein, das ohne ausreichende Nahrung bei Madame Bastian eingesperrt ist und seit fünfundzwanzig Jahren in einem abstoßenden, ärmlichen Bett praktisch in ihrem eigenen Moder liegt.«

Nachdem dieser Brief eingegangen war, begab sich der Polizeihauptkommissar von Poitiers, auf Befehl des Staatsanwalts und mit dessen Instruktionen versehen, am 23. Mai um halb drei Uhr nachmittags in die Rue de la Visitation 21.

Eines der beiden bei Madame Bastian beschäftigten Dienstmädchen, Mademoiselle Dupuy, kam, als es klingelte, an die Tür.

»Madame Bastian?«

»Madame empfängt keine Besuche, sie hütet das Bett.«

»Würden Sie bitte der Witwe, Madame Bastian, sagen, daß ich der Polizeihauptkommissar bin und sie unbedingt sprechen muß.«

Hierauf ging die Dienstmagd in den ersten Stock hinauf, kam nach ein paar Minuten wieder zurück und sagte:

»Mein Herr, Madame bittet Sie, sich an ihren Sohn zu wenden, der gegenüber wohnt.«

Nun klopfte der Hauptkommissar an die Tür von Monsieur Pierre Bastian. Doch zunächst einmal bekam er zur Antwort, auch Monsieur Bastian sei unpäßlich.

»Das ist aber höchst merkwürdig«, meinte der Hauptkommissar, »daß in diesen beiden Häusern alle unpäßlich sind. Sagen Sie Ihrem Herrn, daß ich der Polizeihauptkommissar bin und ihm eine wichtige Mitteilung machen muß.«

Der Hauptkommissar wurde von Monsieur Pierre Bastian empfangen. Er sagte zu ihm:

»In einem anonymen Brief wird Ihre Frau Mutter angezeigt, weil sie Ihre Schwester Mélanie eingesperrt haben soll, die angeblich seit fünfundzwanzig Jahren inmitten von abstoßendem Moder in ihrem Bett liegt; in diesem Brief heißt es des weiteren, daß das Fenster des Zimmers verriegelt ist. Und als ich vor dem Haus stand, habe ich tatsächlich im zweiten

Stock ein Fenster mit geschlossenen Läden gesehen. Würden Sie mich bitte Ihrer Schwester
gegenüberstellen?«

»Wer sind Sie eigentlich?« fragte Monsieur
Bastian.

»Ich bin der Polizeihauptkommissar, das
Dienstmädchen wird es Ihnen gesagt haben.«

»Was man Ihnen da erzählt hat«, versetzte
Monsieur Bastian, »ist eine ungeheuerliche
Verleumdung. Ich habe nicht die geringste
Ahnung, was diese Geschichte bedeuten soll;
im übrigen wohnen meine Mutter und meine
Schwester nicht im selben Haus wie ich. Da
ich den Willen meiner Mutter, in ihrem eigenen Hause selbst zu entscheiden, respektiere,
mische ich mich nie in ihre Angelegenheiten.«

»Wie dem auch sei«, unterbrach ihn der
Hauptkommissar, »ich bestehe darauf, mich
selbst *de visu* zu überzeugen. Sie beweisen Ihre
Unschuld am besten dadurch, daß Sie mich
Ihre Schwester aufsuchen und mich mit ihr
reden lassen.«

»Sie können nicht zu ihr, ehe ich nicht den
Arzt gefragt habe. Nur er kann entscheiden,
ob Sie ohne nachteilige Folgen ihr Zimmer
betreten können. Meine Schwester leidet seit
mehr als zehn Jahren an einer perniziösen
Malaria und darf keine Besuche empfangen.«

Auf die Fragen des Kommissars gab Monsieur Pierre Bastian sein Alter an: dreiundfünf-
zig Jahre, sowie seine Eigenschaften: Doktor

der Rechte und ehemaliger Unterpräfekt. Das Alter seiner Schwester Mélanie: zweiundfünfzig Jahre. Madame Bastian hatte keine weiteren Kinder. Außerdem sagte Pierre Bastian, seine Schwester werde nicht im geringsten vernachlässigt; cr sclbst bcsuche sie mehrmals täglich. Er protestierte gegen die seine Mutter betreffende Anzeige und sagte, er werde dem Generalstaatsanwalt darüber Bericht erstatten.

Hier machte ihn der Kommissar darauf aufmerksam, daß es keine bessere Methode gebe, der Verleumdung zu begegnen, als ihn unverzüglich in das Zimmer von Mademoiselle Bastian zu führen. Er habe von außen sehen können, daß die Fensterläden eines Zimmers im zweiten Stock mit einer Kette verschlossen seien, was den in dem anonymen Brief erhobenen Anschuldigungen eine gewisse Glaubwürdigkeit verleihe.

Pierre Bastian war bereit, seine Zustimmung zu erteilen; zuvor allerdings müsse er die Einwilligung seiner Mutter einholen, die im Haus alle Entscheidungen treffe.

Begleitet vom Kommissar begab er sich also zu ihr. Auf das Drängen des Kommissars hin erklärte sich Madame Bastian nach langem Zögern schließlich einverstanden.

»Monsieur Pierre Bastian«, sagt der Kommissar, »führte uns in ein Zimmer im zweiten Stock, in das Licht nur aus einem einzigen

Hoffenster fällt. Wir stehen in einem halb-
dunklen Raum, in dem die Luft so verbraucht
ist, daß wir ihn sofort wieder verlassen müssen,
nicht ohne jedoch festgestellt zu haben, daß
die Fensterläden geschlossen sind und eine
Kette mit einem Vorhängeschloß tragen, daß
das Fenster selbst hermetisch verschlossen und
jeder Spalt abgedichtet ist.

Wir kehren ins Zimmer zurück und versuchen, das Fenster zu öffnen, um Luft herein-
zulassen, werden aber von Monsieur Bastian
daran gehindert, der sagt, daß das seine
Schwester stören würde.

Wir stellen weiter fest, daß seine bedauernswerte Schwester, die man nicht sehen kann,
auf einem armseligen Bett unter einer Decke
liegt und alles vor Schmutz starrt; daß das
Bett von Insekten und Ungeziefer wimmelt, die
sich von den Exkrementen dieser Unglücklichen, mit denen das Bett bedeckt ist, er-
nähren. Wir versuchen, ihr die Decke, unter
der sie ganz verborgen ist, vom Gesicht zu
ziehen, doch sie hält sie umklammert und
stößt wie eine Wilde spitze Schreie aus.

Da wir es in dem Zimmer, das selbst vor
Schmutz starrt, nicht mehr aushalten, gehen
wir hinaus und vernehmen die beiden Dienstmädchen ...«

Am selben Tag, um fünf Uhr, nahm auch der
Untersuchungsrichter, Monsieur Du Fresnel,

das Zimmer in Augenschein. Seinen ersten Feststellungen, die mit denen des Kommissars übereinstimmen, fügt er hinzu:

»Wir geben unverzüglich Anordnung, das Fenster zu öffnen. Dieses Unternehmen erweist sich als äußerst schwierig; die alten, dunklen Vorhänge fallen herunter und wirbeln beträchtlichen Staub auf. Die Fensterläden können nur dadurch geöffnet werden, daß sie an der rechten Seite aus den Angeln gehoben werden.

Sowie Licht ins Zimmer dringt, können wir ganz hinten auf einem Bett, unter einer schmutzstarrenden Decke, die ihr bis über den Kopf reicht, eine Frau erkennen, die von Monsieur Pierre Bastian als seine Schwester, Mademoiselle Mélanie Bastian, bezeichnet wird ... Die Bedauernswerte liegt völlig nackt auf einem verfaulten Strohsack. Sie ist von einer Art Kruste aus Exkrementen und verfaulenden Überresten von Fleisch, Gemüse, Fisch und Brot umgeben. Außerdem sehen wir Austernschalen sowie Tiere, die auf Mademoiselle Bastians Bett umherkriechen. Sie selbst ist mit Ungeziefer bedeckt. Wir sagen etwas zu ihr; sie stößt Schreie aus, klammert sich ans Bett, versucht, ihr Gesicht noch tiefer unter der Decke zu vergraben. Mademoiselle Bastian ist erschreckend mager; ihre Haare sind zu einem dicken Zopf geflochten, der seit langem nicht mehr gelöst und durchgekämmt worden ist.

Die Luft im Zimmer ist so unerträglich, der Gestank so ekelerregend, daß wir unmöglich länger hierbleiben können, um die Bestandsaufnahme fortzusetzen.«

Der Untersuchungsrichter verfügte Mademoiselle Mélanie Bastians sofortige Einlieferung ins Krankenhaus. Da sie weder Leibwäsche noch Kleidung besaß, ließ er sie in eine Decke wickeln; anschließend ordnete er an, das Zimmer so gut wie möglich zu desinfizieren. Um sechs Uhr wurde die Tür gerichtlich versiegelt.

»Ehe wir das Haus verlassen«, fügt der Untersuchungsrichter hinzu, »nehmen wir die bewohnten Zimmer in Augenschein. Das Speisezimmer ist anständig eingerichtet, die Küche ordentlich, die Treppe sauber. Das Zimmer von der Witwe, Madame Monnier, ist in Unordnung, doch, wie wir feststellen, keineswegs schmutzig; das Mobiliar befindet sich in gutem Zustand, das Bett ist komfortabel, die Überzüge, Laken und Decken sehr sauber. Die fünfundsiebzigjährige Madame Bastian hat einen Schlafrock mit weißen und schwarzen kleinen Karos an; auf dem Kopf trägt sie eine weiße Haube mit Tollfalten. Ihre Kleidung ist gepflegt; sie ist gut frisiert; mit einem Wort, sie macht den Eindruck einer Frau, die ihre Körperpflege nicht vernachlässigt.«

Am Tag darauf suchte der Untersuchungsrichter um drei Uhr das einigermaßen desinfizierte Zimmer nochmals auf, um trotz des immer noch sehr starken Geruchs die Bestandsaufnahme fortzusetzen, die er am ersten Tag wegen des Gestanks nicht zu Ende führen konnte.

Das Zimmer ist 5,40 Meter lang und 3,40 Meter breit; das Fenster 1,60 Meter hoch und 0,98 Meter breit. Das Mobiliar umfaßt:

1. rechts neben der Tür eine Kommode ohne Schublade;

2. links und rechts neben dem Kamin aus schwarzem Marmor zwei weiße Holzregale; auf dem rechten vier leere Flaschen, drei Konservendosen, ein Lottospiel und zwei Schraubenmuttern; das linke ist mit einem zerrissenen Matratzendrell bedeckt und leer, an den Ecken befinden sich dichte Spinnweben; auf dem Kaminsims eine kleine Madonnenstatue;

3. vor der Kommode ein Eisenbett: Laken und Decken sind sauber, hier schläft das eine der beiden Dienstmädchen;

4. vor dem linken Regal eine hölzerne Bettstelle mit einem Strohsack, darauf zerrissene und besudelte alte Kleider;

5. ein Sofagestell, auf dem von Ungeziefer wimmelnde Stoffetzen und Lumpen liegen;

6. sechs Strohstühle, von denen vier recht gut erhalten sind;

7. schließlich das Holzbett von Mademoiselle Bastian mit einem fauligen Strohsack, einem vierfach gefalteten Laken für die Ex-

kremente, einem alten Kissen zwischen dem
Laken und dem Strohsack und einer abstoßend schmutzigen Decke. Das Bett ist mit
einer breiigen Masse aus Exkrementen und
faulenden Überresten von Fleisch, Gemüse
und Brot bedeckt. Am Fußende des Bettes ein
unvorstellbar schmutziges Stück Linoleum.
Der Fußboden ist von Würmern ganz zer-
fressen. Durch ein 32 Zentimeter langes und
fünf Zentimeter breites Loch an der Wand
sowie ein weiteres Loch in Betthöhe können
die Ratten ins Zimmer eindringen. Auf einem
kleinen Kasten mit alten Büchern zwischen
dem Bett und dem linken Regal liegt eine dicke
Staubschicht, ebenso auf allen anderen Gegenständen. Die Tapeten sind fast nicht mehr
vorhanden. Ursprünglich waren die Wände
mit einer graublauen, braun und dunkelblau
karierten Tapete bedeckt; nun sind sie praktisch kahl und mit zahlreichen Inschriften bedeckt, die man nur mit Mühe entziffern kann.
Eine jedoch ist lesbar:

*»Etwas in Schönheit tun, nichts in Liebe und
Freiheit, immer alleine. Man muß im Kerker
leben und sterben, das ganze Leben lang.«*

Am 25. Mai um neun Uhr beschlagnahmte
der Kommissar folgende Gegenstände:
»Ein teilweise verfaultes Federbett; ein daran festklebendes verfaultes Kopfkissen sowie

diverse Lumpen, die durch Kot und Lebens-
mittelreste aller Art miteinander verklumpt
sind und von zahllosen Insekten wimmeln
(das Ganze wird in ein großes weißes Laken
gewickelt, das uns die Familie zur Verfügung
stellt); eine weiße Decke mit roten Streifen;
eine gelbe Decke, mit der die Eingeschlossene
zugedeckt war; ein Kopfkissen; eine blau-
gestreifte Decke; einen frisch gewaschenen
Stoffrest; eine blaugeblümte weiße Tages-
decke; eine weitere alte Decke mit roten Streifen; einen doppelt gefalteten Matratzendrell
vor dem Fenster, der als Vorhang dient; ein
Stück von einer grüngestreiften Decke; einen
alten Stoffrest, den man Mademoiselle Bastian untergeschoben hatte; ein weißes, kot-
beschmutztes Wäschestück; ein achtfach gefaltetes Bettlaken, auf dem das Opfer gelegen
hatte; in eine Zeitung gewickelte Essensreste
(die Zeitung stammt von uns); diverse weitere
Überreste von Lebensmitteln, die, wie die vori-
gen, während der Beschlagnahmung vom Bett
heruntergefallen sind und in ein Stück Papier eingepackt werden; obengenannte Gegenstände werden in einer Kiste verstaut.

Ein teilweise verfaulter Strohsack, der in
Packleinen eingewickelt wird; eine Liege, die
auf fünf Pakete verteilt wird; zwei durch eine
Kette mit Vorhängeschloß zusammengehaltene
Fensterläden; einen Koffer, in den wir die
siebenunddreißig Bücher packen, die wir auf

den Brettern im Zimmer gefunden haben; eine Schultasche mit Heften und zahlreichen Bleistiftnotizen (?); im selben Koffer verstauen wir auch ein Vorhängeschloß, an dem ein Stück Kette hängt, zwei kleine Madonnenstatuen, einen Puppenkopf, einen Rosenkranz, eine Zehn-Centimes-Münze und fünf Bleistiftenden, die wir auf und unter dem Bett gefunden haben.

Eine frisch instand gesetzte Tür des Zimmers, in dem das Opfer festgehalten wurde; den Rahmen dieser Tür; einen Glasbehälter mit etwa fünf bis zehn Prozent der Insekten, die wir im Bett von Mélanie Bastian gefunden haben; eine weiße Decke; ein Stück von der Tapete im Korridor, auf dem die Worte stehen: ›*von den Kindern werden manche viel mehr gern gehabt*‹ usw., und schließlich den 2,7 Kilogramm schweren Zopf von Mélanie Bastian, der ihr bei der Einlieferung ins Krankenhaus abgeschnitten worden war.«

Trotz der beträchtlichen Länge dieser Aufzählung hielten wir es für angemessen, sie vollständig hier wiederzugeben, und bedauern nur, daß sie nicht noch mehr Einzelheiten enthält; zum Beispiel hätten wir gerne die Titel der siebenunddreißig beschlagnahmten Bücher gewußt und Genaueres über diese »Bleistiftnotizen«, die im Rapport erwähnt werden. Erst vor kurzem hat uns der Bericht des General Diteriks über die im kleinen Zimmer

des Hauses Ipatiew in Jekaterinburg durchgeführte Beschlagnahmung gezeigt, welch deut-
liche Sprache die Dinge sprechen können.[1]

Bei allen diesen Gegenständen handelt es
sich um Zeugen, und ihre Aussage ist für uns
aufschlußreicher und unvoreingenommener
als die der lebendigen Zeugen, die wir bald
hören werden.

Doch zunächst wollen wir die Angeklagten
hören.

---

[1] Graf Kokowzow, »La vérité sur la tragédie d'Ekaterimbourg«,
in: *Revue des Deux Mondes*, 1. Oktober 1929.

KAPITEL II

Madame Bastian und ihr Sohn wurden am 24. Mai nach dem Mittagessen festgenommen. Alle Informationen, die wir über diese beiden beunruhigenden Persönlichkeiten erhalten konnten, werden wir dem Leser weiter unten mitteilen. Hören wir zuvor, was Pierre Bastian bei der Vernehmung durch den Vorsitzenden (Verhandlung vom 8. Oktober 1901. Siehe *Journal de l'Ouest* vom 10. Oktober) sagte.

Frage: Bereits im Jahr 1875 stellte Dr. Guérineau fest, daß Ihre Schwester Mélanie außerstande war, für sich selbst zu sorgen. Ihr Zimmer war schmutzig, sie selbst war nachlässig gekleidet. Ihre Schwester wurde von Madame Fazy gepflegt, die 1896 starb.

Antwort: Das ist richtig.

Frage: Als sich der Zustand Ihrer Schwester verschlechterte, wurde sie von Ihrer Mutter eingesperrt. Nach dem Tod von Madame Fazy folgt eine lange Reihe von Dienstmädchen, die unter den gegebenen Umständen nicht im

Haus bleiben wollen. Ihre Schwester verläßt nicht mehr das Zimmer; sie besteht auf ihrer Freiheit; sie fordert sie bis zu dem Moment, in dem sie im Mai 1901 von der Polizei aufgefunden wird.

Antwort: Das ist alles wahr.

Frage: Nun erscheint der Hauptkommissar; als er das Zimmer Ihrer Schwester sehen wollte, haben Sie Schwierigkeiten gemacht.

Antwort: Nein; doch ich wollte, daß meine Mutter ihr Einverständnis gibt; ich selbst hatte nichts einzuwenden.

Frage: Aber Sie haben behauptet, Ihre Schwester leide an perniziöser Malaria. Sie haben sich auf Ihre gesellschaftliche Position und Ihre früheren Amtstitel berufen.

Antwort: Ich hatte nicht die geringste Absicht, den Herrn Hauptkommissar am Betreten des Zimmers zu hindern.

. . . .

Der Vorsitzende verliest das Feststellungsprotokoll.

Frage: Finden Sie das nicht beeindruckend?

Antwort: Ich bin entsetzt; aber ich habe alles immer nur von außen gesehen. Ich wußte, daß Mélanie nackt war, deshalb habe ich sie nie betrachtet, aus Schamgefühl. Ich habe immer nur ihr Haar gesehen.

Frage: Also ist Ihnen dieser Stand der Dinge ganz neu?

Antwort: Ich habe mir das nicht vorgestellt. Ich war weit davon entfernt, so etwas zu denken.

Frage: Als Ihre Schwester ins Krankenhaus gebracht wurde, äußerte sie Freude darüber, daß sie gewaschen wurde und reine Luft atmen konnte. Sie rief: »Wie schön das ist!«[1]

Antwort: In all den Jahren, die Mélanie bei ihrer Mutter verbrachte, hatte sie eine starke Abneigung gegen Licht. Sie ertrug es nicht; das war bei ihr aus Instinkt so.

Frage: Ein Willensakt von Ihrer Seite hätte genügt.

Antwort: Meine Mutter bestimmte in ihrem eigenen Haus selbst.

Frage: Im Krankenhaus stellte man fest, daß Ihre Schwester sehr schamhaft und sittsam ist. Wozu also diese Vorsichtsmaßnahmen?

Antwort: Diese Maßnahmen wurden vor langer Zeit getroffen, und zwar von meinem verstorbenen Vater.

Frage: In den Akten steht, man habe nichts gegen ihren Willen tun wollen. (Gegen den Willen von Mélanie oder gegen den Willen von Madame Bastian? Dieser Satz ist zweideutig.)

Antwort: Ja; um schreckliche Szenen zu vermeiden.

Frage: Sie hätten daran denken müssen, daß Sie es mit einer Verrückten zu tun hatten;

---

[1] Unerwähnt läßt der Vorsitzende, daß Mélanie Bastian, als sie abgeholt wird und ins Krankenhaus gebracht werden soll, auch ruft: »Alles, was ihr wollt, aber laßt mich in meiner lieben kleinen Höhle!«

ein Grund mehr, sie notfalls mit Gewalt zu pflegen, was sie sich im übrigen im Krankenhaus mit Vergnügen gefallen ließ.

Antwort: Ich habe den Hausangestellten vertraut.

Frage: Ihre Schwester wurde gut genährt, wenn man das von einem Menschen sagen kann, dem man zu essen gibt, ohne sich darum zu kümmern, ob er auch wirklich ißt.

Antwort: Genau das war Aufgabe der Dienstmädchen.

Frage: Sie haben Ihre Schwester manchmal besucht?

Antwort: Ja; manchmal habe ich versucht, sie ein wenig auf andere Gedanken zu bringen[1], aber es war schwierig, sich mit ihr zu unterhalten.

Frage: Was sagte sie, wenn sie gerade einen hellen Moment hatte?

Antwort: Ich kann nur soviel antworten: Ich habe meine Mutter oft gebeten, meine Schwester in eine Nervenheilanstalt zu geben. Gewöhnlich habe ich am Fenster das *Journal de Vienne* gelesen. Durch den Geruch habe ich mich nie gestört gefühlt.

(Auf diese letzte Behauptung werden wir später zurückkommen. Es folgen mehrere Fragen und Antworten, in denen Pierre Bastian wie-

---

[1] Aus einem weiteren Verhör wird hervorgehen, daß Pierre Bastian seiner Schwester täglich recht ausgedehnte Besuche machte.

derholt beteuert, daß er sich nie über die schreckliche Verwahrlosung, in der sich seine Schwester befand, im klaren war.)

Frage: Sie sagten, Sie hätten Ihrer Mutter vorgeschlagen, Ihre Schwester in eine Nervenheilanstalt zu geben. Warum haben Sie nichts unternommen?

Antwort: Ich habe meine Mutter so lange gedrängt, bis sie mich vor die Tür gesetzt hat.

Frage: Wie war Ihre Beziehung zu Ihrer Mutter?

Antwort: Ich brachte ihr den Respekt entgegen, den ich ihr als meiner Mutter schuldete. Doch im Vertrauen gesagt, Auseinandersetzungen gab es immer. Sowohl in Geldfragen als auch in bezug auf meine Schwester.

Frage: Sie beugten sich Ihrer Mutter; aber gab es nicht auch heikle Fragen?

Antwort: Ich habe eine zu hohe Gesinnung, als daß ich mich zu einer Niedrigkeit hinreißen lassen würde.

Auf eine diesbezügliche Frage des Vorsitzenden gibt Pierre Bastian an, er habe weder gute Augen noch einen guten Geruchssinn. Auf der Straße erkenne er nicht einmal seine Freunde.

Frage: Aber Sie schreiben doch. Sie malen nach der Natur.

Antwort: Meine Aquarelle unterscheiden sich ganz wesentlich von der Vorlage.

Frage: Ihnen wird vorgeworfen, daß Sie keinen Versuch gemacht haben, der Situation, in der sich Ihre Schwester befand, ein Ende zu setzen. Sie wollten sie in einem schmutzigen Stall dahinsiechen lassen.

Antwort: Ich habe für meine Schwester nie etwas anderes empfunden als Zuneigung und Hingabe.

Mit diesem Satz endete die Vernehmung.

Abgesehen von der Beschlagnahmung, die im Zimmer von Mélanie Bastian durchgeführt wurde, beschlagnahmte der Untersuchungsrichter im Arbeitszimmer von Monsieur Bastian folgende Beweisstücke, die er anschließend beim Gerichtsschreiber deponierte:

1. ein kartoniertes Heft mit folgenden Überschriften: »Hilfsfonds für verwundete Kriegsteilnehmer — Zentralkomitee Paris — Liste der verwundeten ehemaligen Kriegsteilnehmer, die beim Roten Kreuz um eine Unterstützung nachgesucht haben, wohnhaft in Poitiers oder im Departement Vienne«;

2. ein Bündel Dokumente in einer grünen Mappe mit der Aufschrift »Gesellschaft SaintVincent-de-Paul«;

3. sechsundfünfzig von Monsieur Bastian angefertigte Aquarelle in einer grünen Mappe;

4. vierundfünfzig von Monsieur Bastian angefertigte Bleistiftzeichnungen und Aquarelle in einer grünen Mappe;

5. den Entwurf zu einem Nachruf auf den Comte de T.;

6. Notizen zu einem Vortrag über »Die Unterstützung Kriegsverwundeter vor der Genfer Konvention und während des Deutsch-Französischen Kriegs«, den Monsieur Pierre Bastian am 16. Mai 1896 hielt;

7. ein Blatt Papier, wie es in der Schule verwendet wird, das auf Monsieur Bastians Schreibtisch lag und auf dem zu lesen stand:

»Es ist uns ein Anliegen, unseren Lesern durch genaue Informationen die Wahrheit über einen Fall mitzuteilen, der das Verantwortungsbewußtsein eines unserer sympathischsten Mitbürger in zweifelhaftes Licht gerückt und dadurch in unserer Stadt so viele Gemüter erregt hat.« Dieser angefangene Artikel ist in derselben Schrift verfaßt wie die übrigen beschlagnahmten Schriftstücke.

Im Verlauf einer weiteren Einvernahme äußert Monsieur Bastian folgendes: »Die Inschriften, die an der Wand des Zimmers entdeckt wurden, das meine Schwester vor 1882 (?) bewohnte ... diese Inschriften, in denen vor allem vom Herz Jesu und Mariä die Rede ist, haben nicht die geringste Bedeutung. Ich gebe allerdings zu, daß sie auf religiöse Gedanken hinweisen, die meine Schwester im Kopf hatte und die ich für das Resultat von Halluzinationen halte. Ich muß sagen, daß meine Schwester mir gegenüber nie den Wunsch geäußert hat, ins Kloster einzutreten.«

Und auf weitere Inschriften hin befragt, die Mélanie Bastian in dem anderen Zimmer, das sie nach 1882 (dem Todesjahr ihres Vaters) bewohnte, an den Wänden angebracht hatte und die sich auf die *geraubte Freiheit* und die *Einsamkeit* bezogen, vor allem der Satz »*Man muß im Kerker leben und sterben, das ganze Leben lang*«, antwortet Pierre Bastian:

»Das sind psychologische Phänomene, die ich nicht zu ergründen suche; im übrigen habe ich den Inschriften auf den Wänden so wenig Bedeutung beigemessen, daß ich sie nicht einmal gelesen habe.«

Frage: Aus den Aussagen mehrerer Zeugen geht hervor, daß Ihre Schwester oft geschrien und gerufen hat, wobei deutlich die Wörter »Polizei, Gerechtigkeit, Freiheit« und »Gefängnis« zu verstehen waren. Am 16. August 1892 hat Monsieur Jacob folgende Worte gehört: »Was habe ich denn getan, daß man mich einsperrt; ich habe diese grauenhafte Strafe nicht verdient. Gibt es denn keinen Gott, daß seine Geschöpfe so leiden müssen? Und kein Mensch, der mir hilft!«

Antwort: Diese Schreie bedeuten überhaupt nichts. Wenn meine Schwester solche Dinge sagt, ist das völlig belanglos; sie hat sie nur gesagt, wenn sie ihre Anfälle und Krisen hatte. In meiner Gegenwart hat sie nie um Hilfe gerufen oder ihre Freiheit verlangt. Ich habe nur festgestellt, daß sie bei ihren Wutausbrüchen sehr schmutzige Ausdrücke gebrauchte, vor allem das Wort »Sch...«; sie schien sich an ein Phantasiewesen zu wenden; es war unmöglich, sie zur Vernunft zu bringen; je länger man ihr zuredete, um so mehr geriet sie außer sich.

Frage: Wie erklären Sie sich, daß Ihre Schwester seit ihrer Einlieferung ins Krankenhaus keinerlei Erregungszustände und Wutausbrüche mehr hat, vielmehr immer gleich ruhig und sanftmütig ist?

Antwort: Wahrscheinlich hat die starke Erschütterung in ihrem verwirrten Geisteszustand eine heilsame Krise hervorgerufen.

Pierre Bastian wird gefragt, weshalb Madame Pierre Bastian seit dem Zeitpunkt ihrer Eheschließung (1874) kein einziges Mal ihre Schwägerin getroffen hat. »Und weshalb hat Ihre Tochter nie ihre Tante besucht?«

Antwort: Moralische Gründe haben meine Mutter dazu bewogen, ihre Schwiegertochter und ihre Enkelin an einem Besuch bei meiner Schwester zu hindern. Diese verwendete sehr schmutzige Ausdrücke. Bis zu einem gewissen Grad teilte ich die Ansicht meiner Mutter und widersprach ihr nicht.

Ihrerseits befragt, erklärte Marie-Dolorès Bastian, die Tochter von Pierre Bastian: »Ich besuchte meine Großmutter zweimal wöchentlich, am Donnerstag und am Sonntag gegen drei Uhr; oft hat sie mich gar nicht empfangen; wenn ich zu ihr durfte, kam die Unterhaltung

bald ins Stocken, sie sprach mit mir ausschließlich über ihre Probleme mit den Hausangestellten und über ihre Krankheiten; da
sie nie zärtlich zu mir war, fühlte ich mich in
ihrer Gegenwart gehemmt und brachte nicht
viel hervor. Die Besuche dauerten etwa eine
halbe Stunde, und wenn ich daran dachte,
fragte ich sie beim Abschiednehmen nach dem
Befinden meiner Tante Mélanie. Meine Großmutter antwortete stets: ›Es geht ihr gut.‹«

Lassen wir nun Madame Bastian selbst zu
Wort kommen.

»Es ist mir nie in den Sinn gekommen,
meine über alles geliebte Tochter einzusper-
ren. Sie konnte sich stets ungehindert im
ganzen Haus bewegen; allerdings hat sie sich
seit fünfundzwanzig Jahren freiwillig in ihr
Zimmer eingeschlossen; oder, um genauer zu
sein, in ihr Bett, denn ich glaube, seit 1876,
oder vielleicht schon davor, wollte sie unbedingt im Bett liegen bleiben, obwohl mein
Mann und ich sie mit allen Mitteln dazu bringen wollten, an die frische Luft zu gehen ...

Sie war schon immer recht kränklich ...
Trotzdem konnte sie die Schule besuchen. Sie
arbeitete gern, und besonders gern las sie.

Als junges Mädchen hatte sie wenig gesellschaftlichen Umgang ... Am liebsten ging sie
in die Kirche, und ich dachte, sie fühle sich
zum Klosterleben berufen.

Es war nie die Rede von irgendwelchen Heiratsplänen. Im übrigen bin ich überzeugt, daß sie sich nie hätte verehelichen wollen.

1872, glaube ich, erkrankte meine Tochter an einer sehr schweren perniziösen Malaria und schwebte in Lebensgefahr. Seit dieser Zeit wollte sie niemanden mehr sehen. Trotzdem fuhr sie zur Hochzeit ihres Bruders, den sie sehr liebte, nach Mont-de-Marsan. Als sie wieder in Poitiers war, verließ sie das Zimmer schon bald überhaupt nicht mehr; sie weigerte sich, Kleider anzuziehen, und behauptete, sie fühle sich zu schwach, um etwas auf dem Leib zu tragen. Sie aß sehr wenig und war schon völlig abgemagert.

Sie war keineswegs verrückt, hatte aber sehr sonderbare Angewohnheiten. Sie wollte ohne Bettlaken schlafen, weigerte sich, ein Hemd zu tragen ... Sie war erst glücklich, wenn sie vollständig unter einer Decke verschwand ...

Der Arzt hat sie schon seit etlichen Jahren nicht mehr besucht, denn sie war nicht krank.«

Als man ihr den Zustand beschreibt, in dem ihre Tochter aufgefunden wurde, erwidert sie, daß sie seit drei Monaten selbst leidend sei und sie deshalb nicht mehr habe aufsuchen können. Vor dieser Zeit sei sie täglich zweimal zu ihr hinaufgegangen; sie habe den Schmutz wohl gesehen, doch Mélanie habe nicht gewollt, daß man saubermache.

Frage: Die Dienstmädchen haben Sie oft gebeten, das Bettzeug wechseln und Ihre Tochter waschen zu dürfen. Sie haben immer abgelehnt.

Antwort: Die lügen ja. Die beiden sind liederliche Frauenzimmer.

. . . .

Antwort: Wenn ich etwas falsch gemacht habe, dann nicht, weil ich meine Tochter umbringen wollte. Ich habe mich immer für sie aufgeopfert.

Am 24. Mai 1901, gegen sechs Uhr abends, wurde Madame Bastian ins Gefängnis gebracht. Sie wurde sofort in die Krankenabteilung eingeliefert.

Sie wirkte sehr leidend, zeigte jedoch etwas Appetit und klagte nicht allzu sehr. Am 6. Juni verschlechterte sich ihr Zustand plötzlich. Sie beteuerte ihre Unschuld, verlangte, freigelassen zu werden, da auch ihr Sohn das Gefängnis bereits verlassen habe, und begann trotz ihrer Schwäche und völligen Entkräftung mehrmals, ihre Habseligkeiten zusammenzupacken. Die Nacht auf den 7. war sehr qualvoll. Um fünf Uhr morgens verlangte die Kranke zu trinken. Die Krankenschwester blieb bei ihr und verständigte, als sie merkte, daß es dem Ende zuging, den Oberwärter, der den Anstaltsgeistlichen und den Arzt holen

ließ. Dieser stand ihr während des Todes-
kampfes bei. Seine Bemühungen, Madame
Bastian ins Leben zurückzuholen, blieben
vergeblich, und um halb zehn Uhr morgens
entschlief sie sanft. Einige Minuten, bevor
der Arzt eintraf, hatte Madame Bastian aus-
gerufen: »Ach, meine arme Mélanie!«

KAPITEL III

Mélanie Bastian wurde am 23. Mai 1901 gegen sieben Uhr abends ins Krankenhaus von Poitiers eingeliefert.

Vor mir liegt ein großes, unmittelbar nach ihrer Aufnahme ins Krankenhaus aufgenommenes Photo, das damals von allen großen Illustrierten abgedruckt worden war. Man kann sich nichts Eindrucksvolleres vorstellen als den Blick dieses armen Mädchens und ihr Lächeln — denn sie lächelt, lächelt wie ein Engel, wie entrückt, zugleich aber irgendwie verschmitzt und fast spöttisch.

Durch die damaligen Zeugen wissen wir, daß sie sich in einem Zustand erschreckender Verwahrlosung befindet. Ihr Gesicht ist wachsbleich und abgezehrt. Ihr Körper, bis auf die Knochen abgemagert, stellenweise mit einer dicken Schmutzschicht bedeckt. Die Nägel an Händen und Füßen sind sehr lang.

Die Haare sind zu einer kompakten, über einen Meter langen, dreißig Zentimeter breiten und vier bis fünf Zentimeter dichten Masse

verklumpt ... Ein dichter Filz aus Haar,
Exkrementen und Speiseresten. Diese Masse
verbreitete einen so erbärmlichen Gestank,
daß die Ärzte den Anwesenden gestatteten
zu rauchen. Die gesamte Haarmasse befand
sich links vom Kopf, während an der rechten
Kopfhälfte dadurch, daß Mélanie Bastian die
gesamte Zeit hindurch, die sie auf ihrem Bett
verbrachte, unverändert in sich zusammen-
gekauert auf der rechten Seite gelegen hatte,
durch die ständige Reibung nur ein paar Sträh-
nen übriggeblieben waren.

Mélanie Bastians Gewicht betrug bei ihrer
Einlieferung ins Krankenhaus ganze 51 Pfund
und 300 Gramm. Man kann nur staunen,
daß die Ärmste so viele Jahre in diesem erbar-
mungswürdigen Dreck, in diesem abstoßenden, von Gestank erfüllten Dunkel hat leben
können. Bei ihrer Ankunft im Krankenhaus
war sie so schwach, daß der Anstaltsgeistliche
fürchtete, sie könnte von einem Augenblick
auf den andern sterben, und ihr umgehend
die Letzte Ölung spendete. Doch schon am
Tag darauf ging es Mélanie Bastian bedeu-
tend besser. Sie aß bereitwillig, was man ihr
brachte. Die herbeigezogenen Ärzte konsta-
tierten, daß alle Organe vollkommen gesund
waren.

Auf einige präzise und einfache Fragen gibt
Mélanie Bastian recht vernünftige Antworten;
sie erkennt die Blumen, die man ihr hinhält,

erinnert sich an einige Begebenheiten aus ihrer Jugend und vor allem an ein Gut, das ihre Familie in Migné besitzt. Sehr oft jedoch verweigert sie jede Antwort und jagt die Leute, die zu ihr sprechen, mit wüsten Ausdrücken und Beschimpfungen zum Teufel ... Besteht jemand trotz allem darauf, daß sie antwortet, wird sie sehr schnell wütend und gerät aus ihrer gewöhnlichen Starre in einen Zustand heftiger Erregung. Freilich hindert sie ihre allgemeine Schwäche daran, tätlich zu werden, und, den Kopf ins Kissen vergraben, beschränkt sie sich darauf, unverständliche Worte und Sätze ohne erkennbaren Sinn, vermischt mit zahlreichen Flüchen, zu murmeln.

Wenn sie zornig ist, taucht fast jedesmal eine fixe Idee auf: Sie möchte zu ihrem früheren Aufenthaltsort zurück, den sie mit einem unverständlichen Ausdruck bezeichnet: ihre »liebe, gute, tiefe Mühlenhöhle«.

Schon als sie aus ihrem Loch in der Rue de la Visitation herausgeholt wurde, hatte sie sich an ihren Strohsack und ihre stinkende Decke geklammert und flehentlich darum gebeten, man möge sie in ihrer lieben kleinen Höhle in Frieden lassen.

»Niemals«, so heißt es in den Gutachten, »stellt sie irgendeine Frage ..., und nie spricht sie von den Menschen, die sie zu Hause umgaben. In den meisten Fällen antwortet sie nur den Personen, die sie täglich betreuen und ihr das Essen bringen.

Sie antwortet stets wie ein kleines Kind. Die meisten Gegenstände, die man ihr zeigt, erkennt sie, Bleistifte, Rosen, Gläser, Speisen, und sie nennt sie immer ihren lieben kleinen Bleistift, ihre liebe kleine Rose usw. Oft verlangt sie sogar ihren ›lieben kleinen Lappen‹, mit dem sie sich daheim das Gesicht bedeckt hatte und der voll von Dreck und Ungeziefer war.

Im übrigen fehlt ihr jede Vorstellung von Reinlichkeit, ihre Notdurft verrichtet sie ins Bett oder in die Kleider, die sie anhat . . . Allerdings war sie am 18. Juni zum erstenmal bereit, sich zum Urinieren eines Nachtgeschirrs zu bedienen.

Man konnte sie dazu bringen, mit Bleistift und mit Feder ihren Vornamen und einige andere Wörter aufzuschreiben. Ihre Schrift ist ziemlich deutlich, doch folgt auf ein gut leserliches Wort ein unentzifferbares Gekritzel.

Ihr Appetit ist ausgezeichnet. Was man ihr an Gerichten vorsetzt, wird gierig verschlungen.« (In der Tat ergaben die regelmäßigen Kontrollen eine rapide Gewichtszunahme von 25,5 Kilogramm am 25. Mai auf 35,5 Kilogramm am 3. August.)

Im selben Maß wurde sie auch körperlich wieder kräftiger . . . Weit weniger schnelle Fortschritte machte sie jedoch in ihren intellektuellen Fähigkeiten. Zwar gab Mélanie auf gewisse Fragen genauere Antworten, verhielt sich ihrer Umgebung gegenüber jedoch nach wie vor gleichgültig und stellte selbst keinerlei Fragen...

Mehrere Male besuchte sie der Anstaltsgeistliche, Abbé de Mondion, um sich mit ihr zu unterhalten. Er fragte sie, ob sie sich an ihre Erstkommunion erinnern könne. Mélanie Bastian bejahte und konnte ihm sogar noch die Namen der Geistlichen nennen, die ihren Religionsunterricht geleitet hatten. Sie erinnert sich darüber hinaus an die Lebensmittelhändler, bei denen ihre Familie einkaufte, und erzählte, sie habe ihre Bonbons nie beim Zuckerbäcker Avenel gekauft, sondern bei Pasino, dem Italiener. Alle Blumen, die man ihr zeigt, kennt sie und weiß, wie sie heißen, und täglich erhält sie von barmherzigen Menschen zahlreiche Blumensträuße. Nichts macht ihr mehr Freude, fügt der Abbé hinzu, als diese Blumen anzusehen und an ihnen zu riechen. Es freut sie unendlich, von ihrem Bett aus die Landschaft zu betrachten, und sie teilt ihre Freude mit, indem sie ausruft: »Wie schön das ist!« Die vorbeifliegenden Schwalben erkennt sie sehr wohl, und sie ruft: »Sehen Sie nur, wie entzückend die lieben kleinen Schwalben sind!«

Sie ist äußerst sanft, hört auf das, was man ihr sagt, befolgt alle Anordnungen, trägt ihre

Leibwäsche und versucht nicht, sie sich auszuziehen, so daß zu ihrer Betreuung nur eine
einzige Krankenschwester nötig ist. Läßt man
sie allein, was ziemlich oft der Fall ist, macht
sie keine Unordnung. Doch als der Abbé sie
fragt, ob sie ihren Bruder und ihre Mutter
wiedersehen möchte, erwidert sie gleich: »Oh,
bringt sie mir bloß nicht hierher!« Ein anderes Mal, als der Abbé sie fragt, ob sie sich zu
Hause wohl gefühlt habe, ruft sie: »Reden wir
nicht davon, von dort muß jeder weglaufen,
jeder!«

Es wäre überflüssig zu betonen, wie außerordentlich folgewidrig Mélanie Bastians Antworten sind. Das wird der Leser selbst festgestellt haben. Die bewußte oder unbewußte
Anstrengung, mit der wir uns im Lauf einer
Vernehmung bemühen, solche Folgewidrig-
keiten auszuräumen, um die Aussagen eines
Angeklagten miteinander in Einklang zu bringen, erweist sich als hoffnungslos vergeblich,
und das in besonderem Maß im Falle Mélanie
Bastians, die gleichzeitig die reine Luft zu
genießen scheint, die sie endlich atmet, ihr
sauberes Krankenhausbett, die Aufmerksamkeit, mit der sie gepflegt wird, und die sich trotz
allem nach ihrem verdreckten Lager zurück-
sehnt, nach dem von Gestank erfüllten Dunkel
ihrer »lieben kleinen Höhle«, von der sie mit
großer Zärtlichkeit spricht und die in ihrer
Vorstellung gleichsam zu einem mythischen

Ort zu werden scheint, den sie mit so bizarren
Ausdrücken bezeichnet, daß man zunächst
nicht recht wußte, wovon sie sprach, wenn
sie ein ums andere Mal wiederholte: »Ich
möchte in *meine liebe tiefe Malampia-Höhle*
zurück« — wo man sie übrigens nicht ganz
so schlecht behandelt zu haben scheint, wie
zunächst zu befürchten stand, denn als ihr
im Krankenhaus Huhn serviert wurde, meinte
sie: »Das habe ich auch in meiner lieben tiefen Malampia-Höhle bekommen.«

»Ich war mehrmals dabei«, teilt uns ein Assistenzarzt mit, »wenn Mademoiselle Bastian
ihre Mahlzeiten einnahm. Ehe sie die auf-
getragenen Speisen anrührte, war ihre erste
Bemerkung: ›Ist das aber schön sauber.‹ Sie
ißt immer noch mit den Fingern, *aber mit viel
Behutsamkeit*.«

Und der Krankenhausverwalter: »Wenn sie
eine Orange ißt, ist sie sehr wohl imstande,
die Kerne so lange in der hohlen Hand auf-
zubewahren, bis sie ihr jemand abnimmt...«

Ich habe den Eindruck, daß sie, zumindest
unbewußt, versuchte, mit den Menschen, die
zu ihr kamen und ihr Fragen stellten, eine Ge-
meinsamkeit herzustellen, oder daß sie einer
instinktiven Sympathie folgte. Daher konnte
Schwester Saint-Wilfred, eine der Nonnen im
Krankenhaus, sagen, daß Mélanie keinerlei
Abneigung vor Sauberkeit hatte, sondern daß
es ihr vielmehr Freude machte, gewaschen zu

werden, in weißem Bettzeug zu schlafen und
ein Nachthemd zu tragen. Sie sagte kein Wort,
als ihr die Haare geschnitten wurden, was
bei deren völlig verfilztem Zustand überaus
schwierig war. Und als sie ihr anschließend
mit einem duftenden Spezialmittel gewaschen
wurden, freute sie sich darüber.

»Sie findet«, sagt Schwester Saint-Wilfred,
»nicht den geringsten Gefallen an schlechten
Gerüchen, freut sich vielmehr am Duft der
Blumen, am Duft des Kölnischwassers, mit
dem ihr ganzer Körper und ihr Lager be-
sprengt werden. Wenn man ihr einen rosaroten Morgenmantel gibt, ist sie hocherfreut.
Überhaupt mag sie alle sehr hellen Farben,
während sie alle dunklen verabscheut. So will
sie beispielsweise keine schwarzumrandeten
Briefe entgegennehmen und verweigert einen
Ring, den ihr ein Assistenzarzt im Scherz an
den Finger steckt, weil dieser Ring mit einem
schwarzen Stein besetzt ist. Sie war sehr glücklich, als sie sich wieder den rosaroten Morgenmantel anziehen konnte. Sie war gleich bereit, Pantoffeln zu tragen. Es war nicht ganz
einfach, ihr Strümpfe anzuziehen; allerdings
dauerte ihr Widerstand auch nicht sehr lange.
Als sie fertig angekleidet war, betrachtete sie
sich mit Wohlgefallen und besah sich besonders eingehend die Reihen mit Posamenten
auf ihrem Morgenrock. Ihre Freude war groß.
Sie sagte: ›Das ist zu schön für hier. Das würde

viel besser für die liebe, gute, tiefe Malampia-
Höhle passen.‹«

Die gute Schwester bemerkt an dieser Stelle:
»Vermutlich spielte Mélanie Bastian hier auf
einen Familienbesitz an, denn sie erwähnt uns
gegenüber oft den Namen Migné.« Wir jedoch
glauben, wie gesagt, daß Mélanie damit ihr
schmutziges Zimmer meinte, oder wenigstens
die erstaunliche Umwandlung dieses Zimmers
in ihrer Phantasie.

»Als sie auf dem Fauteuil neben dem Fenster
Platz genommen hatte«, fährt Schwester Saint-
Wilfred fort, »betrachtete Mélanie die Landschaft und meinte, wie schon an den vorhergehenden Tagen: ›Wie schön das ist!‹ Sie zeigt
der Krankenwärterin und mir die vorbeifliegenden Schwalben und nennt sie bei ihrem
Namen ... Mademoiselle Bastian sieht sich
so aufmerksam und ausführlich die Bilder und
Blumen an, die sie bekommt, daß sie offensichtlich sehr lange einen solchen Anblick ent-
behren mußte.

Mademoiselle Bastians Bett befand sich
gegenüber dem Fenster. Vom Zeitpunkt ihrer
Einlieferung an war das Fenster immer weit
geöffnet, und Licht und Luft konnten ungehindert ins Zimmer dringen. Ich beobach-
tete, daß sie ganz zu Anfang das Gesicht unter
der Bettdecke verstecken wollte. Wahrscheinlich blendete sie das grelle Licht zunächst,
denn schon am Tag darauf versuchte sie nicht

mehr, ihr Gesicht ganz zu verdecken, sondern begnügte sich damit, sich mit der linken
Hand das Leintuch über die Augen zu ziehen;
diesen Tick hat sie immer noch, aber mittlerweile ist ihr Gesicht sehr oft, vor allem während der Mahlzeiten, unbedeckt; kein einziges
Mal hat sie verlangt (und sie ist sehr wohl
imstande zu verlangen, was sie will), daß
das Fenster oder die Fensterläden geschlossen
werden sollten.«

Sie war so lange gewohnt gewesen, ihre Notdurft ins Bett zu verrichten, daß es nicht einfach war, sie zu anderen Verhaltensweisen zu
bewegen, doch »seit letzter Woche«, sagt am
22. Juni Amélie Raymond, ihre Wärterin, »hat
Mademoiselle Bastian weitere Fortschritte gemacht und ist zunehmend sauberer geworden.
Tagsüber bittet sie mich um den Nachttopf,
und wenn ich gerade keine Zeit habe, ist sie
ohne weiteres in der Lage zu warten.«

Der Assistenzarzt des Spitals bestätigt diese
Zeugenaussagen und erklärt im weiteren: »Wie
allen, die sie gehört haben, ist mir aufgefallen, daß sie oft im Dialekt sprach und sehr
schmutzige Ausdrücke verwendete. Anfangs
wirkte Mademoiselle Bastian sehr geschwächt
und gab oft unverständliche Antworten; sie
hatte Schwierigkeiten, sich klar auszudrücken;
doch seit drei, vier Tagen (die Äußerung
stammt vom 8. Juni) ist eine spürbare Besserung eingetreten; sie ist jetzt in der Lage zu

sagen, was sie zu den Mahlzeiten essen möchte. Heute morgen hat sie mir gesagt, sie hätte gerne ›ein liebes kleines Huhn, liebe kleine Erdbeeren und eine liebe kleine Schokoladenmakrone.‹ Ich habe das Menü in mein Notizbuch eingetragen, und sie konnte es auch lesen.

Sofern es Ihnen noch niemand gesagt hat, möchte ich Sie darauf aufmerksam machen, daß Mademoiselle Bastian vor jedes Wort ein ›die liebe kleine‹, ›das liebe kleine‹ oder ›den lieben kleinen‹ zu setzen pflegt; mittlerweile verwendet sie auch weniger Schimpfwörter.«

Sie freut sich über die Orangenschnitze, die sie von diesem Assistenzarzt bekommt, und noch mehr freut sie sich, wenn ihr eine der Schwestern, die sie gewöhnlich betreuen, einen buntgemischten Blumenstrauß bringt. Sie sieht ihn sich lange an, atmet tief den Duft der Blumen ein, und wie ein Kind küßt sie den Strauß und die Hand, die ihn ihr hinhält. Sie sagt dann ein wenig hastig: »Ach, wäre das schön, wenn man zwei solche Blumensträuße hätte und dazwischen eine Höhle und in der Höhle eine kleine Madonna. Das muß ich ein anderes Mal machen.«

Das Bild der Höhle verfolgt sie, verbindet sich in ihrer Vorstellung mit der Erinnerung an ihr Zimmer in der Rue de la Visitation und vielleicht mit irgendwelchen mystischen Ideen.

Ihre Mutter, Madame Bastian, starb, wie gesagt, in der Nacht auf den 7. Juni. Die Oberin des Krankenhauses hielt es für ihre Pflicht, Mélanie Bastian den Tod ihrer Mutter persönlich mitzuteilen:

»Ich muß Ihnen eine traurige Mitteilung machen, Mademoiselle Mélanie«, sagte sie zu ihr, »Ihre Mutter ist gestorben.«

»Das will ich mir schmecken lassen, das will ich mir schmecken lassen«, war der einzige Kommentar der Kranken, die gierig ihren Teller betrachtete. (So berichtet das *Journal de l'Ouest* vom 11. Juni.)

»Aber hören Sie mir doch zu, Mademoiselle Mélanie«, versuchte es die Oberin in unendlich mildem Ton aufs neue, »wenn Sie wieder nach Hause kommen, ist Ihre Mutter nicht mehr da.«

»Pah, ich will es mir schmecken lassen! Ich will es mir schmecken lassen!«

Und bei diesem Kommentar blieb es, ob man nun zu Mademoiselle Mélanie über ihre Trauerkleidung sprach oder ob man ihr den Schmerz ausmalte, den wohl ihr Bruder Pierre empfinden mußte.

Am 17. Juli gibt Mélanie Bastian auf die ihr gestellten Fragen folgende Antworten:

Frage: Werden Sie mir einige Fragen beantworten, die ich Ihnen jetzt stelle?

Antwort: Ich will überhaupt keine Fragen beantworten.

Frage: Haben Sie gestern Besuch bekommen?

Antwort: Ein paar Damen in hübschen Kleidern, die ich mir angesehen habe.

Frage: Sind Sie im Garten spazierengegangen, und fühlen Sie sich jetzt kräftig genug für einen Spaziergang?

Antwort: Nein, ich war nicht im Garten. Später dann könnte ich einen Spaziergang in dem kleinen Garten in der lieben guten tiefen Höhle machen, und auch in Migné (in Migné befindet sich Le Pilet, das Landgut der Familie Bastian).

Frage: Erinnern Sie sich an Juliette Dupuy und Eugénie Tabot?

Antwort: Ich weiß nicht, was aus denen geworden ist; aber das ist ganz gut so.

Frage: Kennen Sie Carcassonne und Montpellier?

Antwort: Das ist alles viel zu weit weg.

Frage: Erinnern Sie sich noch an Ihr Zimmer in der »lieben guten tiefen Höhle«?

Antwort: (Mademoiselle Bastian gibt einige unartikulierte Laute von sich, man kann nicht verstehen, was sie sagt. Sie scheint wütend zu sein.)

Frage: Hat Ihnen Ihr Bruder ab und zu aus der Zeitung vorgelesen?

Antwort: Daß er ja nicht hierherkommt; er soll bleiben, wo er ist.

Frage: Wollen Sie Ihren Bruder nicht sehen?

Mademoiselle Bastian antwortet sehr wütend: Er soll doch bleiben, wo er ist, dort gehört er hin.

Als ihre Antwort diktiert wird, meint sie beim Wort »wütend«: »Das ist eine Sünde, man darf nicht wütend werden.«

Frage: Würde es Ihnen Freude machen, Madame Pierre Bastian zu sehen?

Antwort: Ich weiß nicht, was aus ihr geworden ist. Sie soll bleiben, wo sie ist.

Frage: Möchten Sie Ihre Nichte, Mademoiselle Dolorès Bastian, sehen?

Antwort: Ich weiß nicht, was aus ihr geworden ist. Aber das ist gut so, das ist das allerbeste.

Frage: Kennen Sie Marie Fazy?

Antwort: Ich weiß nicht, was aus ihr geworden ist.

Frage: Wissen Sie denn nicht, daß sie tot ist?

Mademoiselle Bastian stößt einige unverständliche Sätze hervor. Sie wirkt zu diesem Zeitpunkt müde.

Ihr körperlicher Zustand verbessert sich weiterhin rasch, doch zu Verstand kommt sie nicht.

»Sie ist nicht im Vollbesitz ihrer geistigen Kräfte; was sie sagt, ist ungereimt und unlogisch; wir schließen auf Geistesschwäche. Ganz fraglos haben wir es mit einer Geistesgestörten zu tun.« So Dr. Lagrange, Irrenarzt in Poitiers. Der Abbé de Mondion hingegen, der »überaus sympathische Anstaltsgeistliche des Krankenhauses« von Poitiers, verwahrt sich gegen eine Diagnose auf Irresein: »Ich finde es bedauerlich«, schreibt er im *Journal de l'Ouest* vom 5. Juni, »daß sich in der christlichen Partei Menschen finden, die dieses Verbrechen für erklärbar und entschuldbar halten; ich selbst bin der Auffassung, daß sich die christliche und konservative Partei aus dieser Affäre strikt heraushalten sollte. Ich möchte auch folgenden Sachverhalt klarstellen: Um die Schuldigen zu entlasten, ist behauptet worden, Mademoiselle Mélanie sei verrückt und habe den unbezwinglichen Drang, sich zu entblößen. Sie ist nun seit neun Tagen bei uns, und wir haben festgestellt, daß sie den unbezwinglichen Drang hat, ihre Blöße zu bedecken. Kommt man ihr zu nahe, verkriecht sie sich und zieht sich sämtliche Decken über den Kopf. Sie hat, mit einem Wort, Schamgefühl ... Alles in allem wäre es bei weitem besser, die Entscheidung der Justiz zu überlassen, anstatt ein furchtbares Verbrechen beschönigen zu wollen ... Ich habe gesagt, und ich wiederhole es: Diejenigen, die eine Fremde, eine Tochter oder eine Schwester in dem erbärmlichen Zustand dahinsiechen lassen, in dem sich Mademoiselle Mélanie bei ihrer Einlieferung ins Krankenhaus befand, sind Verbrecher, zumal das Opfer so sanft, ruhig und folgsam ist. Die Fenster stehen offen, und es war nie auch nur das geringste Zeichen eines bösartigen oder gefährlichen Irreseins an ihr zu bemerken ... Daß sie sich in einem Stadium körperlicher und geistiger Erschöpfung befindet, ist nach den vielen Jahren, die sie ohne Luft, Licht und beinahe ohne Nahrung verbracht hat, wirklich nicht erstaunlich.«

Wir wollen versuchen, etwas genauer zu begreifen, wer diese »Verbrecher« waren: diese Mutter und dieser Bruder, die uns andererseits als so ehrbare Leute geschildert werden; welches Motiv hatten sie für ihr Verbrechen?... Was mir in diesem Fall so besonders interessant scheint, ist die Tatsache, daß das Rätsel um so größer wird, je genauer wir die Umstände kennen, daß sich das Rätsel aus den Fakten in die Charaktere verlagert — und das gilt sowohl für den Charakter des Opfers wie für den der Beschuldigten. Wir wollen versuchen, mit Hilfe zahlreicher Zeugenaussagen den Charakter der letzteren hinreichend zu erhellen. In Wirklichkeit hielten sich Madame Bastian und ihr Sohn für unschuldig, und wir werden sehen, daß in letzter Instanz auch die Justiz dieser Auffassung war. Doch ehe wir uns genauer mit Madame Bastian und ihrem Sohn beschäftigen, möchten wir einen kurzen Blick auf ihre Vorfahren werfen.

KAPITEL IV

Einer wichtigen, sehr gut gemachten und hochinteressanten Broschüre mit dem Titel *Anmerkungen zugunsten von Monsieur Pierre Bastian,* die dazu beitragen sollte, diesen zu entlasten, und die am Tag der Verhandlung vor dem Gerichtsgebäude verteilt wurde, entnehme ich folgende Informationen über einige seiner Angehörigen.

Madame Bastian, seine Mutter, wurde am 28. November 1825 in Poitiers geboren, wo ihr Vater, Monsieur de Chartreux, eine nicht sehr bedeutende Stelle als Makler innehatte.

Ihr Großvater mütterlicherseits war in derselben Stadt Gerichtsvollzieher, und der Bruder des Maklers übte ebendiesen Beruf in Vouillé aus.

Pierre Bastians Vater war zum Zeitpunkt seiner Verehelichung mit Mademoiselle de Chartreux am 8. Juli 1846 Professor der Rhetorikklasse am Gymnasium von Poitiers. Später wurde er Professor an der Philosophischen Fakultät der Universität Poitiers und Dekan an dieser Fakultät.

Es steht zu vermuten, daß Madame Bastian jegliche Autorität in der Familie für sich beanspruchte, während ihr Mann sich zu fügen hatte, denn sie wird allgemein als eine Person geschildert, die ihrer gesamten Umgebung ihren Willen aufzwang.

Das Ehepaar Bastian bekam zwei Kinder: Pierre, geboren am 29. Februar 1848, und Mélanie, geboren am 1. März 1849.

Monsieur und Madame Bastian bewohnten in Poitiers ein Haus in der Rue de la Visitation, das Monsieur de Chartreux, dem Vater der letzteren, gehörte.

Auch Monsieur de Chartreux selbst wohnte nach seinem Rückzug aus dem Geschäftsleben bis zu seinem Tod gemeinsam mit seinen Kindern in diesem Haus.

Pierre Bastians Vater starb hier am 9. April 1882.

Monsieur de Chartreux hingegen starb ein Jahr später, am 21. April 1883.

Madame de Chartreux, geborene Kleiber, war ihm zehn Jahre zuvor ins Grab vorausgegangen.

Der einzige unter den vernommenen Zeugen, der angab, mit Monsieur de Chartreux Umgang gepflogen zu haben, erklärte in sehr eindrucksvollen Worten, daß seine Tochter und seine Enkelin in bezug auf Überspanntheit oder Verrücktheit wohl einiges von ihm haben konnten, denn er sei »ein Sonderling und sehr exaltiert« gewesen (Zeugenaussage des Abbé Montbron).

Obwohl Monsieur de Chartreux keine Gebrechen hatte, verbrachte er die letzten Jahre seines Lebens in vollständiger Zurückgezogenheit; er schloß sich in sein Zimmer im zweiten Stock ein und verließ es nicht einmal, als sein Schwiegersohn in einem anderen Zimmer desselben Stockwerks im Sterben lag.

In den letzten sechs Jahren seines Lebens wurde er von keinem Menschen je auf der Straße gesehen.

Die ehemaligen Dienstmädchen bestätigen die Tatsache, daß er in freiwilliger Abgeschiedenheit lebte. Eine von ihnen, Madame Gault, sagt darüber hinaus, da sie »nicht direkt mit der Betreuung dieses neuen Eremiten, der nie sein Zimmer verließ, betraut war«, habe sie nach drei oder vier Monaten Dienst das Haus verlassen, ohne ihm je begegnet zu sein. Daß es ihn gab, wußte sie nur vom Hörensagen.

KAPITEL V

Zum Zeitpunkt ihrer Verhaftung war die Witwe Madame Bastian fünfundsiebzig Jahre alt (sie sah nicht älter aus als fünfundsechzig oder gar zweiundsechzig, wie manche Zeugen behaupten). Sie war eine kleine, ziemlich starke Frau mit harten Zügen und trug fast immer eine schwarze, mit Spitzen oder Bändern verzierte Haube. Sie lebte zurückgezogen, empfing beinahe niemanden und zeigte sich immer seltener in der Stadt, wo sie geschätzt und geachtet, aber nicht eben beliebt war. Die sehr zahlreichen Zeugenaussagen, die eingeholt werden konnten, stimmen in einem Punkt überein: »Sie hatte einen herrschsüchtigen und jähzornigen Charakter.« Madame R. C., die Frau eines Professors in Poitiers und ehemaligen Kollegen von Monsieur Bastian, eine der wenigen Personen, die sie zu sehen wünschte, erzählt folgendes: Als im April 1882 Monsieur Bastian starb, ließ Madame Bastian, die bei den Trauerfeierlichkeiten die Begleitung der von ihr verachteten Schwiegertochter ablehnte, sie holen, um bei dieser traurigen Zeremonie einen Beistand zu haben. Von diesem Zeitpunkt an gewöhnte Madame Bastian sich an, Madame R. C. ziemlich regelmäßig bei sich zu empfangen, ungefähr einmal pro Woche, vorzugsweise samstags um drei Uhr, nach der Visite des Arztes (?). »Auf diese Weise«, sagte Madame Bastian, »muß ich nur einmal in der Woche Toilette machen und kann an den anderen Tagen den Schlafrock anbehalten.« An diesen wöchentlichen Besuchen wurde zehn Jahre lang festgehalten. Außer Madame R. C. und einer Cousine, Madame Halleau, deren Besuche allerdings wesentlich seltener waren, empfing Madame Bastian niemanden.

Madame R. C. sagt uns, Madame Bastian habe oft von ihrer Tochter Mélanie gesprochen. Diese habe sich ihres Wissens nie verheiraten wollen, sondern habe den Wunsch gehabt, ins Kloster einzutreten; hiervon jedoch sei sie von Dr. Guérineau und der Oberin des Krankenhauses abgebracht worden. Madame R. C. riet Madame Bastian oft dazu, mit ihrer Tochter wieder in den Haupttrakt ihres Hauses zu ziehen; hier hätten die beiden nebeneinanderliegende Zimmer gehabt, und Mélanie hätte besser gepflegt werden können. Doch Madame Bastian lehnte einen solchen Umzug ab, da, wie sie meinte, dadurch zusätzliche Arbeit für das Dienstpersonal entstanden wäre. »Madame Bastian hat mich nie gefragt, ob ich ihre Tochter besuchen möchte«, sagt Madame R. C. »Einmal habe ich ihr brieflich angeboten, eine meiner Töchter zu ihr zu schicken, um der ihren Gesellschaft zu leisten; aus ihrem Schweigen habe ich gefolgert, sie wünsche nicht, daß jemand mit ihrer Tochter in Verbindung trete, und ich habe das Thema nicht mehr angeschnitten.«

Monsieur Pierre Bastian hatte mit seiner Mutter häufig heftige Diskussionen. Diese hatte ihm den Aufenthalt auf ihrem Landgut in Migné untersagt, und als sie erfuhr, daß er sich erlaubt hatte, trotz ihres Verbots hinzufahren, beschimpfte sie ihn auf das wütendste und setzte ihn vor die Tür. Ein anderes Mal hatte Pierre Bastian bei einem Besuch bei seiner Mutter in deren Garten eine Blume gepflückt, und es kam zu einer wirklich skandalösen Szene; beinahe wären die beiden aufeinander losgegangen; wieder setzte Madame Bastian ihren Sohn vor die Tür und untersagte dem Hauspersonal, ihn einzulassen, wenn er kommen sollte. Bei den meisten Szenen jedoch ging es um Geldfragen. Madame Bastian zahlte ihrem Sohn eine Pension aus, und jedesmal, wenn eine Zahlung fällig war, kam es zwischen ihnen zu Differenzen. Eines Tages traf Madame R. C. sie außer sich vor Wut an: »Ich bin in meinem Haus mein eigener Herr«, sagte sie zu ihr. »Vorhin habe ich meinen Sohn vor die Tür gesetzt und ihm untersagt, je wieder zu erscheinen.« Doch Madame R. C. fügt sofort hinzu, der Anlaß für diesen Streit, den sie zunächst in finanziellen Fragen vermutet hatte, könnte sehr wohl auch Mélanie gewesen sein, denn Madame Bastian beklagte sich darüber, daß ihr Sohn unbedingt seine Schwester in ein Sanatorium einliefern lassen wolle, was sie nicht zulasse und niemals zulassen werde. Sie habe ihr Testament vor allem im Hinblick darauf gemacht, ihren Sohn zu zwingen, den von ihr gutgeheißenen Stand der Dinge nicht zu ändern. Ihre Tochter, für die sie sich immer aufgeopfert habe, müsse auch weiterhin das Zimmer behalten, das sie bereits seit mehreren Jahren bewohne und das durch eine besondere Klausel im Testament von Madame Bastian in ihren Besitz übergehe, mit der Verpflichtung, es auch nach dem Tod ihrer Mutter nicht zu verlassen.[1]

---

[1] Testament von Madame Bastian.

In ihrem mit dem 5. Januar 1885 datierten Testament *enterbt* Madame Bastian *ihren Sohn*, soweit die gesetzlichen Bestimmungen es zulassen.

Von einem Vermögen, das sich auf maximal 500 000 Francs beläuft, hinterläßt sie Außenstehenden 151 700 Francs (wozu ungefähr 25 000 Francs an Spesen kommen).

Außerdem heißt es in bezug auf ihre Tochter:

»Ich überlasse und vermache ... meiner Tochter ... auf Lebenszeit den Nießbrauch und Genuß *des Zimmers, das sie zur Zeit bewohnt,* desjenigen, das sie davor bewohnt hat, des Zimmers, das sich diesem gegenüber befindet, sowie des Kabinetts meines Vaters ...

Madame R. C. deutete an, daß vielleicht die Furcht, er könne die jährliche Pension von fünftausend Francs verlieren, die seine Mutter ihm auszahlte, Monsieur Pierre Bastian davon abgehalten haben könnte, sich deren Entscheidungen zu widersetzen, und ihn angesichts einer Situation, die er nicht billigte, die Augen schließen ließ.

Plötzlich und ohne jede Erklärung weigerte sich dann Madame Bastian, Madame R. C. weiter zu empfangen, anscheinend aber ohne besonderen Groll gegen sie zu hegen, denn sie strich sie nicht aus ihrem Testament, das sie 1885 gemacht hatte und leicht hätte ändern können. Es handelte sich also wohl nur um eine noch stärker gewordene Griesgrämigkeit und Abneigung gegen die Gesellschaft anderer Menschen. Schon seit vielen Jahren, sagt uns Monsieur F. C., Ehrensekretär der Juristischen Fakultät, hatte das Dienstpersonal die Anweisung, niemanden vorzulassen. Das große Eingangstor war stets verschlossen, und wer das Gebäude betreten wollte, mußte durch den kleinen Hof gehen. Zu Lebzeiten von Monsieur Bastian war der Zutritt zum Haus noch

---

Es ist mein Wille, daß meine Tochter nach meinem Ableben weiterhin in dem Teil des Hauses verbleibt, dessen Nießbrauch ich ihr vermacht habe.

Ich bestehe darauf, daß sämtliche derzeitigen sowie alle zukünftigen Einnahmen meiner Tochter ausschließlich für ihre Pflege verwendet werden.«

möglich, doch nach dem Tod des Familien-
oberhaupts war offenbar eine strenge Weisung
ergangen, denn außer den Dienstmädchen
betrat das Haus niemand mehr. Auf die Zeugenaussagen des Dienstpersonals, das ziemlich
oft wechselte, müssen wir also zurückgreifen,
wenn wir versuchen wollen zu verstehen, was
in diesem seltsamen Haus vor sich ging, in
dem, wie eines der Mädchen es ausdrückt,
»man immer wie auf Zehenspitzen ging«. Doch
diese Zeugenaussagen sind nicht ohne Vorsicht
zu behandeln, vor allem, was die Nahrung der
Eingeschlossenen betrifft. Es ist nämlich nicht
so sicher, daß Mélanie Bastian die Austern
und Hühner, die ihre Mutter ihr vorsetzen
ließ (wofür die Rechnungen der Lebensmittelhändler ein Beweis sind), auch wirklich selbst
gegessen hat. Erlesene Speisen dieser Art passen denkbar schlecht zu dem krankhaften
Geiz, der Madame Bastian später vorgeworfen
wurde. Aber sie pflegte, das erfahren wir von
den Dienstmädchen, das Zimmer ihrer Tochter
nie zu betreten und konnte gar nicht wissen, ob
die Austern, die sie bezahlte, der Eingeschlossenen auch tatsächlich zugingen. Trotzdem
kam Mélanie Bastian dann im Krankenhaus
auf die Hühner zu sprechen, die sie in der
lieben guten tiefen Malampia-Höhle gegessen
haben will. Dieser Punkt der sonderbaren
Geschichte gehört zu denen, die am schwierig-
sten zu klären sind und wo die Inkonsequenz

der Charaktere besonders beunruhigend wird; denn auf der anderen Seite, und in diesem Punkt stimmen die Aussagen aller Mädchen überein, lehnte es Madame Bastian strikt ab, Laken, Decke oder Matratze des Bettes ihrer Tochter wechseln zu lassen, obgleich sie in soundso vielen Zimmern des Hauses gehörige Mengen davon hatte. »Madame Bastian war ein solcher Geizkragen, daß ich nie den Mut aufbrachte, selbst meinen Lohn von ihr zu verlangen; das mußte ich meine Mutter erledigen lassen«, sagt Alcide Texier, Schaffner bei der Allgemeinen Autobusgesellschaft, der mit siebzehn Jahren bei Madame Bastian angestellt gewesen war. »In den sechs Monaten, die ich bei ihr verbracht habe, hatte sie immer dasselbe, sehr schmutzige Kleid an.«

Es scheint sich tatsächlich bei allen Familienmitgliedern weniger um Geiz zu handeln als um eine Vorliebe für Schmutz. Wir werden sehen, daß dieser sonderbare Hang beim Sohn noch abstoßendere Formen annahm. Aber kann man eigentlich noch von Geiz sprechen, wenn man sich anhört, was Juliette Dupuis berichtet: »Abends aß Mademoiselle Bastian fast nichts, außer einer Brioche oder einem Stück Kuchen, und morgens zum ersten Frühstück um neun Uhr nur eine Tasse Schokolade von der Kolonialgesellschaft, denn Mademoiselle Bastian mochte kein Brot. Das Mittagessen hingegen, das ich Mademoiselle Mélanie zu bringen hatte, bestand gewöhnlich aus einer gebratenen Seezunge und einem Kotelett mit Kartoffeln; zubereitet wurden die Speisen von Mademoiselle Tabot. Manchmal ließ man die Mahlzeiten vom Hôtel de France und davor vom Hôtel de l'Europe bringen (was die Rechnungen der Hotels bezeugen): entweder ein gedünstetes Huhn mit Pilzen oder ein Huhn in roter Sauce. Je nach Jahreszeit oft auch Austern[1], und manchmal Gänseleberpastete.« Monsieur Robin, der Besitzer des Hôtel de France, bestätigt, daß solche Bestellungen, und nicht selten zwei-, dreimal die Woche, bei ihm aufgegeben wurden.

Aus den Abrechnungen der Firma Maillard-Laurendeau, die dem Untersuchungsrichter vorgelegt wurden, geht hervor, daß in den letzten beiden Jahren verhältnismäßig große Mengen an erstklassigem Tischwein zu 0,75 Francs die Flasche sowie an Bordeaux zu zwei und drei Francs die Flasche an Madame Bastian geliefert worden waren, deren gemäßigte Lebensweise und äußerste Sparsamkeit den Gedanken, sie könnte diese Ausgaben für sich selbst gemacht haben, ausschließen.

---

[1] Aussage von Madame Fort, Austernhändlerin: ›Ich habe der Familie Bastian fünfundzwanzig Jahre lang Austern verkauft. Die Dienstmädchen kamen täglich oder alle zwei Tage welche holen. Madame Bastian wollte für Mademoiselle Mélanie nur die allerschönsten und frischesten.‹

Die Essensgewohnheiten Madame Bastians waren überaus bescheiden. Anscheinend hat sie selbst die Austern, die Hühner und die Gänseleberpasteten, die sie ihrer Tochter bringen ließ, nicht angerührt.

Wenden wir uns nun der Aussage von Mademoiselle Dupuis zu: »Ich brachte ihr das Essen in einem Teller, ein Messer legte ich nie bei, weil ich wußte, daß sie keines wollte. Sie behauptete, daß ein frommes Mädchen kein Messer verwenden dürfe. Beim Teller war auch immer eine Gabel, aber kein Löffel, denn sie aß nie Suppe. Im übrigen verwendete Mademoiselle Bastian auch die Gabel nicht, sie aß mit den Fingern; ich brachte ihr keine Serviette, obwohl mich Mademoiselle Bastian manchmal darum bat, um ihre ›kleinen Patschhändchen‹ abzuwischen, weil mir Madame Bastian keine geben wollte.« Ein anderes Dienstmädchen berichtet, daß Mademoiselle Bastian die Speisen, die ihr gebracht wurden, nicht immer sofort aß, sondern einen Teil der Essenswaren neben sich auf dem Strohsack für später aufbewahrte — was die Menge Abfall erklärt. »Manchmal kam Monsieur Pierre Bastian gerade zu dem Zeitpunkt, wenn ich seiner Schwester das Essen brachte. Er hat sich nie darum gekümmert, was sie aß, und hat sich nie danach erkundigt, ob sie etwas brauche. Zum Mittagessen trank Mademoiselle Bastian mit Wasser vermischten

Weißwein. Soweit ich weiß, hat sie nie Mangel an Nahrung oder Getränken gelitten.«

Unterbrechen wir einen Moment die Aussage von Juliette Dupuis, und schieben wir eine ganz unglaubliche Passage aus derjenigen von Virginie Neveux ein, aus der ich weiter unten noch andere, ebenso aufsehenerregende Auszüge zitieren werde:

»Mélanie Bastian aß dasselbe wie ihre Mutter, doch zum Trinken gab ihr Madame Bastian nur Zuckerwasser, in das sie Äther mischte. Es kam oft vor, daß Mélanie es nicht trinken wollte; dann mußten wir das Glas mit dem Gebräu auf Geheiß ihrer Mutter in den Keller tragen und es ihr anderntags aufs neue vorsetzen, so lange, bis sie es schließlich trank.«

»Als ich 1899 die Stelle antrat«, heißt es bei Juliette Dupuis weiter, »war das Zimmer von Mademoiselle Bastian in dem Zustand, in dem Sie es gesehen haben — mit denselben Möbeln, demselben Bettzeug, demselben Schmutz. Wir, Mademoiselle Tabot und ich, haben oft Madame Bastian gebeten, uns Laken, Decken, Kissen, eine Matratze zum Wechseln zu geben; wir haben uns jedesmal ein kategorisches Nein eingehandelt; Madame Bastians Antwort war, es würde uns nie gelingen, sie sauberzuhalten; aber ich muß trotzdem sagen, daß es für Mademoiselle Tabot und mich nicht schwer gewesen wäre, sie zu reinigen und an Sauberkeit zu gewöhnen; als wir einsahen, daß Madame Bastian ihre Tochter um jeden Preis auf einem wahren Armenbett voller Ungeziefer liegen lassen wollte, nackt, ohne Hemd, mit nichts als einer vor Schmutz starrenden Decke auf dem Leib, und als wir zur Kenntnis genommen hatten, daß es uns verboten war, das Fenster zu öffnen, dessen Läden mit einem Vorhänge-schloß gesichert waren, und wir unter dem Vorwand, Mademoiselle Bastian könne sich erkälten, die Türe geschlossen lassen mußten, haben wir den Mund gehalten; aber wir haben die Nachbarn verständigt.

Im Zimmer von Mademoiselle Bastian herrschte ein bestialischer Gestank, die Luft war vollkommen verbraucht, was auch kein Wunder war, denn das Fräulein verrichtete ihre Notdurft ins Bett, und wir durften das kleine, viermal gefaltete Laken, das sie unter sich hatte, immer erst abends um halb zehn entfernen.

Madame Bastian wußte ganz genau, in welch grauenhaft schmutzigem Zustand ihre Tochter dahinlebte; alles, was sie zu sagen wußte, war: ›Ach, das arme Kind, aber was sollte ich machen?‹

Monsieur Pierre Bastian wußte über alles Bescheid, er kam seine Schwester sehr oft besuchen und hat uns niemals aufgefordert sauberzumachen, im Gegenteil, wenn wir das Zimmer lüften wollten — nur durch die Tür,

denn das Fenster war stets hermetisch verschlossen —, dann ging er seine Mutter verständigen, die uns streng zurechtwies.«

Die einzelnen Aussagen von Madame Bastians Dienstmädchen sind, wie gesagt, oft
widersprüchlich. Es hieße, sie zu verfälschen
und ihnen ein Gutteil ihres Interesses zu
nehmen, wollte man versuchen, sie miteinander zu verbinden, sie resümierend zusammenzufassen. Jede ist auf ihre Weise charakteristisch, und das beste scheint mir, hier die
bemerkenswertesten Ausschnitte aus ihnen zu
zitieren.

Hören wir Juliette Brault, die bei Madame
Bastian von Juni 1897 bis September 1898
zunächst als Zimmermädchen und dann als
Köchin beschäftigt war:

»Als ich zum erstenmal das Zimmer von
Mademoiselle Bastian betrat, überlief mich
ein Schauer; das Bett von Mademoiselle
Bastian verbreitete einen ekelerregenden Gestank, zwar befanden sich in diesem Moment
keine Fleischreste und kein Kot darin, doch
das Stroh und die Matratze waren vollständig vermodert, was Ihnen auch Mademoiselle
Péroche gesagt haben wird, die mit mir zugleich dort Hausangestellte war. Mademoiselle
Bastian lag völlig nackt, in eine schmutzige
Decke eingewickelt, da, und ich konnte sehr oft
sehen, wie Schaben auf ihr herumkrochen;
allabendlich wurde Mademoiselle Bastian ein

vierfach gefaltetes Laken untergelegt; es war
für die Exkremente bestimmt und wurde nur
alle vierundzwanzig Stunden gewechselt.

Mademoiselle Bastian war nicht komplett
verrückt; dann und wann sagte sie etwas Ver-
nünftiges, aber sie wollte nicht saubergemacht
werden und hatte immer die Decke über den
Kopf gezogen. Auf den Möbeln lag eine dicke
Staubschicht, die man nicht entfernen konnte,
weil das Fenster und die Läden nie geöffnet
wurden; manchmal ließ ich ein wenig Luft
durch die Tür herein, obwohl es mir Madame
Bastian, die wollte, daß alle Öffnungen hermetisch geschlossen sein sollten, ausdrücklich
verboten hatte; nur wenn es sehr heiß war,
durfte die Tür offenbleiben.

In diesem Zimmer habe ich fünfzehn Monate lang die Nacht verbracht; der Gestank
war unerträglich, nur wenn die Tür offenstand,
konnte man es einigermaßen aushalten; deshalb ließ ich nachts die Türe immer offen;
hätte Madame Bastian das gewußt, dann wäre
sie böse geworden und hätte behauptet, das
tue ich, damit sich ihre Tochter erkälte.
Oft und oft habe ich darum gebeten — aber
nicht nur ich, auch Hélène Bonneau und
Berthe Perroche, die mit mir zugleich dort
angestellt waren —, die Strohsäcke und Matratzen wechseln zu dürfen; Madame Bastian hat
uns immer mit einem kategorischen Nein
geantwortet und gemeint: ›Ihr könnt sie nicht

ändern; ach, das arme Mädchen, was sie mich schon alles gekostet hat!‹ Dabei gab es im Haus Matratzen und Strohsäcke, die keiner brauchte; sie hätte sie nicht erst kaufen müssen. Wenn ich zu Madame Bastian etwas von einem Hemd sagte, antwortete sie: ›Das arme Kind, sie will keines.‹

Mademoiselle Bastian hatte überhaupt keine Unterwäsche, und die Kommode in ihrem Zimmer hatte keine Schubladen.

Ich behaupte, daß man Mademoiselle Bastian an Sauberkeit hätte gewöhnen können, wenn man nur gewollt hätte; aber dazu hätte man andere Hilfsmittel nötig gehabt und einen Willen, den weder Madame Bastian noch ihr Sohn hatten.

Ich habe nie gesehen, daß Mademoiselle Bastian aufgestanden wäre. Mehrmals versuchte ich, ihr ins Gesicht zu sehen, doch das ist mir nie gelungen; ihr Körper war erschreckend mager, obwohl sie anständig ernährt wurde; morgens bekam sie Milchkaffee oder Schokolade, mittags mindestens zwei Gänge, und abends wollte sie nichts.

Ich bin von Madame Bastian weggegangen, weil ich mit einer dermaßen geizigen und auch herrschsüchtigen Frau nicht mehr zurechtkam.

Mademoiselle Mélanie Bastian tat mir von ganzem Herzen leid, aber die Polizei zu verständigen ist mir nicht in den Sinn gekommen.«

Mademoiselle Bastian lag, den Kopf auf ihren Arm gebettet, in einer sehr unbequemen Stellung, hören wir von Louise Quinquenaud, geborene Pichard. »Dabei wäre es ganz einfach gewesen, ihr eine Nackenrolle und ein Kissen unter den Kopf zu schieben, die aber hätte man von Zeit zu Zeit auswechseln müssen, und das wollte Madame Bastian nicht. Diese Frau war dermaßen geizig, daß ich trotz aller Vorhaltungen, in denen ich von den übrigen Hausangestellten unterstützt wurde, es nicht erreichen konnte, daß die grauenhaft verschmutzte Bettwäsche gewechselt wurde. Einmal jedoch habe ich Madame Bastian so inständig darum gebeten, daß sie mir erlaubt hat, aus einem Zimmer im Haupttrakt eine Matratze zu holen. In diesem Teil des Hauses standen mehrere vollständig überzogene Betten, die niemand benützte; ich habe die Matratze ins Zimmer von Mademoiselle Mélanie getragen; als Madame Bastian sah, daß wir sie gegen das vermoderte Federbett tauschen wollten, widersetzte sie sich, und ich mußte die Matratze wieder hinauftragen.

... Ich erinnere mich, daß ich ein paar Tage, bevor ich die Stelle aufgab, mit Madame Bastian einen Streit hatte, weil sie uns immer dieselben Laken und dieselbe Wäsche zum Überziehen gab, obwohl ihre Wäscheschränke bis oben voll waren.

Oft habe ich Madame Bastian Vorwürfe gemacht, weil sie ihre Tochter in diesem ganzen
Schmutz leben ließ, und ihr geraten, doch eine
Krankenschwester einzustellen; sie erwiderte,
daß das überflüssig sei, weil ihre Tochter nicht
krank sei und sich im übrigen in ihrer Lage
sehr wohl fühle, da sie immer zufrieden wirke.«

»Nicht genug damit, daß Mademoiselle Mélanie so lebte«, sagt ein anderes Dienstmädchen,
»es gefiel ihr auch noch ausgezeichnet. Ich
erinnere mich, daß ich sie einmal gefragt
habe, ob es ihr nicht gefallen würde, in einem
so richtig sauberen, hübschen Zimmer mit
schönen Möbeln zu wohnen. Die Antwort war:
›Ach, meine liebe kleine Höhle! Nicht einmal
für einen Moment würde ich sie im Stich
lassen, um nichts in der Welt. Hier geht es mir
so gut.‹«

»Irgendwann einmal«, sagt Berthe Perroche,
»waren der Strohsack und die Matratze dermaßen vermodert, daß wir die Erlaubnis
haben wollten, sie durch andere zu ersetzen,
die im Haus vorhanden waren und nur ver-
staubten. Madame Bastian war dagegen und
meinte, es würde uns nicht gelingen, sie ihr
unterzuschieben, und außerdem wolle sie sie
nicht vermodern lassen. Sie hat uns dann,
nach vielem Hin und Her, erlaubt, selbst drei
kleine Kissen anzufertigen; eines haben wir
Mademoiselle untergeschoben; die beiden anderen wurden zum Wechseln aufbewahrt.

Wir haben Madame Bastian gebeten, ihre Tochter in ein Sanatorium einweisen zu lassen, und sie sagte uns, sie habe das Gelübde abgelegt, bis zu ihrem Tod bei ihrer Tochter zu bleiben.«

Hören wir nochmals Juliette Dupuis: »Monsieur Pierre Bastian kann nicht behaupten, den Schmutz, in dem seine Schwester lebte, nicht gesehen zu haben, denn ich kann bezeugen, daß er zumindest einmal in meiner und Eugénie Tabots Gegenwart an der Seite seiner Mutter dem Ereignis beigewohnt hat, das wir die *Abendaudienz bei Mademoiselle Mélanie* nannten und das sich folgendermaßen abspielte: Das Fräulein erhob sich und kniete sich auf allen vieren nieder *(sic)*; die Köchin nahm die Decken, in die Mademoiselle Mélanie eingewickelt war — außer der, die sie sich über den Kopf gezogen hatte —, und entfernte das vierfach gefaltete Laken mit dem Kot der letzten vierundzwanzig Stunden sowie ein kleines, mit Haferspreu gefülltes Kissen, das schlicht und einfach ekelerregend war; dann wurde auf das Bett ein trockenes, aber auch schon völlig verschmutztes Kissen sowie ein frisches, aber stets ohne Seife gewaschenes Laken ausgebreitet, und Mademoiselle Bastian begab sich wieder in ihre gewöhnliche Stellung.

Da Monsieur Pierre Bastian bei diesem Schauspiel zumindest einmal zugegen war,

kann er schlecht behaupten, daß er der Auffassung gewesen sei, seine Schwester werde
ordentlich gepflegt; das kleine Haferspreu-
kissen lag den ganzen Winter zum Trocknen
im Zimmer, er kann es unmöglich übersehen
haben.«

Wie soll man sich dieses eigenartige Verhalten des Bruders erklären? Es ist an der
Zeit, ein wenig über ihn zu sprechen.

Unsere Angaben beziehen wir wiederum
aus der ausgezeichneten Broschüre von Monsieur Barbier, Rechtsanwalt am Berufungs-
gericht, ehemaliger Präsident der Anwaltskammer, bei dem wir bereits einige Anleihen
gemacht haben.

KAPITEL VI

Auf einer Photographie, die wir vor uns liegen haben, sehen wir Pierre Bastian mit einem harten, halbhohen Filzhut mit ziemlich breiter Krempe*. Er hat gebeugte Schultern; der Kragen ist nicht zu sehen, nur eine kleine, sehr gerade sitzende schwarze Fliege. Sehr stark ausgeprägte, tiefe Falten zwischen Nasenflügeln und Mundwinkeln. Ein herabhängender, sehr dichter Schnurrbart bildet eine Einheit mit einem üppigen Backenbart, der über das sehr breite, glattrasierte Kinn reicht. Er trägt einen Kneifer. Aus den kurzsichtigen Augen trifft den Betrachter ein seltsam verschleierter, von der Seite kommender Blick.

Wir haben gesehen, daß sich der sehr willensschwache Pierre Bastian völlig von seiner Mutter beherrschen ließ. Sie hatte niemals aufgehört, ihn als »kleinen Jungen zu behandeln«. Von Zeit zu Zeit jedoch ist er sehr wohl imstande, sich aufzulehnen, wie uns ein Brief

---

* Siehe Abbildung Seite 199.

an seine Mutter vom 11. Juni 1893 zeigt, der im Bericht von Monsieur Barbier abgedruckt ist:

»Ehe ich mich zu den äußersten Maßnahmen entschließe, zu denen ich mich gezwungen sehe, um weiterhin meiner gesellschaftlichen Position gemäß zu leben, möchte ich Dir noch einmal sagen, daß mir die 2500 Francs für das Leben in Poitiers absolut unerläßlich sind. In Anbetracht der Tatsache, daß es von jeher der ausdrückliche Wunsch meines Großvaters war, die Rente möge mir auch nach seinem Tod weiter ausbezahlt werden, bist Du mir diese 2500 Francs schuldig. Mehrere Personen haben seine Erklärung gehört und können sie bezeugen. Und sein Wille geht auch aus seinen Briefen an mich hervor, die ich sorgfältig in einer Schublade aufbewahrt habe.

Mit ein wenig gesundem Menschenverstand müßtest Du einsehen, daß wir mit den 1230 Francs, die Du mir gestern gegeben hast (denn zwanzig Francs fehlen, Du hast uns nicht einmal 1250 Francs gegeben), nicht auskommen. Du hast uns dieses Jahr *nicht einen Groschen zu Neujahr geschenkt,* und trotz aller Ausgaben, die ich machen mußte, um meinen gesellschaftlichen Rang in einer Situation zu behaupten, in der es mehr denn je darauf ankommt zu beweisen, daß wir nicht aus einer Familie von Hungerleidern stammen, habe ich Dich nicht um einen Centime gebeten.

Mir scheint, statt uns Verschwendungssucht vorzuwerfen, solltest Du uns vielmehr Lob und Dank wissen, daß wir Deine Enkelin in die Gesellschaft eingeführt haben und es uns gelungen ist, sie in ein günstiges Licht zu setzen.

Dir, die Du immer so viel Wert darauf zu legen schienst, daß ich Wein trinke, ausgerechnet Dir muß ich nun mitteilen, daß ich vom heutigen Tag an Wasser trinke und Bohnen esse.

Ehe wir unsere gesellschaftliche Stellung aufs Spiel setzen, verzichten wir lieber auf anständiges Essen, und im kommenden Winter wird bei mir nicht einmal ein Strohhalm im Ofen brennen ... Jedenfalls hättest Du uns nicht unbedingt dazu überreden müssen, aus der Rue Boncenne auszuziehen, nur um uns mit der einen Hand doppelt soviel zu nehmen, wie Du uns mit der anderen gegeben hast.

Du kannst Dir zugute halten, daß Du mich um Jahre meines Lebens bringst, *und wenn ich binnen kurzem unter der Erde liege, wird man wissen, wer die Verantwortung zu tragen hat.«*

Zahlreiche Zeugen beschreiben ihn als »ebenso kurzsichtig im moralischen wie im physischen Sinn« und als »unvorstellbar naiv«. Nicht, daß er geradezu unintelligent gewesen wäre. Seine Freunde, darunter der Pianist Francis Planté, mit dem er seit seinen Zeiten als Unterpräfekt in Mont-de-Marsan oft zusammenkam, konnten ihn gut leiden und amüsierten sich über seine absonderlichen Eigenheiten. Er war nicht unkultiviert und hatte sogar literarische Ambitionen, was allerdings nur einigen engen Freunden bekannt war. Diese geben zu, daß er »sich den einfachsten Geboten der Reinlichkeit und Körperpflege widersetzte«. Er bestand darauf, sein Bett selbst zu machen, erfahren wir von Mademoiselle Giraud, die eine Zeitlang bei ihm Zimmermädchen war. Ein anderes Zimmermädchen, Mademoiselle Godard, erzählt, er sei immer dagegen gewesen, daß man sein Bettzeug wechselte. »Es mußte geschehen, ohne daß er es merkte, und wenn er es dann sah, wurde er wütend.« Anstelle der Nackenrolle legte er sich einen kleinen Koffer ans obere Bettende. Er untersagte die Reinigung seines Zimmers. Dieses war schmutzig und abstoßend, nie wurde es gefegt; auf allen Gegenständen lag eine dicke Staubschicht; alles war in größter Unordnung; stets standen mehrere halbvolle Toiletteneimer herum. Sind das nur Zeichen von »Nachlässigkeit«, wie einige Zeugen es nennen? Viel eher hat es den Anschein, wie im folgenden noch deutlicher werden wird, als hätte sich Pierre Bastian im Schmutz wohl gefühlt. Wobei »Schmutz« noch ein schwacher Ausdruck ist. Und man wird die Tatsache, daß sich Monsieur Pierre Bastian durch den ekelhaften Gestank des Strohsacks

und der Haare seiner Schwester nicht belästigt
fühlte, sondern vielmehr Gefallen daran fand,
weniger erstaunlich finden, wenn man das
folgende liest:

Mitten in seinem Zimmer stand ein Nachttopf, der ihm den Abort ersetzte. Er ließ nicht
zu, daß man ihn von der Stelle rückte. Er hatte
dort zu bleiben, bis er randvoll war. Und eines
Tages verlangte er sogar von seinem Eigen-
tümer (?) einen wesentlich größeren Topf, den
er weniger oft leeren mußte.

Es kommt noch besser: hier der Bericht von
Madame Berger, geborene Martin, ehemalige
Hausangestellte von Pierre Bastian: »Zwei-
oder dreimal ist es vorgekommen, daß Monsieur Pierre Bastian nach dem Mittagessen
in sein Zimmer hinaufging, sein großes Geschäft in den Topf oder den Toiletteneimer
verrichtete und mir diesen anschließend in
die Küche brachte, wo ich gerade zu Mittag aß,
damit ich ihn ausleeren sollte.

Eines schönen Tages ließ er das Bett seiner
Frau aus dem gemeinsamen Schlafzimmer
entfernen und in das angrenzende Ankleide-
zimmer stellen; daraufhin verrichtete er seine
Notdurft in den Nachttopf und deponierte diesen auf dem Nachttisch seiner Frau, ›damit sie
es gut riechen kann‹, wie er sagte. Zur Sicherheit machte er das Fenster zu.

Auch mit Kneifer sah Monsieur Pierre Bastian schlecht. Wenn er in die Küche kam,

beugte er sich so tief über die Schüsseln, daß er sich fast verbrannte. Es stimmt, daß sein Geruchssinn nur schwach entwickelt war. Er wollte nicht, daß die Dienstmädchen sein Zimmer betraten, so daß der Topf, in den er seine Notdurft verrichtete, oft tagelang nicht geleert wurde und das Zimmer mit einem bestialischen Gestank erfüllte, in dem er ruhig seine Zeit verbrachte und den er gar nicht zu bemerken schien.«

Überflüssig, hier fünf oder sechs weitere Zeugenaussagen zu zitieren, die obige nur nochmals bestätigen.

All dies liefert uns eine Erklärung dafür, daß Monsieur Pierre Bastian nach der Aussage mehrerer Zeugen tagtäglich im Zimmer seiner Schwester die Zeitung lesen konnte, ohne daß ihn der Gestank nach Kot gestört hätte, der vielmehr für seinen Geruchssinn eine gewisse Befriedigung darstellte. Es wird uns daher auch nicht mehr erstaunen, daß sich Pierre Bastian über eine Situation, mit der er selbst recht zufrieden gewesen wäre, nicht nachdrücklicher empörte. Sie hatte sich nach und nach, durch einen langsamen Gewöhnungsprozeß so ergeben. Machen wir jedoch einen großen Schritt zurück in die Vergangenheit, dann zeigen uns andere Briefe von Pierre Bastian, daß er zunächst einige liebevolle Versuche unternommen hat, seine Schwester zu einer normaleren Lebensweise

zu bewegen. Am 29. Februar 1876 schreibt
er ihr aus Mont-de-Marsan: »Meine kleine
Gertrude[1], heute ist der Höhepunkt der Mas-
keraden und Verkleidungen. Heute abend
findet im Rathaus ein großer Ball statt. Das
herrliche Wetter trägt zu allen Vergnügungen
das Seine bei. Ich hoffe, daß es in Poitiers
nicht anders ist, *damit Du aus Deiner Zelle
herauskommst* und einen kleinen Ausflug nach
Blossac machen kannst...« Und am 5. August
1882, als Postskriptum zu einem Brief, den
er aus Saint-Jean-de-Luz an seine Mutter
schreibt: »Meine kleine Gertrude, ich kann
nicht Bounine schreiben, ohne auch Dir ein
paar Worte zu senden, damit Du siehst, daß
ich an Dich denke. Ich hoffe, Du bist zur Zeit
nicht krank; gib gut auf Dich acht; *zieh Dir ein
Kleid an, wie alle Leute,* und wenn ich wieder
in Poitiers bin, was nicht mehr lange dauern
wird, machen wir zusammen einen kleinen
Spaziergang, wenn Du magst. Das wird auf
jeden Fall besser für Dich sein, als Dich ständig in Deinem Zimmer einzuschließen.« Und
noch am 16. August 1883 lesen wir am Ende
eines Briefes an seine Mutter: »Umarme in
meinem Namen Gertrude und sag ihr, daß
ich an sie denke und daß ich ihr nächstes Mal

---

[1] Dies war der Kosename, den er seiner Schwester gab. Mademoiselle Mélanie nannte ihren Bruder »kleiner Pierre«. Zu ihrer
Mutter, Madame Bastian, sagten die beiden »Bounine«.

schreibe. Sie soll auf sich achtgeben und an die frische Luft gehen wie alle andern.«

Diese Sätze sind, wie Monsieur Barbier anmerkt, gleichzeitig ein Beweis für die zärtliche Fürsorge des Bruders und die Tatsache, daß Mademoiselle Mélanie Bastians Zurückgezogenheit völlig freiwillig war.

KAPITEL VII

Die Neigung und die Gewohnheit, sich abzusondern, die schon bald beherrschend wurde«, schreibt Monsieur Barbier in seinem langen Bericht, »waren bei Mademoiselle Mélanie also bereits 1873 vorhanden, zu einer Zeit, als ihre körperliche und geistige Gesundheit noch nicht ernstlich angegriffen war und sie noch ihren Vater und ihren Großvater hatte, die sie beschützen und ihr gut zureden konnten.«

Mélanie Bastian war damals dreiundzwanzig Jahre alt. Verschiedene Zeugen versichern, sie sei zu dieser Zeit noch »ein sehr liebes und gutes Mädchen« gewesen. Trotzdem scheinen sich die ersten Anzeichen einer geistigen Störung bereits 1871 bemerkbar gemacht zu haben. Hören wir, was Monsieur Théodore Touchard, Besitzer einer Gipsfabrik, zu sagen hat:

»Als Nachbar der Familien de Chartreux und Bastian habe ich die Kinder Monnier und ihre Eltern sehr gut gekannt; das junge Mädchen, Mademoiselle Mélanie Bastian, kam als kleines

Kind oft zu uns auf Besuch; sie war sehr
munter und wild, ein richtiger Wirbelwind;
unsere nachbarschaftliche Beziehung blieb
viele Jahre hindurch aufrecht.

Zu einem Zeitpunkt, den ich nicht mehr
genau bestimmen kann, zu dem aber Mademoiselle Mélanie zwanzig oder einundzwanzig
Jahre alt gewesen sein dürfte, wurden ich und
die anderen Nachbarn auf gewisse Umtriebe
des Mädchens aufmerksam, das in Begleitung
von Madame Fazy, dem Zimmermädchen, das
Haus verließ und zur Sackgasse ging, in der
damals Monsieur C. junior wohnte; etwas
später ging das Gerücht, Mademoiselle Bastian
würde sich mit Monsieur C. verheiraten, was
mich und die anderen Nachbarn wunderte,
denn der Altersunterschied zwischen den beiden war sehr groß; es vergingen dann einige
Monate, ohne daß eine Hochzeit stattgefunden hätte, und nachher ging Mademoiselle
Bastian dann nicht mehr aus dem Haus und
wurde von niemandem mehr gesehen; ich habe
gehört, Madame Bastian soll gegen eine Ehe
ihrer Tochter mit Monsieur C. gewesen sein,
weil sie ihn zu alt fand; wie gesagt: von diesem
Augenblick an habe ich Mademoiselle Mélanie
nicht mehr gesehen, und ich habe nicht die
geringste Ahnung, welche Entscheidungen die
Familie Bastian für sie getroffen hat.«

Über die seelische Verfassung Mademoiselle
Mélanies vor 1880 können wir nur sehr wenig

in Erfahrung bringen. Marie Fazy, die sehr lange bei Madame Bastian blieb, berichtet uns zwar, daß sich Mademoiselle Bastian zunächst verheiraten wollte und später den Wunsch hatte, Nonne zu werden, sowie daß ihre Mutter strikt dagegen war. »Mademoiselle Bastian mußte so viel Verdruß mitmachen«, sagt Marie Fazy, »daß sie schließlich nicht mehr ganz richtig im Kopf war, was sie aber nicht daran gehindert hat, über viele Dinge ganz klar zu urteilen.« Doch um welchen Zeitraum es sich hier handelt, ist ungewiß. Auch für die zeitliche Einordnung der folgenden Erklärung von Madame Honoré, geborene David, haben wir keine Handhabe. Wir sehen allerdings, daß sie sich auf die Zeit vor dem Tod Monsieur Bastians am 9. April 1882 beziehen muß.

»Manchmal kam es vor, daß Mademoiselle Mélanie ins Speisezimmer herunterkam, um ein wenig Klavier zu spielen und zu singen; stets wurde sie auf der Stelle von ihrer Mutter heftig zurechtgewiesen — es sei ›eine Schande‹, sagte sie — und in ihr Zimmer zurückgeschickt. Den Salon durfte sie nicht betreten. Also ging Mademoiselle Mélanie vor sich her schimpfend wieder in ihr Zimmer, worauf ihr Madame Bastian sogleich ihren Mann hinterherschickte, der sie zum Schweigen bringen sollte.«

Anscheinend hat der herrschsüchtige Charakter von Madame Bastian in fataler Weise zur seelischen Störung ihrer Tochter beigetragen.

Der Abbé Montbron, der mit der Familie Bastian einunddreißig Jahre lang bekannt war, meint, Madame Bastian sei schon damals »eigenwillig, hart und gebieterisch, ja tyrannisch« gewesen. Seine Beziehungen zur Familie rissen jäh ab, und da er sich wunderte, weder Madame Bastian noch ihrer Tochter mehr zu begegnen, erkundigte er sich, ob sie den Pfarrbezirk gewechselt hätten oder krank seien, und erfuhr, daß die beiden Damen nicht mehr auszugehen pflegten, nicht einmal zum Kirchgang. Erst im Jahr 1882, als er zu Monsieur Bastian senior gerufen wurde, um dem Sterbenden die Letzte Ölung zu spenden, erfuhr der Abbé Montbron von diesem, welche Maßnahmen er, wie er sagte, im Hinblick auf seine Tochter zu treffen gezwungen sei. »Er war im Vollbesitz seiner Geisteskräfte«, berichtet der Abbé Montbron, »und empfing die Sakramente bei vollem Bewußtsein. Er weinte bitterlich, wohl aus Schmerz darüber, daß er bei seinem harten Vorgehen entweder den gebieterischen Forderungen seiner Frau hatte nachgeben müssen oder sich gezwungen sah, einen Skandal zu verhindern, denn er sagte, und jedermann wußte es bereits vom Hörensagen, daß sich das hysterische junge Mädchen vor allen Leuten vollständig entblößte und sich so an den Fenstern zur Straße zeigte — was meiner Meinung nach der Grund für deren hermetische Abriegelung ist.«

»Sie wollte keine Kleider anziehen«, erklärt Marie Brunet, verheiratete Deshoulières, im Jahr 1883 bei Monsieur de Chartreux angestellt. »Sie ging nur mit einem Hemd und einer Korsage bekleidet im ganzen Haus umher ... Sie war keineswegs verrückt zu dieser Zeit; ihr Verstand funktionierte hervorragend. Sie war nicht böse, außer zu ihrer Mutter, die sie offenbar nicht mochte. Wenn Mademoiselle Mélanie mit ihrer Mutter redete, wurde sie oft fuchsteufelswild und hätte sich ohne das Eingreifen von Marie Fazy wohl sogar zu Handgreiflichkeiten hinreißen lassen. Zu dieser letzteren und zu mir war sie sanft.

Marie Fazy erzählte mir, Madame Bastian habe sich immer gegen ihre Tochter gestellt und sie immer, schon zu Lebzeiten ihres Mannes, daran hindern wollen auszugehen; ihr sei jeder Vorwand recht gewesen, wenn sie nur verhindern konnte, daß der Vater die Tochter auf einen Spaziergang mitnahm, und da sie selbst nicht das Haus verließ, habe sie auch nicht zulassen wollen, daß Mademoiselle Mélanie spazierenging.«

Zu dieser Zeit (1882) ging Mélanie Bastian anscheinend noch ins Speisezimmer hinunter, wo sie, laut Madame Deshoulières, »mit ihrer Mutter ganz vernünftige Gespräche führte«. Doch kaum in ihr Zimmer zurückgekehrt, wurde sie von panischer Angst ergriffen und »sah überall Gespenster. Sie bildete sich ein,

Männer zu sehen, die sie holen wollten, und schrie so gellend ›Hilfe! Mörder!‹, daß man es bis auf die Straße hören konnte.«

»Wären Sie früher gekommen«, sagt Madame Blanchard, »im April 1882, dann hätten Sie Mademoiselle Bastian sehr laut schreien gehört: ›Es gibt also keine Gerechtigkeit mehr. Ich lasse euch alle ins Gefängnis bringen, ja, alle!‹ Und das war vermutlich der Grund, warum man Dichtungsstreifen an den Fenstern angebracht hat. Diese waren nicht ständig geschlossen gewesen, sondern nur die Läden, an denen eine Eisenstange mit Vorhängeschloß befestigt war — offensichtlich um Mademoiselle Mélanie daran zu hindern, sich zur Schau zu stellen. Doch dafür hielt sie sich schadlos, indem sie schrie. Die Mutter sagte ihr dann, wenn sie so weiterschreie, werde der Polizeikommissar kommen und sie verhaften. Und als die Drohungen nichts mehr halfen, wurde vom Fenster aus mit einem Besen auf den Klingelknauf gedrückt, damit sie meinen sollte, der Polizeikommissar sei da, um sie zu verhaften.« Doch sie kam hinter die List, und offenbar hat man es sich daraufhin zur Gewohnheit gemacht, die Fenster immer geschlossen zu halten, selbst im Sommer.

»Eine Zeitlang«, erfahren wir von Virginie Neveux, verheiratete Magault, »verlangte Mademoiselle Bastian jeden Tag Papier und Bleistift zum Schreiben; ihre Mutter ließ ihr beides

bringen; daraufhin schrieb sie Briefe, steckte
sie in einen Umschlag und adressierte sie an
verschiedene Personen, an deren Namen ich
mich nicht erinnere; dann ließ sie sie durch
die Fensterläden in den Hof hinuntergleiten;
und dann sagte sie zu Marie Fazy, der Köchin,
sie solle sie zur Post bringen lassen. Das war
oft meine Aufgabe, und Madame Bastian trug
mir auf, durch das kleine Tor hinauszugehen
und zum großen wieder hereinzukommen,
damit ihre Tochter glauben sollte, ich würde
die Briefe wirklich zur Post tragen. Aber sobald
ich wieder im Haus war, gab ich sie Madame
Bastian, die mir sagte, sie würde noch andere
herunterwerfen, und man müsse sie gar nicht
aufmachen, weil ohnehin nichts Wichtiges
drinstehe.

Mademoiselle wollte ihre Mutter, die sie
Boudine oder Bounine nannte, nicht sehen
und hat ihr einmal im Lauf einer Woche jedesmal, wenn sie zu ihr gekommen ist, insgesamt
sechs Nachttöpfe nachgeworfen, die auf der
Treppe in Scherben gingen. Da hat ihr Madame Bastian gesagt, sie würde ihr keinen mehr
geben und sie in ihrem Schmutz liegen lassen, worauf die Tochter erwiderte, im Schmutz
liege sie schon; oft sagte sie ihr sogar, sie habe
alle andern im Haus lieber als sie selbst.«

Die Lektüre dieser Zeugenaussagen und Berichte gestattet uns, das Verhalten Monsieur
Bastians weniger streng zu beurteilen; teilweise

scheint uns die Tatsache, daß er seine Tochter einsperrte, gerechtfertigt gewesen zu sein, und wir sehen im übrigen, daß es sich nicht so sehr um eine Freiheitsberaubung als um eine Isolation handelte, die in hohem Maße freiwillig war — ungeachtet der Schreie, der Rufe und der außerordentlichen Inkonsequenz eines gestörten Charakters. Der Bericht von Barbier hat darüber hinaus ergeben, daß Madame Bastian »nicht einmal vorgeworfen werden kann, sie hätte ihrer Familie ihre eigenen Vorstellungen aufgezwungen.«

»Monsieur und Madame Bastian scheinen sich, wie die meisten Menschen dieser Generation, an mittlerweile überholte Vorstellungen gehalten zu haben.

Monsieur Bastian senior war es, der entschieden hatte, seine Tochter zu Hause und von der eigenen Familie pflegen zu lassen, denn das war während der sechs oder sieben Jahre, die er noch lebte, der Fall gewesen.

Diesen Entschluß hatte er auch mit einer gewissen väterlichen Eloquenz im Jahre 1878 Mademoiselle Kaenka gegenüber in die Worte gefaßt: ›Solange ich sie mit Hilfe der Ärzte pflegen kann, behalte ich sie zu Hause.‹

Madame Bastian hielt an der Auffassung ihres Mannes fest und zeigte, daß sie an ihrer Tochter ebenso hing wie er, als sie auf Mademoiselle Péroches Ratschlag, sie solle sie in ein Sanatorium geben, entgegnete, sie habe ›das

Gelübde abgelegt, bis zu ihrem Tod bei ihrer Tochter zu bleiben.‹«

Schon die Besserung, die in Mademoiselle Bastians Zustand nach ihrer Einlieferung ins Krankenhaus eintrat, ließ manch einen hoffen, sie würde ihre geistige Gesundheit vollständig wiedererlangen können. Die Ärzte waren skeptisch: »In geistiger Hinsicht«, so lautete ihr Befund, »halten wir Mademoiselle Bastian für debil; ihr Verstand ist unterdurchschnittlich entwickelt.«

Zu wiederholten Malen machte der Untersuchungsrichter den Versuch, sie zu verhören. Er traf sie nie in einer Verfassung an, in der er sie hätte den Eid leisten lassen können. Das Ergebnis seines letzten Versuchs vom 6. August, nachdem sie bereits zweieinhalb Monate im Krankenhaus verbracht hatte und sich ihr Geisteszustand bei der dortigen verständigen Behandlung, wenn das überhaupt möglich war, hätte normalisieren müssen, war ebenso jämmerlich wie bei den vorhergehenden Malen. Auf der anderen Seite äußerten die drei hinzugezogenen Gerichtsmediziner die Überzeugung, daß Mademoiselle Bastian ihre geistige Gesundheit nie wiedererlangen würde. Hier jedoch das Protokoll der Vernehmung vom 6. August:

Frage: Geben Sie Ihren Namen und Vornamen an.

Mademoiselle Bastian fängt an zu lachen und sagt: »Überhaupt nichts, überhaupt nichts.«

Frage: Heißen Sie nicht Mélanie Bastian?

Antwort: So heißen doch viele.

Frage: Wie alt sind Sie?

Antwort: Ich will das nicht alles sagen.

Frage: Wo sind Sie geboren?

Mademoiselle Mélanie Bastian murmelt einige unverständliche Worte. Einen Satz jedoch verstehen wir: »Aber man kann doch nicht immer hier bleiben.«

Frage: Haben Sie nicht einen Bruder?

Antwort: Ja, freilich!

Frage: Würden Sie uns sagen, wie Ihr Bruder heißt?

Mademoiselle Bastian lacht laut auf und gibt keine Antwort.

Frage: Sie wollen uns nicht sagen, wie er heißt?

Antwort: Nein.

Frage: Ist Ihr Bruder nicht verheiratet?

Sie antwortet etwas Unverständliches.

Frage: Sie sind doch zur Hochzeit Ihres Bruders nach Mont-de-Marsan gefahren?

Antwort: Ja, freilich!

Frage: Sie haben doch eine Nichte, würden Sie uns sagen, wie sie heißt?

Antwort: Da kann man auch nichts machen.

Frage: Haben Sie nicht als junges Mädchen bei Mademoiselle Gilbert Klavierstunden genommen?

Antwort: Die kenne ich nicht.

Frage: In welchem Pensionat waren Sie?

Antwort: Sch . . ., man kann doch nicht alles erzählen.

Frage: Ihr Vater hat sich doch mit Ihnen beschäftigt und Ihnen Griechisch beigebracht?

Antwort: Nein.

Frage: War nicht lange Zeit ein Dienstmädchen namens Marie Fazy bei Ihnen?

Antwort: Ja.

Frage: Was ist aus diesem Dienstmädchen geworden? Ist sie nicht gestorben?

Antwort: Ich weiß nicht.

Frage: Wo wohnen Sie in Poitiers?

Antwort: Und ich will überhaupt nichts sagen. Hier muß nicht ich reden.

Frage: Sie haben doch in der Rue de la Visitation 21 gewohnt?

Antwort: Ja, aber nicht in Nummer 21, sondern in 14.

Frage: Gab es dort nicht einen schönen Garten?

Antwort: Ja, ja, wenn sie mich wieder zurückbringen, springe ich auf den Rücken einer anderen.

Frage: In welchem Stockwerk wohnten Sie?

Mademoiselle Bastian wird offensichtlich wütend und sagt etwas, das wir nicht verstehen können.

Frage: War Ihr Zimmer schöner als dieses?

Antwort: In der lieben guten tiefen Höhle *ist es besser als hier*, aber es wird noch dauern, ehe man hinkommt.

Frage: Erinnern Sie sich an Ihren Vater? Hat er Sie sehr lieb gehabt?

Antwort: O ja!

Frage: Ihr Vater ist tot?

Mademoiselle Bastian beginnt zu lachen und meint: »Das weiß ich alles nicht.«

Frage: Erinnern Sie sich an Ihre Mutter? Hatte sie Sie lieb, und haben Sie sie lieb-gehabt?

Hier wird Mademoiselle Bastian wütend und sagt, daß sie nichts erzählen will.

Frage: Würden Sie Ihre Mutter gerne sehen?

Antwort: Nein, es ist besser, wenn sie unten bleibt.

Frage: Dann lieben Sie Ihre Mutter also nicht?

Antwort: Doch, doch, aber es ist besser, wenn sie unten bleibt.

Frage: Ist Ihnen nicht gesagt worden, daß Ihre Mutter tot ist?

Mademoiselle Bastian beginnt zu lachen und gibt keine Antwort. Nach ein paar Minuten sagt sie: »Sie ist noch immer in der lieben guten tiefen Höhle.«

Frage: Hat Ihr Bruder Sie oft besucht, als Sie noch in der Rue de la Visitation wohnten?

Antwort: Ja, ja.

Frage: Brachte er Ihnen Näschereien mit?

Antwort: Wir haben schon Geld genug in der lieben guten tiefen Höhle, daß wir uns Kuchen kaufen können. (Als sie hört, wie wir ihre Antwort diktieren, lacht sie laut auf.)

Frage: Haben Sie in der Rue de la Visitation in einem schön sauberen Bett geschlafen, und waren die Laken schön sauber?

Antwort: Was würden sie wohl in der lieben guten tiefen Höhle sagen, wenn sie das alles hören könnten.

Frage: Weshalb hatten Sie auf Ihrem Gesicht immer einen Schleier oder eine Decke?

Mademoiselle Bastian sagt sehr schnell einige Worte, die wir nicht verstehen können.

Frage: Als Sie in der Rue de la Visitation wohnten, sind Sie da gewaschen worden, hat man Ihre Haare gekämmt?

Antwort: Ich selbst hatte gar nicht so viele Haare, das war eine andere; es gibt noch andere, die genauso heißen.

(Es folgen noch viele weitere Antworten, die ebenso unsinnig sind wie die obigen.)

KAPITEL VIII

Beinahe alle Informationen, die wir über diesen sonderbaren Fall mitgeteilt haben, wurden ausschließlich im bereits erwähnten Bericht von Maître Barbier, Pierre Bastians Rechtsanwalt, ausgewertet und von ihm der Angeklagtenkammer vorgelegt, nachdem sein Klient Berufung gegen den Beschluß des Untersuchungsrichters eingelegt hatte, ihn der Zuständigkeit für kriminelle Freiheitsberaubung mit Gewaltanwendung — worauf nach Artikel 344 des Strafgesetzbuchs die Todesstrafe steht — überstellen zu lassen. Es wird uns nicht verwundern, daß Pierre Bastian, nachdem er gegen das Urteil der Strafkammer Berufung eingelegt hatte, freigesprochen wurde, sehr wohl aber, daß die Angeklagtenkammer, die ihn am 7. Oktober 1901 an die Strafkammer verwies, aus unerfindlichen Gründen folgendermaßen erkannte:

1. Daß es zwar keinen Anlaß gebe, Monsieur Bastian wegen willkürlicher Freiheitsberau-

bung zu belangen, jedoch »gegen besagten
Monsieur Bastian hinreichend Beweislast existiert, daß er freiwillig ... gegen die Person
seiner Schwester Mélanie Gewalt im Sinne des
Artikels 311 des Strafgesetzbuches angewendet
hat.

Oder daß er sich zumindest zum Komplizen
besagten und oben spezifizierten Gewaltdelik-
tes gemacht hat, indem er bewußt der Haupt-
verantwortlichen für die besagten Gewalttätigkeiten (?) bei der Ausführung der Verbrechen
Hilfe und Beistand leistete; eine strafbare
Handlung im Sinne der Artikel 58 und 60 des
Strafgesetzbuches.«

Wofür, wie wir gesehen haben, jeglicher Beweis fehlte. Wir halten es deshalb für überflüssig, hier die höchst unerheblichen Verhandlungen und Plädoyers vor der Strafkammer
wiederzugeben.

Hier die Entscheidung des Appellationsgerichts:

»Nach den Beratungen, die das Gesetz vor-
sieht:

In Anbetracht der Tatsache, daß sich aus
den Ermittlungen und dem Verfahren ergeben hat, daß die Verwahrung oder Einschlie-
ßung von Mademoiselle Bastian aufgrund
ihres Geisteszustandes eine Notwendigkeit
darstellte;

daß es ihr in den ersten Jahren ihrer Verwahrung nicht an der nötigen Pflege gefehlt

hat, daß aber nach dem Tod ihres Vaters und obwohl verschiedene Schriftstücke und vor allem das Testament der Witwe Bastian deren — allerdings diskontinuierliche und instabile — Zuneigung zu ihrer Tochter bezeugen, Mélanie Bastian viele Jahre lang in einem Zustand unbeschreiblicher Verschmutzung in einem Zimmer ohne Luft und Licht auf einem dreckigen Bett verbringen mußte;

daß sie zwar anscheinend nie Mangel an reichlicher, ja kostspieliger Nahrung leiden mußte, die nicht vorhandene Aufsicht und Pflege jedoch diese Vorsorge unwirksam gemacht hat und daß die barbarische Methode, mit der sie behandelt wurde, ohne das rechtzeitige Eingreifen der Justiz binnen kurzem zu ihrem Tod geführt hätte;

in Anbetracht der Tatsache, daß diese Vorfälle in der Öffentlichkeit zu Recht scharf verurteilt worden sind und das Andenken der Witwe Bastian moralisch in höchstem Grade beeinträchtigen;

doch in Anbetracht dessen, daß in direktem Bezug auf Pierre Bastian der juristische Tatbestand unter keine Strafbestimmung fällt;

daß es tatsächlich nicht möglich ist, verbrecherische Gewaltakte oder Tätlichkeiten ohne Gewaltanwendung anzunehmen — daß weder gegen Bastian noch gegen seine Mutter Beweise für irgendwelche derartige Handlungen vorliegen, abgesehen vom Tatbestand der

Freiheitsberaubung, deren Grundsätzlichkeit von der Anklagekammer nicht angenommen wurde, und daß, wenn einige Juristen der Auffassung sind, ein Unterlassungsdelikt könne bisweilen in derselben Weise bewertet werden, dies nur in dem Maße zutrifft, als sich diese Unterlassung auf eine Verpflichtung bezieht, die dem Täter juristisch obliegt;

in Anbetracht der Tatsache, daß das Gesetz vom 19. April 1898 zwar den Tatbestand verfolgt, daß jemand Kindern unter fünfzehn Jahren die angemessene Nahrung und Pflege vorenthält und dadurch ihre Gesundheit gefährdet, dieses neue Gesetz jedoch nicht auf Geistesgestörte ausgedehnt wurde;

daß dieses Gesetz darüber hinaus voraussetzt, daß der Minderjährige, dem dergestalt die Pflege vorenthalten wird, zum Zwecke einer solchen Pflege demjenigen anvertraut wurde, der sie ihm verweigert;

in Anbetracht der Tatsache, daß sich Bastian seiner Schwester gegenüber offenkundig nie in dieser Situation befunden hat;

daß die Witwe Bastian in den letzten Wochen ihres Lebens so wenig wie davor je die geringste Beeinträchtigung ihrer unumschränkten Autorität duldete, schon gar nicht von seiten eines Sohns, der nicht bei ihr wohnte, den sie nicht liebte und den sie enterbt hat;

daß der Auftrag, seine Schwester zu beaufsichtigen, den sie ihm für die letzten Monate angeblich erteilt hatte, nicht den Verzicht auf ihre Autorität einschloß;

daß es darüber hinaus nicht feststeht, daß sie ihm einen solchen Auftrag je erteilt hat, daß dies von Bastian immer geleugnet wurde und die formellen Zeugenaussagen sowie die Aussagen der Dienstboten, die bei seiner Durchführung hätten mitwirken müssen, es eindeutig ausschließen;

daß in jedem Fall keineswegs bewiesen ist, daß der Beschuldigte absichtlich, bewußt und überlegt, sei es als Mittäter, sei es als Komplize, an den Handlungen beteiligt war, für die seine Mutter die alleinige Verantwortung zu tragen scheint, und er somit juristisch weder als kriminell noch als strafbar gelten kann;

daß es zweifellos ungeachtet der — im übrigen nur beschränkt vorhandenen — Gebrechen Bastians keinerlei Grund zu der Annahme gibt, er sei sich über den beklagenswerten Zustand seiner Schwester im unklaren gewesen, und daß die rein passive Rolle, auf die er glaubte, sich beschränken zu müssen, sowie die Gemütskälte, mit der er es unterlassen hat, wirksam einzugreifen, strengstens zu verurteilen sind;

daß, da seine Handlungsweise auch nicht im Sinne des Strafgesetzes zu ahnden ist, an das die Richter sich zu halten haben, der Gerichtshof sich veranlaßt sieht, Monsieur Bastian freizusprechen.

MIT FOLGENDER BEGRÜNDUNG:

In bezug auf das am 11. Oktober 1901 von der Strafkammer Poitiers gefällte Urteil

wird entschieden, daß es sich um ein Fehlurteil handelt, und es wird der Berufung stattgegeben;

wird besagtes Urteil demzufolge revidiert;

durch welche Abänderung des Urteils das in Kraft tritt, worauf bereits die erste Instanz hätte entscheiden sollen, ohne daß ein Grund bestanden hätte, in anderer Weise den eingebrachten Anträgen stattzugeben;

wird Bastian freigesprochen und von den Gerichtskosten entbunden.

Dieses Urteil ist in einer öffentlichen Sitzung des Appellationsgerichts in Poitiers, Abteilung für Strafsachen, am 20. November 1901 ausgesprochen und verlesen worden.«

DREI BÜCHER VOM VERBRECHEN

NACH
WORT

Ralph Schmidberger

AUSFLÜGE AUS DEM ELFEN-BEINTURM

Der Primat des Künstlerischen ist eine unbezweifelbare Konstante in André Gides Leben und Werk. Sein Tagebucheintrag vom 13. Oktober 1918 könnte dafür als Motto dienen: »Nur von einem künstlerischen Standpunkt aus kann das, was ich schreibe, angemessen beurteilt werden [...]«.[1] Dieser Vorrang der Kunst implizierte für Gide — der vor 50 Jahren, 1947, den Nobelpreis für Literatur erhielt — unter anderem auch, den Wert des eigenen Werks nicht am Zuspruch der Zeitgenossen zu messen, sondern auf nachfolgende Generationen, auf Dauer zu setzen. Ganz im Gegensatz zu manchen Schriftstellern und vor allem den Journalisten, deren Schreibweise auf unmittelbare Wirksamkeit angelegt ist: »Ich nenne ›Journalismus‹ alles, was morgen weniger interessant ist als heute«, schrieb Gide in seinen *Blättern* von 1921.[2]

---

[1] GW II, Stuttgart 1990, S. 632.

Die Zitate, die mit dem Kürzel GW (= *Gesammelte Werke*) bezeichnet sind, beziehen sich auf die André-Gide-Werkausgabe, die seit 1989 in der Deutschen Verlags-Anstalt, Stuttgart, erscheint.

[2] GW II, S. 703.

Dennoch gibt es auch in Gides Werk einiges, das gewissermaßen von der Regel abweicht, auf ebendiese unmittelbare Wirkung setzt und nicht dem künstlerischen, sondern einem anderen Impetus folgt. Am 19. Januar 1948 notierte der mittlerweile 78jährige Literat in sein Tagebuch: »Immerhin, wenn ›Zeugenschaft‹ nötig wurde, fürchtete ich mich keineswegs davor, mich zu engagieren [...] Doch haben die *Souvenirs de la Cour d'assises* ebenso wie der Feldzug gegen die *Grandes Compagnies concessionnaires* des Kongo oder *Retour de l'U.R.S.S.* eigentlich nichts mit Literatur zu tun.«[3] — Wie auch *Die Affäre Redureau* und *Die Eingeschlossene von Poitiers*, könnte man der Vollständigkeit halber sagen, denn auch diese beiden Texte verdanken ihre Entstehung nicht in erster Linie einem künstlerischen, sondern einem andersgearteten Antrieb.

Die im vorliegenden Band versammelten Texte scheinen tatsächlich nicht recht zu einem subtilen Sprachkünstler, der als einer der Erneuerer des französischen Romans und zugleich als an der Klassik orientierter Ästhet gilt, zu passen: reportageartige Berichte in unprätentiöser Sprache über Gerichtsfälle, zwei davon in nahezu ausschließlich dokumentarischer Form. Da liegt die Frage nahe, welcher Art das Interesse sein mochte, das André Gide zu diesen Texten veranlaßte.

Wenn »›Zeugenschaft‹ nötig wurde, fürchtete ich mich keineswegs davor, mich zu engagieren«... In der Tat bewies Gide immer wieder persönlichen Mut und focht manchen Kampf aus: etwa als er

---

[3] GW IV, Stuttgart 1990, S. 400 f.

sich öffentlich zu seiner Homosexualität bekannte, oder wenn er sich kritisch über Fragen von Religion und Kirche äußerte. Wenn er es für nötig hielt, legte Gide sich trotz der ihm eigenen Zurückhaltung mit Chauvinisten aller Art an, mit Nationalisten, Rassisten, selbsternannten Tugendwächtern, Faschisten, Stalinisten... Je nach Lage der Dinge wurde er hochgelobt oder verdammt, aber er war zu seiner Zeit eine Instanz.

Diese Bedeutung hatte er allerdings erst in der zweiten Hälfte seines Lebens und noch nicht, als im November und Dezember 1913 in der französischen Zeitschrift *Nouvelle Revue Française (N.R.F.)* als Vorabdruck in zwei Teilen seine *Souvenirs de la Cour d'assises* erschienen. André Gide hatte die Zeitschrift selbst zusammen mit einigen Freunden — Marcel Drouin, Jacques Copeau, Henri Ghéon, André Ruyters und Jean Schlumberger — gegründet. Das endgültige erste Heft im Februar 1909 (es gab schon im November 1908 eine Nullnummer, aber wegen Differenzen mit einem weiteren Beteiligten wurde dieser erste Anlauf abgebrochen) brachte unter anderem einen Vorabdruck von Gides *La Porte étroite* (dt. *Die enge Pforte*). Bis dahin hatte dieser seine Werke in kleiner Auflage auf eigene Kosten drucken lassen; er war als Literat eher eine Art Geheimtip und noch nicht der »contemporain capital«, als den ihn André Rouveyre 1924 in einer Artikelserie der *Nouvelles littéraires* bezeichnete. Die *N.R.F.* jedenfalls gründete ihrerseits einen Buchverlag (die Éditions de la NRF), der von Gaston Gallimard geleitet wurde. Dort erschienen 1914 André Gides *Erinnerungen aus dem Schwurgericht* in Buchform.

Zwei Jahre vor der Buchveröffentlichung, vom 13. bis zum 25. Mai 1912, war Gide Geschworener am Schwurgericht von Rouen gewesen. Seine *Erinnerungen* basieren auf Aufzeichnungen aus den Verhandlungen und schildern in einer Mischung aus Gerichtsreportage und Tagebuch ausführlich und eindrücklich die behandelten Fälle und Gides Auseinandersetzung damit.

»Von jeher haben die Gerichte auf mich eine unwiderstehliche Anziehung ausgeübt«[4], schreibt er einleitend. Diese Faszination erhielt aber, wie er wenige Sätze weiter mitteilt, durch die Konfrontation mit der Realität im Gerichtsverfahren einen erheblichen Dämpfer. Als Geschworener, zeitweise auch Geschworenenobmann, machte der Autor die Erfahrung, »daß es etwas völlig anderes ist, Recht sprechen zu hören, als selber bei der Rechtsprechung mitzuhelfen«. Und sein gewissermaßen vorweggenommenes Resümee ist geprägt von Skepsis: »Wenn man sich im Publikum befindet, vermag man noch daran zu glauben. Sitzt man auf der Geschworenenbank, sagt man sich immer wieder das Christuswort: *Richtet nicht.*«

André Gides Berufung zum Geschworenen war keineswegs eine Fügung des Zufalls. Vielmehr hatte er sich, wie er im Anhang zu den *Erinnerungen aus dem Schwurgericht* bekannt, beim Bürgermeister seiner Gemeinde sechs Jahre lang mit Nachdruck dafür eingesetzt, auf die Namenslisten gesetzt zu werden, aus denen die Geschworenen ausgewählt wurden. Es muß ihm also ziemlich wichtig gewesen sein. Und in der Tat läßt sich ein vielleicht nicht

---

[4] GW VI, Stuttgart 1996, S. 215.

immer heftiges, aber doch stetes Interesse am Verbrechen und an der Justiz über Jahrzehnte in Gides
Leben und Werk verfolgen.

Der 1869 — übrigens als Sohn eines Rechtsprofes-
sors, der allerdings bereits 1880 starb — geborene
Schriftsteller bewältigte im Lauf seines Lebens le-
send eine wahrhaft beeindruckende Menge an Literatur, in mehreren Sprachen und verschiedenster
Art: von den Klassikern der Antike bis zu Karl Marx'
Kapital. Eine Zeitlang führte er sogar Buch über
seine Lektüre, und so wissen wir beispielsweise, daß
er 1890 als fast 21jähriger unter anderem auch in
der Bibliothek in einem 60bändigen Lexikon »zahlreiche Artikel über Medizin und vor allem über
Gerichtsmedizin« gelesen hat.

Im Nachlaß des Schriftstellers existiert eine
Sammlung von mehr als 650 Zeitungsausschnitten
(Elizabeth R. Jackson hat sie gesichtet und unter-
sucht), die André Gide im Lauf von rund 50 Jahren
zusammentrug. Es handelt sich um *Faits divers*,
Vermischte Meldungen aus den verschiedensten
Ländern, die, fein säuberlich nach Kategorien
in Heften abgelegt, unter anderen Denkwürdigkei-
ten auch Verbrechen und Gerichtsverfahren zum
Thema haben.

In den Kontext dieser Sammlung Vermischter
Meldungen gehören auch die beiden anderen im
vorliegenden Band enthaltenen Texte, *Die Affäre
Redureau* und *Die Eingeschlossene von Poitiers.*
Ihrer Veröffentlichung im Jahr 1930 ging Gides
öffentliche Beschäftigung mit den *Faits divers* vor-
aus. Im November 1926 brachte er in der *Nouvelle
Revue Française* nicht nur den ersten Teil seines
Voyage au Congo als Vorabdruck, sondern auch

einen »Brief über die Vermischten Meldungen«, mit
dem er eine »Chronik der Vermischten Meldungen«
in der *N.R.F.* einleitete. Aus dieser »Chronik...«
wurde 1927 die Rubrik »Vermischte Meldungen«, die
bis Juni 1928 in der Zeitschrift weitergeführt wurde.
1930 gründete Gide dann eine neue Buchreihe im
NRF-Verlag unter dem Titel »Ne jugez pas« (»Richtet
nicht«), die es allerdings nur auf zwei Publikatio-
nen brachte: die oben genannten. Zuerst erschien
*L'Affaire Redureau, suivie de Faits divers. Documents
réunis par André Gide*, als zweites (und letztes)
Buch *La Séquestrée de Poitiers. Documents réunis
par André Gide*. Die Thematik dieser Buchreihe,
die Gide in einem Vorwort zu *Die Affäre Redureau*
umreißt, ist die gleiche, die ihn auch zu seiner
»Chronik der Vermischten Meldungen« veranlaßte.
Wir werden darauf zurückkommen.

Es verwundert nicht, daß sowohl diese Ausschnitte aus der Realität als auch Gides Interesse
an Verbrechen und Justiz Spuren in seinen literarischen Werken hinterließen. Zwei seiner wichtigsten,
im Bereich der literarischen Prosa wohl *die* wichtigsten, *Les Caves du Vatican* (*Die Verliese des Vatikans*,
1914) und *Les Faux-Monnayeurs* (*Die Falschmünzer*,
1925), bezogen einen nicht unerheblichen Teil
ihres Handlungsgerüsts aus Zeitungsmeldungen;
und in beiden spielen Verbrechen eine ganz wesent-
liche Rolle. *Die Verliese des Vatikans* spielen beispielsweise mit einer Betrugsgeschichte, die aus der
Gerüchteküche der 1890er Jahre stammte: daß
der Papst gefangengesetzt und durch einen falschen
ausgetauscht worden sei. Und der berühmte »acte
gratuit«, die »zweckfreie Handlung« des Helden

Lafcadio — ein Verbrechen: Er stößt einen ihm völlig unbekannten Menschen ohne nachvollziehbaren Anlaß aus dem fahrenden Zug.

In *Die Falschmünzer*, dem einzigen unter seinen Werken, dem Gide die Bezeichnung »Roman« zubilligte, ist das Verbrechen im Grundgerüst der Handlung die Falschmünzerei. Die »dazugehörige« Vermischte Meldung benennt Gide im Anhang zu seinem *Tagebuch der Falschmünzer* (1926): einen Zeitungsartikel aus dem Jahr 1906 in *Le Figaro*. Darin wird der Fall einer Falschmünzerbande geschildert, die in Spanien hergestellte falsche Goldstücke von Berufsverbrechern nach Frankreich schmuggeln und dort über Hehler an eine Gruppe von jungen Leuten liefern ließ. »Es handelte sich um Bohemiens, Studenten im zweiten Jahr, Journalisten ohne Anstellung, Künstler, Romanciers usw. Doch auch einige Eleven der Kunstakademie waren darunter, etliche Beamtensöhne, der Sohn einer Amtsperson aus der Provinz und eine Hilfskraft aus dem Finanzministerium«[5], die das Falschgeld dann in Umlauf brachten.

Auch die unfreiwillige Selbsttötung des Schülers Boris in *Die Falschmünzer* hatte ein reales Vorbild: den von Schulkameraden provozierten Selbstmord eines kaum 15jährigen Schülers in einem Gymnasium von Clermont-Ferrand, über den Artikel im *Journal de Rouen* und im *Journal des Débats* 1909 berichtet hatten. Wie Raimund Theis und andere eingehend untersucht und dargelegt haben, ließe sich die Reihe der verwendeten Realitätsfragmente (nicht nur Zeitungsausschnitte, sondern beispiels-

---

[5] GW IX, Stuttgart 1993, S. 411.

weise auch zeitgeschichtliche Ereignisse oder persönliche Erlebnisse Gides) beliebig fortsetzen.

Obwohl Verbrechen in ihnen eine durchaus wichtige Rolle spielen, sind *Die Verliese des Vatikans* und *Die Falschmünzer* selbstredend keine Kriminalgeschichten; es sind literarische Werke, und die darin eingebauten Realitätsfragmente, auch die »kriminalistischen«, dienen ausschließlich einer künstlerischen Intention.[6]

Welche Intention aber verfolgte Gide in und mit seinen *Erinnerungen aus dem Schwurgericht*?

Es geht — natürlich — um Wahrheitssuche und die Frage der Gerechtigkeit, und Gides sozialkritischer Ansatz ist den ganzen Text hindurch nicht zu übersehen. Bei aller ihm eigenen Zurückhaltung bringt er klar seine Skepsis angesichts der Justizpraxis zum Ausdruck (nicht unbedingt gegenüber der Justiz als solcher): »[...] in welchem Ausmaß aber die menschliche Gerechtigkeit eine fragwürdige und ungewisse Angelegenheit ist, das habe ich während zwölf Tagen bis hin zur Beklemmung verspüren können«[7], schreibt Gide — weil er in den Verhandlungen erlebte, von welchen Zufälligkeiten nicht nur das Strafmaß, sondern häufig sogar die Entscheidung über Schuld- oder Freispruch abhing.

Im Anhang zu den *Erinnerungen aus dem Schwurgericht* präzisiert Gide seine im eigentlichen Text latente Kritik; er benennt die Mängel des Justizsystems, »gewisse Mißtöne der Maschinerie«, wie er

---

[6] siehe hierzu Raimund Theis, GW IX, Vorwort S. 9–22 und Nachwort S. 425–457.

[7] GW VI, S. 215.

es ausdrückt. Er bemängelt die Einflußnahme des Vorsitzenden auf die Geschworenen, kritisiert die Art und Weise, wie die Geschworenen und unter ihnen wiederum deren Obmann bestimmt werden — und macht Änderungsvorschläge. Ebenso befaßt er sich mit dem Fragenkatalog, der den Geschworenen zur Beantwortung vorgelegt wird und dessen Formulierungen sich ganz wesentlich auf Urteil und Strafmaß auswirken.

Gides Aufzeichnungen ermöglichten ihm eine detailgetreue spätere Wiedergabe seiner eigenen Empfindungen sowie der Vorgänge im Gerichtssaal, nicht nur auf der verbalen Ebene, sondern auch — und hier kommt die Beobachtungs- und Wahrnehmungsgabe des Schriftstellers zum Zug — im nonverbalen Bereich. Mit »ausgeprägtem Sinn für das menschliche Drama, das sich im Gericht abspielte«[8], rekonstruiert Gide alle Komponenten, die ihm für die Beurteilung der betreffenden Fälle wichtig scheinen: »Dem Leser bietet er Bemerkungen zum sozialen Hintergrund. Er schildert die Erscheinung und charakterliche Details der betreffenden Menschen — die des Angeklagten, und in manchen Fällen die des Opfers. Er führt den Schauplatz des Verbrechens vor Augen und das Drama, das sich dort abspielt. Er gibt, häufig wörtlich, das Verhör durch den Vorsitzenden wieder, die Zeugenaussagen der vom Gericht vorgeladenen Personen und die Äußerungen der Anwälte. Er weist überdies auf die Reaktionen des Publikums hin und vor allem auf die der Geschworenen. Vor allen Dingen tut er das mög-

---

[8] nach Elizabeth R. Jackson, wie auch das folgende, GW VI, Nachwort S. 413 f.

liche, um die Wahrheit in allen Einzelheiten ans Licht zu bringen, darin inbegriffen die wahrscheinlichen Gründe für das Verbrechen. Zum Abschluß kommentiert er die Beratung der Geschworenen, ihr Urteil und den Urteilsspruch des Gerichts.«

Die Palette der Fälle, deren Verhandlung Gide während der knapp zwei Wochen seiner Tätigkeit als Geschworener beiwohnte, war durchaus breit gefächert: Sie reichte von Diebstahl, Einbruch, Hehlerei und Raub über Körperverletzung und Sittlichkeitsvergehen bis hin zu Brandstiftung, Kindsmord und anderen Tötungsdelikten. Nebenbei sei erwähnt, daß die *Souvenirs de la Cour d'assises* 1956 in einer gekürzten Fassung auf deutsch erschienen, unter dem Titel *Aus dem Schwurgericht*, übersetzt von Ulrich Friedrich Müller. Daß gerade die Sittlichkeitsdelikte sämtlich ausgespart waren, wirft ein bezeichnendes Licht auf die Befindlichkeiten im Deutschland der fünfziger Jahre.

Als Autor leistete Gide jedoch trotz seiner detaillierten Schilderungen der Gier nach Sensationen, dem Voyeurismus in keiner Weise Vorschub. In einem Vergewaltigungsfall beispielsweise brachte er die wohl besonders prekäre Aussage des Opfers, eines Mädchens von sieben Jahren, nicht zum Abdruck. Sie erschien nur, wie Gide in einer Fußnote anmerkt, in einem Sonderdruck der Erstausgabe.

Immer wieder wird erkennbar, wie stark sich der Geschworene Gide emotional in die behandelten Fälle hineinziehen ließ; mehrere verfolgten ihn auch noch außerhalb des Gerichtssaals, belasteten ihn bis hin zu Beklemmungsgefühlen und Schlaflosigkeit. Besonders anschaulich wird seine Anteilnahme bei der Berufungsverhandlung gegen Yves Cordier, der ein Jahr zuvor, 1911, für seine Beteiligung an einem gemeinschaftlich begangenen Raubüberfall zu zwei Jahren Gefängnis verurteilt worden war und Berufung eingelegt hatte. An dem Verbrechen als solchem gab es eigentlich keinen Zweifel: Cordier hatte zusammen mit drei Zufallsbekanntschaften — Lepic, Goret und dem Matrosen Braz — eine »Kneipentour« durch die Stadt unternommen. Zusammen mit zwei Mädchen namens Gabrielle und Mélanie, die sie bei ihrer Tour aufgelesen hatten, zogen die vier nach durchzechter Nacht vor die Stadt. Dort wurde der Matrose verprügelt und der 92 Francs beraubt, die er bei sich hatte. Ungeklärt blieb bei diesem Fall — schon in der ersten Verhandlung und, wie sich dann herausstellte, auch in der Berufungsverhandlung —, welcher Art die Beteiligung Cordiers an diesem Verbrechen war.

Der Matrose Braz, das Opfer, war weder bei der ersten noch bei der Berufungsverhandlung anwesend. Er hatte die Tat zwar gleich nach dem Überfall angezeigt, die Anzeige aber wieder zurückgezogen, nachdem er sein Geld zurückerhalten hatte und wieder auf Fahrt ging. Genaugenommen hätte das Verfahren gar nicht stattzufinden brauchen. Außerdem war Braz zum Zeitpunkt des Überfalls völlig betrunken und wäre zu einer detaillierten Wahrnehmung der Vorgänge und deren Wiedergabe wohl kaum in der Lage gewesen.

Die Verhandlung stützte sich also beide Male auf die Aussagen der anderen Beteiligten, und die waren unterschiedlich. Goret und Lepic versuchten, möglichst viel Schuld von sich auf die anderen ab-

zuwälzen; Lepic stritt sogar ab, überhaupt dabeigewesen zu sein. Die Aussagen Cordiers und der
beiden Mädchen dagegen stimmten überein. Ihnen
zufolge hätte Goret den Matrosen angegriffen, ihn
zu Boden gerissen und gemeinsam mit Lepic aus-
geraubt, während Cordier nur das Geld in Empfang
genommen hätte. Laut Gides Bericht hielt der Vorsitzende die beiden Zeuginnen für unglaubwürdig
und ging über ihre Aussagen schnellstmöglich hinweg. Sein Urteil über den Angeklagten Cordier
schien festzustehen, und er wollte zu einem raschen
Urteilsspruch kommen.

Als Gide merkte, daß das Verfahren abgeschlossen werden würde, ohne den Fall beziehungsweise
Cordiers Beteiligung daran wirklich geklärt zu haben, entschloß er sich zu einer Frage an den Vorsitzenden nach der geraubten Summe und deren
Verteilung unter den Beteiligten. Das Nachfragen
war die einzige Möglichkeit für ihn als Geschworenen, in das laufende Verhör einzugreifen. Die
Antwort auf seine Frage sprach wie die Aussagen
der beiden Mädchen für eine passive Beteiligung
Cordiers: Von den entwendeten 92 Francs hatten
Gabrielle und Mélanie je fünf als Schweigegeld erhalten, Cordier zehn — die er zudem gleich wieder
zurückgegeben hatte. Den Löwenanteil behielten
je zur Hälfte Lepic und Goret für sich.

Beim Vorsitzenden und den meisten Geschworenen hinterließen die entlastenden Aussagen keine
Wirkung; Cordiers Vorstrafenregister (drei Verurteilungen wegen Diebstahls) und ein Brief aus der
Haft, in dem er — wohl unter dem Druck Lepics —
die ganze Schuld für den Überfall auf sich nahm,
wogen in ihren Augen schwerer. Das Urteil war hart:

Die Strafe wurde auf fünf Jahre Zuchthaus und zehn Jahre Aufenthaltsverbot erhöht.

Sein Unbehagen ob des harten Urteils und der Mängel dieses Verfahrens bescherte Gide eine ruhelose Nacht. Er fühlte sich an die Geschichte von einem Schiffsunglück erinnert, über das sich in seiner Zeitungsausschnitt-Sammlung mehrere Meldungen finden und das auch in seinen *Falschmünzern* in anderem Zusammenhang wieder auftaucht. Darin hatte ein Schiffbrüchiger berichtet, daß in dem Rettungsboot, in dem er sich befand, diejenigen, die nicht ruderten, damit beschäftigt waren, andere Schiffbrüchige daran zu hindern, ins vom Kentern bedrohte Boot zu gelangen — indem sie die Hilfesuchenden mit Rudern auf Kopf und Hände schlugen, sie ins Wasser zurückstießen oder ihnen mit einem kleinen Beil die Hände abhackten. Gide wurde bewußt, wie schmal der Grat zwischen dem Drinnen und dem Draußen — in der bürgerlichen Gesellschaft und außerhalb von ihr — ist. Er schreibt: »Heute abend schäme ich mich für das Boot und dafür, daß ich mich darin in Sicherheit fühle.«[9]

Seine Erkenntnis führte jedoch nicht zur Resignation, sondern mündete in einen Versuch, etwas für den Verurteilten zu tun. Am Morgen darauf ging er zu Cordiers Anwalt und formulierte mit dessen Hilfe eine Eingabe mit der Bitte um Strafminderung. Auch mehrere andere Geschworene hatten sich Gedanken über den Fall und das Urteil gemacht; bis auf drei von ihnen folgten alle Gides Argumentation und unterstützten die Eingabe. Außer-

---

[9] GW VI, S. 272.

dem suchte Gide an einem verhandlungsfreien Tag die Mutter Cordiers auf und informierte sich über die Vorgeschichte und die Persönlichkeit des Angeklagten. Sein Resümee: »Yves Cordier hat kein Urteilsvermögen; von schwachem Verstand und bedauerlich leicht mitzureißen. Über alle Maßen gutmütig [...]«[10] — was mit der Einschätzung des Gerichtsmediziners korrespondiert, der Cordier eine unterdurchschnittliche Intelligenz bescheinigt und sich für verminderte Zurechnungsfähigkeit ausgesprochen hatte.

Gide erfuhr einige Zeit danach die Genugtuung, daß Cordiers Strafe auf drei Jahre Gefängnis reduziert wurde. Dennoch bleibt er hinsichtlich der Zukunftsaussichten des Verurteilten äußerst skeptisch: »Doch leider wartet nach dem Gefängnis der Militärdienst im afrikanischen Strafbataillon auf ihn! Und wer wird er nach Ablauf dieser sechs Jahre sein?... *Was* wird er sein?...«[11]

Cordiers Spur endet nicht in den *Erinnerungen aus dem Schwurgericht*, sondern in Gides Tagebuch, wo wir unter der Eintragung vom 26. April 1916[12] Cordiers wirklichen Namen, Lebrun, mitgeteilt bekommen: »Weiterer Brief von Lebrun, dem Opfer des Justizirrtums oder doch eines allzu summarischen Urteils, von dem ich in meinen *Souvenirs de la Cour d'assises* sprach und zu dessen Gunsten ich interveniert hatte, um eine Herabsetzung des Strafmaßes zu erwirken. In Paris hatte ich ihn wiedergesehen, als er aus dem Lazarett kam; er [...] war nur auf der Durchreise in Paris. In seiner Uniform erkannte ich ihn nicht wieder; und auch in Zivil hätte ich

---

[10] GW VI, S. 275.   [11] GW VI, S. 276.   [12] GW II, S. 511f.

in diesem großen, unbeholfenen Burschen nicht die jämmerliche, auf der Bank im Schwurgerichtssaal zusammengebrochene Gestalt wiedererkannt. Er mußte mir erst seinen Namen nennen. [...] Vor vier Tagen brachte mir ein Brief Nachricht von ihm. Er war von neuem verwundet, dann in den Süden von Tunesien zurückgeschickt worden, wo ihn das Fieber erwischt hatte, dann nach Kef, dann wieder an die Front. Noch am selben Tag hatte ich an die angegebene Adresse einen Brief und eine Postanweisung geschickt. Wird er sie je erhalten? Sein gestriger Brief war ein Abschiedsbrief. Er ist zu einem Stoßtrupp abkommandiert worden, zu einem jener Angriffe, von denen man weiß, daß keiner zurückkommt.«

Der hier exemplarisch recht ausführlich dargestellte Fall Cordier/Lebrun macht deutlich, wie unzureichend das Personal und das Instrumentarium der Jurisdiktion sein konnten, um einem Verbrechen wirklich auf den Grund zu gehen und ein gerechtes Urteil zu fällen — wie berechtigt mithin die eingangs erwähnte Kritik Gides an der Rechtspraxis (Zusammensetzung der Jury, Fragenkatalog usw.) war. Und dabei war das Verbrechen als solches in diesem Fall noch gewissermaßen konventionell, das heißt im Rahmen des Gewohnten und logisch Nachvollziehbaren, und eine gewissenhaftere und weniger vorurteilbehaftete Untersuchung hätte zu einem gerechteren Urteil führen können.

Gide schildert aber noch eine ganze Reihe anderer Fälle, in denen zum Teil schon das Verbrechen selbst Merkwürdigkeiten aufwies und die Richter und Geschworenen an die Grenzen ihrer Beurtei-

lungsmöglichkeiten führte. Da entwendet beispielsweise ein leitender Beamter in der Hauptpost von
Rouen völlig unvermittelt aus der Postkasse einen
Umschlag mit 13000 Francs und verläßt das Gebäude. Draußen macht er sich nicht etwa davon,
»er versteckt sich vor niemandem; er geht in ein
benachbartes Bordell; gibt 246 Francs aus, indem er
die ganze Belegschaft freihält; wacht dann ganz
kleinlaut wieder auf, um der Direktion den Restbetrag zurückzubringen und sich zu verpflichten,
die Differenz zu erstatten.«[13] In diesem Fall zeigte
sich das Gericht der Angelegenheit noch gewachsen.
Die Vorgeschichte des Angeklagten wurde berücksichtigt, man billigte ihm verminderte Zurechnungsfähigkeit zu und sprach ihn frei.

In einem anderen Fall, der »Affäre Charles«, war
der Angeklagte, ebenjener Charles, in einer Spon-
tanhandlung mit einem Messer über seine Geliebte
hergefallen und hatte ihr mehr als 100 Stiche versetzt, von denen einer (!) tödlich war. Gide schildert
den Fall ausführlich, »weil er die erbärmliche Inkompetenz der Geschworenen auf einen Schlag zum
Vorschein brachte. Aus der Untersuchung, den Zeugenaussagen, dem Gutachten der Ärzte ging klar
hervor, daß die Absicht zu töten in Charles' Gehirn
nicht deutlich herausgebildet war; daß man es hier
auf jeden Fall nicht mit einem Berufsverbrecher zu
tun hatte, und vielleicht eher mit einem Triebtäter
als einem Mörder; daß man letzten Endes, wenn
überhaupt, von einem Verbrechen aus Leidenschaft
sprechen konnte . . .«[14] Dennoch wird der Angeklagte
des Totschlags für schuldig befunden und zu lebens-

---

[13] GW VI, S. 237.   [14] GW VI, S. 260.

länglichem Zuchthaus verurteilt, weil die Geschworenen versäumt hatten, für mildernde Umstände zu plädieren, wie es die Anklagevertretung (!) vorgeschlagen hatte. Entsetzt ob der Wirkung ihres Schuldspruchs unterschrieben die Geschworenen in der Folge ein Gnadengesuch.

Waren hier die Geschworenen vor allem durch ihre mangelnde Kenntnis der Verfahrenspraxis überfordert, so zeigt ein anderer Fall die Überforderung des Richters angesichts eines Verbrechens, das verstandesmäßig für ihn nicht nachzuvollziehen war, der Fall des Brandstifters Bernard. Diesem wurden insgesamt vier Brände angelastet, allesamt gelegt an Gebäuden seiner eigenen Familie beziehungsweise Verwandtschaft. Als wäre das nicht schon merkwürdig genug, gab der Brandstifter zudem an, keinen Grund für seine Taten angeben zu können. Er hatte nichts gegen die Betroffenen gehabt, und betrunken war er zu den jeweiligen Zeitpunkten auch nicht gewesen.

Dieser Fall und gewisse Merkwürdigkeiten in anderen trafen bei André Gide auf ein Interesse, das schon durch seine bereits erwähnte Zeitungsausschnitt-Sammlung geweckt war, diese vielleicht sogar mit initiiert hatte, und durch die *Erinnerungen aus dem Schwurgericht* schreibend nicht bewältigt wurde. Das gleiche Interesse hielt Gide noch gefangen, als er zwölf Jahre nach der Veröffentlichung des Schwurgericht-Buchs 1926/27 seine »Chronik der Vermischten Meldungen« in der *Nouvelle Revue Française* führte, und es mündete 1930 in die Reihe *Ne jugez pas* mit *Die Affäre Redureau* nebst *Faits divers* sowie *Die Eingeschlossene von Poitiers*. Das Interesse, das diesen Veröffentlichungen (selbstverständlich nicht ausschließlich) zugrunde liegt, läßt sich am ehesten mit dem eines Natur- und Verhaltensforschers vergleichen.

André Gide hätte einen guten Biologen und Verhaltensforscher abgegeben. In seinem Tagebuch (ebenso in den Reisebüchern und beispielsweise auch in *Die Falschmünzer*) finden sich über die Jahrzehnte verteilt zahlreiche Naturbeobachtungen, sowohl aus dem Bereich der Botanik als auch aus dem der Zoologie. Und wenn die Beobachtungen zu Betrachtungen führen, dann handelt es sich meist um solche, die sich mit Verhaltensweisen von Tieren befassen — insbesondere dann, wenn es um schwer oder gar nicht erklärbare Verhaltensweisen geht.

Nur auf den ersten flüchtigen Blick hat dies nichts mit unseren Gerichtsfällen zu tun. Wenn man sich aber das Arbeitsfeld der Gerichtsmediziner anschaut — nicht der Gerichtspathologen, sondern derjenigen, die darüber befinden, ob ein Angeklagter als zurechnungs- und schuldfähig zu gelten habe oder nicht, der heutigen Gerichtspsychologen etwa —, so wird deutlich, daß die oben genannten Fälle Gide auf eine andere Spur setzten. Er suchte nach den verborgenen Triebkräften, die — bei Tieren ebenso wie bei Menschen — zu Verhaltensweisen führen, die sich einem dem Kausalitätsdenken verhafteten Denken nur schwer oder überhaupt nicht erschließen.

Aufschlußreich für diese andere Intention Gides sind nicht nur *Die Affäre Redureau* und *Die Eingeschlossene von Poitiers*, sondern vor allem auch die zwei »Briefe über die Vermischten Meldungen«, die den (im vorliegenden Band nicht enthaltenen) *Faits divers* vorangestellt waren.

Schon im »Ersten Brief über die Vermischten Meldungen« macht Gide die Zielrichtung seines Ansatzes klar und verwahrt sich gegen den Versuch eines Briefschreibers, Gides (literarischen) »acte gratuit« in die Realität zu übertragen und dort zu behaupten. »Ein ›acte gratuit‹ . . . Daß wir uns recht verstehen: Ich glaube überhaupt nicht daran, an den ›acte gratuit‹, also eine durch nichts motivierte Handlung«, hält Gide entgegen und fährt fort: »Es gibt keine Wirkungen ohne Ursache. Der Begriff ›acte gratuit‹ ist eine *provisorische* Bezeichnung, die mir passend erschien, um Handlungen zu benennen, die sich den gewohnten psychologischen Erklärungen entziehen, Taten, die nicht einfach durch persönliche Interessen veranlaßt sind (und in diesem Sinn konnte ich, indem ich ein wenig mit den Worten spielte, von *uneigennützigen* Handlungen sprechen). Dennoch wollen wir noch dies sagen: Der Mensch handelt entweder *mit Blick auf* etwas und um etwas zu bekommen; oder einfach aus innerem Antrieb; ebenso wie jemand, der geht, auf etwas zugehen kann oder einfach vorwärts gehen ohne anderes Ziel, als weiter zu kommen, ›vorwärts zu streben‹. Wenn der Richter die ersteren fragt: Warum haben Sie das getan, können sie einen Grund nennen [. . .] Die zweiteren können nur zur Antwort geben: Weil ich Lust hatte, es zu tun.«[15]

Als Beispiel nennt Gide im folgenden ebenden oben erwähnten Fall eines Brandstifters: »In meinen *Souvenirs de la Cour d'Assises* habe ich die extreme

---

[15] in *Ne jugez pas*, Paris: Éditions Gallimard 1969, S. 143; eigene Übersetzung, wie bei allen Zitaten aus den beiden »Briefen über die Vermischten Meldungen«.

Verwirrung und das Unverständnis eines Richters angesichts einer derartigen Tat geschildert — einer ›uneigennützigen‹ Tat, meine ich. In diesem Fall handelte es sich um einen Brandstifter, der offensichtlich (zumindest aus meiner Sicht als Geschworener) einfach nur aus Vergnügen und dem Bedürfnis zu verbrennen Feuer gelegt hatte, der einem primitiven und summarischen Impuls nachgab, einem zwanghaften Impuls [...]; gewisse Antworten des Angeklagten ließen mich vermuten, es würde sogar Erotik im Fall dieses Brandstifters eine Rolle spielen, eine sexuelle Abartigkeit, und daß man darin eine besondere Art von Sadismus sehen sollte. Die Gebäude, an denen der Brandstifter Feuer legte, waren gerade die seiner eigenen Familie; indirekt hat er auf diese Weise sich selbst zugrunde gerichtet.«[16]

Dann faßt er kurz das Verhör durch den Vorsitzenden zusammen, der schließlich resigniert: »Und der Vorsitzende, wie er den Kopf in die Hände stützt und es aufgibt, begreifen zu wollen. Ja, geben Sie auf, Herr Richter; machen Sie dem Arzt Platz.« Gide hat erkannt: Bei einer Reihe von »Verbrechern« bedarf es weniger der gerichtlichen als einer medizinischen Untersuchung und weniger der Strafe als einer Behandlung, weil diese Angeklagten über manche ihrer Handlungen keine Kontrolle haben, die ihnen ihr Inneres aufzwingt. Aber auch hier sieht Gide Grenzen, wenn er schreibt: »Und angesichts mancher Fälle — insbesondere dem des jungen Redureau — bleibt selbst der Gerichtsmediziner ratlos.«

---

[16] ebenda, S. 143 f.

Damit ist der Bogen geschlagen zu den beiden
Büchern aus dem Jahr 1930, die zwei große Gerichtsverfahren von 1913/14 (*Die Affäre Redureau*)
beziehungsweise sogar von 1901 (*Die Eingeschlossene von Poitiers*) zum Thema haben. Insbesondere
das letztere Datum zeigt, wie langanhaltend Gides
Interesse an derlei Fällen war.

Mit dem Vorwort zur *Affäre Redureau* führte Gide
zugleich in die Reihe *Ne jugez pas* ein: »Die Reihe
[...] ist keineswegs eine Sammlung von *Aufsehenerregenden Rechtsfällen.* Unser Interesse gilt nicht den
›schönen Verbrechen‹, sondern den ›Affären‹, die
nicht unbedingt verbrecherischer Natur sein müssen und deren Beweggründe im dunkeln bleiben,
die Schemata der traditionellen Psychologie sprengen und die menschliche Rechtsprechung ins Wanken bringen, die die schlimmsten Irrtümer riskiert,
wenn sie in solchen Fällen ihrem Grundsatz *Is fecit
cui prodest* [Jener hat die Tat begangen, dem sie
nützt] folgt.«[17] Es geht um — nicht nur kriminelle —
Handlungen, die sich nicht einfach in die gängigen
Schubladen einordnen lassen und deren Motiv für
den Betrachter nicht oder nur schwer zu erkennen
ist. Wie in dem bereits zitierten »Brief zu den Vermischten Meldungen« bezweifelt Gide auch hier,
daß es eine Handlung ohne Motiv wirklich geben
könne. Wenn der Betrachter (oder Richter, oder
Geschworene, oder Zuschauer im Gerichtssaal...)
kein Motiv erkennt, so bedeutet das noch lange
nicht, daß es keines gibt, sondern zeugt möglicherweise nur vom Unwissen des Betreffenden: »Freilich
handeln Menschen nie wirklich unmotiviert; den

---

[17] GW VI, S. 295, wie das folgende Zitat.

›acte gratuit‹ gibt es nur dem Anschein nach. Wir werden hier aber zugeben müssen, daß uns der heutige Wissensstand der Psychologie nicht ermöglicht, alles zu verstehen, und es auf der Landkarte der menschlichen Seele noch so manchen unerforschten Bezirk, noch so manche *terrae incognitae* gibt. Auf sie will unsere Reihe die Aufmerksamkeit lenken und dazu beitragen, deutlicher werden zu lassen, worüber bislang erst vage Vermutungen bestehen.«

Kehren wir noch einmal zu den Vermischten Meldungen zurück, in Gides Zeitungsausschnitt-Sammlung und in den »Chroniken« der *Nouvelle Revue Française*. Gide hatte die Leser der Zeitschrift um Zusendungen für die Chronik gebeten, und in einem »Zweiten Brief über die Vermischten Meldungen« äußerte er sich enttäuscht über die meisten der erhaltenen Briefe. Die Einsender schienen großenteils nicht zu verstehen, welche Art von »Vermischtem« ihn interessierte: »Was liegt mir schon daran, beispielsweise zu erfahren, daß ein Giftmörder, um einen alten Mann zu erledigen, eine Dosis Arsen verwendete, die ausgereicht hätte, um sechs Personen auszulöschen? Die Gafferei allein mag dabei auf ihre Kosten kommen und die Dummheit gewisser Berichterstatter, oder ihr Entgegenkommen einer gewissen Klientel gegenüber. Aber was habe ich mit dem Pikanten, dem Makabren, dem ›Aufsehenerregenden‹ zu schaffen? [...] Die Vermischte Meldung, die mich interessiert, ist diejenige, die gewisse allzu leicht hingenommene Vorstellungen ins Wanken bringt und uns zum Nachdenken zwingt.«[18]

---

[18] *Ne jugez pas*, S. 145 f.

Konsequenterweise enthält die Auswahl von *Faits divers*, die im ersten Band der Reihe *Ne jugez pas* der *Affäre Redureau* folgten, keineswegs nur Verbrechen. Das Spektrum ist breit und wirklich »vermischt«, zeigt aber in 14 kurzen Kapiteln einen repräsentativen Querschnitt der Themen in Gides Zeitungsausschnitt-Sammlung. Mord und Selbstmord, Kannibalismus und Unanimismus, ein sich selbst anzeigendes Kind, Freiheitsberaubung, eine Schiffskatastrophe, eine Hochzeit und eine Scheidung, und sogar ein Boxkampf – in allen diesen Beispielen ging es Gide nicht um spektakuläre Details, sondern um außergewöhnliche Begleitumstände, die ein in Konventionen verhaftetes Denken nicht erklären kann und in den Bereich von Psychologie und Tiefenpsychologie weisen.

Erstaunlicherweise suchte Gide einen Zugang zu den »*terrae incognitae* der menschlichen Seele« in der Tierwelt, vermutete eine enge Verwandtschaft zwischen tierischem und menschlichem Verhalten, die für die Psychologie, wie er meinte, von Belang sein könnte. (Und in Anbetracht heutiger Erkenntnisse über genetische Determinierung und die biochemische Steuerung des Verhaltens und der Triebe bis hinein in die Welt der Empfindungen und Gefühle muß man feststellen, daß er mit seiner Vermutung auf der richtigen Spur war.)

Ein Kapitel in den *Faits divers* behandelt die Neugier bei Tieren – einen Komplex, der unserem Autor so wichtig schien, daß er ihn im genannten »Zweiten Brief über die Vermischten Meldungen« ausführlich erörterte: »*Die Neugier* ist, wie mir scheint, eine der am meisten verkannten und am wenigsten gut untersuchten Triebkräfte unseres Tuns. Vergeblich habe ich die psychologischen Abhandlungen durchforstet. William James läßt die Frage außer acht, mir jedoch scheint sie eine der wichtigsten. Ich hatte den Eindruck, als existiere die Neugier in einem mehr oder weniger rudimentären Zustand bei den Tieren. Und bis heute gelingt es mir nicht, möglicherweise mangels ausreichender Daten, mir das genau zu erklären.«[19] Gide nennt mehrere Beispiele für Verhaltensweisen bei Tieren, die er sich nur als Neugier erklären konnte und die ihn zu der Frage führten, welche Rolle bei Tieren die Vorstellung spielt, ob Tiere sich etwas vorstellen, wenn sie sich neugierig zeigen ...

Der naturwissenschaftliche Blick, den Gide hier an den Tag legte, prägte ganz bewußt auch seine Herangehensweise bei den Büchern über *Die Affäre Redureau* und *Die Eingeschlossene von Poitiers*. Im bereits zitierten Vorwort zu *Die Affäre Redureau* schreibt der Autor: »Über die Affären, die wir darstellen, werden wir [...] so eingehend wie möglich informieren. Es ist nicht unser Wunsch, [den Leser] zu unterhalten, sondern, ihm Kenntnisse zu vermitteln. Den Tatsachen gegenüber wollen wir nicht die Haltung eines Malers oder Romanschriftstellers einnehmen, sondern die eines Naturforschers.«[20] Dementsprechend sachlich fielen die beiden Darstellungen auch aus: nichts mehr von der persönlichen, emotionalen Färbung in den *Erinnerungen aus dem Schwurgericht*, sondern wie angekündigt »eine möglichst getreue Dokumentation« unter »Ver-

---

[19] ebenda, S. 147 f.   [20] GW VI, S. 295 f.

wendung direkter Zeugenberichte« und »Verzicht
auf Interpretation«.

In *Die Affäre Redureau* wird das Schicksal eines
15 jährigen, als folgsam und sanft beschriebenen
Jungen geschildert, der eines Abends aus letztlich
unerfindlichen Gründen seinen Patron und sechs
weitere Personen auf dem Hof, wo er als Knecht
arbeitete, umbrachte. Die Schilderung beginnt mit
dem Bericht über die Entdeckung des Verbrechens
und den rekonstruierten Tathergang. Der Täter,
Marcel Redureau, war nicht geflohen und hatte ein
umfassendes Geständnis abgelegt.

Dem Bericht folgen einzelne Informationen: zur
Person und Aussage eines Zeugen, der den Angeklagten erheblich belastet hatte; über die Vorgeschichte
und das familiäre Umfeld des Angeklagten, wie sie
in drei Zeitungsartikeln reflektiert wurden; und
vor allem das Gutachten der Gerichtsmediziner, die
darin zu dem Schluß kamen, daß Redureau von
gesunden und rechtschaffenen Eltern abstamme,
körperlich und geistig völlig normal und zum Zeitpunkt der Tat vollkommen zurechnungsfähig gewesen sei. Diese Informationen wiederum werden
ergänzt durch Fußnoten mit zusätzlichem Material: über die Tatwaffe, über die verfälschende Darstellung in einem Zeitungsartikel, über die Furchtsamkeit des Angeklagten, über Arbeitszeiten und
Arbeitsbelastung bei der Weinlese im allgemeinen
und Redureaus im besonderen.

In einer dieser Fußnoten findet sich auch
kurz Gides eigene Stellungnahme: Ausgehend von
einem Beispiel aus der Zoologie (!) — ein nervö-
ser, furchtsamer junger Hund, dessen Angst sich
»auf ganz natürliche Weise in Bösartigkeit verwan-

delte«[21] —, formuliert er die These: »Die Angst ist vermutlich der Embryo des kurzen Irreseins, das Redureau zum Mord getrieben hat.« In einer anderen Anmerkung läßt er den Verteidiger zu Wort kommen, der die Ansicht vertritt, daß die im medizinischen Gutachten erwähnte Reizbarkeit des Angeklagten auch durch Überanstrengung verursacht wurde. Gide war sich zwar hinsichtlich der wirklichen Ursache nicht schlüssig, hielt Redureau aber wie der Verteidiger für nicht zurechnungsfähig zum Zeitpunkt der Tat, die jener in einem Zustand vorübergehenden Irreseins begangen habe.

Im folgenden Kapitel verläßt Gide den dokumentarischen Duktus und nimmt Bezug auf seine 16 Jahre zuvor geäußerte Kritik an der Justizpraxis: »Es ist ein einigermaßen beunruhigender Gedanke, daß es bei der gegenwärtigen Rechtslage für den Angeklagten von Vorteil gewesen wäre, hätte er alle Anzeichen der Entartung eines Menschen, der zum Verbrechen bestimmt ist, erkennen lassen.«[22] Das medizinische Gutachten im Fall Redureau schloß dies und damit mildernde Umstände aus und brachte die Geschworenen in ein moralisches Dilemma: Antworteten sie auf die Schuldfrage mit Ja, so zog dies automatisch die Höchststrafe nach sich; stimmten sie aber — um dies zu verhindern — mit Nein, sprachen sie den Angeklagten entgegen allen Tatsachen frei. Es kam, wie es kommen mußte: Redureau wurde zu 20 Jahren Haft verurteilt und starb, wie wir aus einem Brief am Ende erfahren, 1916 in einer Strafkolonie an Tuberkulose.

---

[21] GW VI, S. 311.   [22] GW VI, S. 324.

Anders als in *Die Affäre Redureau* wurde im Fall
von *Die Eingeschlossene von Poitiers* niemand umgebracht, es floß kein Blut. Und doch erscheint das
Handeln (oder das Nicht-Handeln) der Betreffenden
so grausam wie die Bluttat des jungen Redureau,
zumal die Details ausgesprochen unappetitlich sind.
Da verwahrt eine Mutter ihre Tochter 24 Jahre lang
in einem schmutzstarrenden Zimmer — in dem die
Eingeschlossene nackt auf einem verrottenden Bett,
hinter stets verriegelten und abgedichteten Fensterläden, in völliger Dunkelheit inmitten von Abfällen,
Exkrementen, Ungeziefer und Ratten vollkommen
verwahrlost dahinvegetierte; und das mit Wissen des
Vaters und vor allem des Bruders der Eingeschlossenen, der seine Schwester häufig, wenn nicht sogar
täglich, besucht hatte.

Die Wogen der Entrüstung schlugen in der Öffentlichkeit um so höher, als dies alles in einer Familie
geschah, die wohlangesehen war und den Verhal-
tensstandards der bürgerlichen Gesellschaft scheinbar entsprach. Der Vater: ehemals Dekan der Philosophischen Fakultät; die Mutter: eine unauffällige
konformistische Bürgersfrau; der Bruder: Doktor
der Rechte (!) und ehemals Unterpräfekt, mit künstlerischen und literarischen Ambitionen.

Die Darstellung der Affäre ist noch distanzierter,
dokumentarischer als im Fall Redureau: Zeitungs-
berichte, Aussageprotokolle, Erörterungen in einer
Broschüre — und nahezu kein Kommentar. Nach
dem Bericht über die Aufdeckung lesen wir die
Aussagen des Bruders, der Mutter, erfahren vom
Krankenhauspersonal einiges über das Verhalten
der Eingeschlossenen nach ihrer Befreiung, erhalten
Informationen über das familiäre Umfeld und die

Vorgeschichte der Eingeschlossenen. So aufschlußreich dies alles klingt — der Fall erwies sich letzten
Endes als unlösbar. Der Vater konnte nicht mehr
befragt werden, er war schon etliche Jahre zuvor ver-
storben; die Mutter starb kaum drei Wochen nach
ihrer Festnahme; die Eingeschlossene selbst schien
debil und war während des gesamten Verfahrens zu
keiner verwendbaren Aussage fähig.

Die Mutter und der Bruder beteuerten übereinstimmend ihre Zuneigung und Aufopferung für
die Eingeschlossene, und ihre Aussagen gaben klar
zu erkennen, daß sie sich für völlig unschuldig
hielten. Die Mutter sagte aus, ihre Tochter habe ihr
Zimmer beziehungsweise ihr Bett von sich aus nicht
mehr verlassen; sie habe auch nicht gewollt, daß
man sie oder ihr Zimmer säuberte... Der Bruder
gab an, er habe mehrfach vergebens versucht, seine
Mutter zur Einweisung der Tochter in eine Heil-
anstalt zu bewegen. Da er auch wegen Geldfragen
mit ihr im Streit lag und sich gegen sie nicht durchsetzen konnte, habe er es irgendwann aufgegeben,
sich in diese Angelegenheit einzumischen (er wohnte
direkt gegenüber!). Was die Verwahrlosung seiner
Schwester anging, so gab er an, diese nicht bemerkt
zu haben; er habe weder gute Augen noch einen
guten Geruchssinn...

Alles Lüge, denkt man — bis man aus anderen
Dokumenten zusätzliche Informationen erhält. Wir
erfahren beispielsweise, daß es in der Familie
mütterlicherseits einen seltsamen Hang zur Zurückgezogenheit gab; ein Großvater der Eingeschlossenen lebte die letzten Jahre seines Lebens freiwillig
in völliger Isolation, und auch die Mutter hatte so
gut wie keinen Kontakt zur Welt außerhalb ihres

Hauses. Wir lesen vom extremen Geiz der Mutter und bekommen mitgeteilt, daß der Sohn tatsächlich äußerst schlecht sah. Und wir werden, was die Angelegenheit vollends merkwürdig werden läßt, informiert, daß beide, die Mutter und mehr noch der Sohn, ein gar nicht den bürgerlichen Standards entsprechendes Verhältnis zur Hygiene hatten: Die ganze Familie hatte offensichtlich eine ausgeprägte »Vorliebe für Schmutz«.

Aus den Aussagen von Nachbarn und Dienstmädchen erhalten wir Informationen über die Zustände in der Familie, auch aus der Jugendzeit der Eingeschlossenen – und man fragt sich, weshalb der Fall in 24 Jahren nicht an die Öffentlichkeit drang, wo es doch immerhin einige gab, die wenigstens zum Teil Bescheid wußten oder sich zumindest manche Frage hätten stellen müssen.

Das überaus Seltsame an dieser Affäre liegt darin, daß hier gewissermaßen jedes Mehr an Wissen die Ungewißheit vermehrt, die gewonnenen Informationen nicht zur Klärung beitragen, sondern zur Verwirrung. Oder, um es mit Gides Worten zu sagen (sein einziger direkter Kommentar): »Was mir in diesem Fall so besonders interessant scheint, ist die Tatsache, daß das Rätsel um so größer wird, je genauer wir die Umstände kennen, daß sich das Rätsel aus den Fakten in die Charaktere verlagert – und das gilt sowohl für den Charakter des Opfers wie für den der Beschuldigten.«[23]

Trotz der hier stark verkürzten Darstellung wird es nicht überraschen, daß das Gericht, das in einer Berufungsverhandlung über diesen Fall zu

---

[23] GW VI, S. 362.

befinden hatte, sich außerstande sah, dem einzigen verbliebenen Angeklagten ein schuldhaftes, kriminelles Handeln nachzuweisen, ja nicht einmal eine strafrechtlich relevante Unterlassung. Die zwangsläufige, für die Öffentlichkeit empörende Folge: Freispruch für den Angeklagten.

Gides »realistische« Darstellungen in den *Erinnerungen aus dem Schwurgericht*, in *Die Affäre Redureau* und ganz besonders in *Die Eingeschlossene von Poitiers* zeigen anschaulich, wie problematisch die Frage der Gerechtigkeit und die Suche nach Wahrheit — im öffentlichen (juristischen) wie im privaten Bereich — bei allem aufrichtigen Bemühen bleiben. Auch das Nebeneinanderstellen subjektiver Schilderungen führt da nicht unbedingt weiter, dokumentiert es doch häufig allein die Vielschichtigkeit menschlicher Beziehungen untereinander, menschlicher Existenz überhaupt, ohne eine »objektive« Einschätzung zu ermöglichen. Das Ganze ist auch hier mehr als die Summe seiner Teile, und eine Summe subjektiver Eindrücke oder Äußerungen stellt noch keine Objektivität her.

Für die Einschätzung der eigenen Existenz hatte Gide diese Problematik schon in seinen Memoiren *Stirb und Werde* formuliert. Dort schrieb er: »Sosehr man sich auch um Wahrheit bemüht, die Beschreibung des eigenen Lebens bleibt immer nur halb aufrichtig: In Wirklichkeit ist alles viel verwickelter, als es dargestellt wird. Vielleicht kommt man im Roman der Wahrheit sogar näher.«[24] In seinem Roman *Die Falschmünzer* versuchte Gide, dieser

---

[24] GW I, Stuttgart 1989, S. 308.

»Verwickeltheit«, der Vielschichtigkeit menschlicher Existenz, literarisch gerecht zu werden. Die Form des Romans mit seinen ineinander verwobenen Lebensläufen und darin verarbeiteten Realitätsfragmenten sollte diese Vielschichtigkeit widerspiegeln. Auch der Akt des Schreibens selbst und die komplexe Beziehung zwischen Autor und Leser werden darin gespiegelt, in der Gestalt eines Schriftstellers, der im Roman einen Roman mit demselben Titel, »Die Falschmünzer«, zu schreiben versucht.

Haben wir in *Die Falschmünzer* — die den Höhepunkt im literarischen Werk und eine Zäsur im Leben André Gides darstellten — einen fiktionalen Zugang zur angesprochenen Problematik vor uns, so führen uns die *Erinnerungen aus dem Schwurgericht* gewissermaßen auf zwei »realistische Suchpfade«. Der eine ist der der »Zeugenschaft«, die hin und wieder nötig wird, um die eigene Integrität zu wahren. Aus diesem Antrieb heraus schrieb Gide sein Schwurgericht-Buch mit seiner Kritik an der Justizpraxis, und dieser war es auch, der ihn dazu brachte, nach seiner Afrikareise (1925/26) in den Reisebüchern *Kongoreise* und *Rückkehr aus dem Tschad* das System der staatlichen Großkonzessionen in Französisch-Äquatorialafrika anzuprangern. Diese Bücher sowie ein Brief Gides an den damaligen interimistischen Generalgouverneur führten in Frankreich zu heftigen Auseinandersetzungen um die Kolonialpolitik und international zu einer mehrjährigen Untersuchung, an deren Ende die Verurteilung der Sklavenarbeit in den Kolonien durch die »Conférence Internationale du Travail« stand.

Weniger Erfolg war Gide beschieden, als er nach seiner Rußlandreise (1936) mit den Zuständen in der Sowjetunion unter Stalin abrechnete, wiederum in zwei Büchern: *Zurück aus Sowjetrußland* und *Retuschen zu meinem Rußlandbuch.* Er war in den dreißiger Jahren durch seine offen und öffentlich bekundete Sympathie für den Kommunismus zum Vorzeige-Intellektuellen der Linken geworden und auf offizielle Einladung in die UdSSR gereist. Seine Kritik wurde übel aufgenommen: Eine Internationale linientreuer Schriftsteller und Journalisten machte sich — häufig mit persönlichen Angriffen und Diffamierungen — über André Gide her, um ihn zu widerlegen und vor allem mundtot zu machen. Beifall erhielt er von der falschen, der rechten Seite.

Der zweite Pfad, von den *Erinnerungen aus dem Schwurgericht* zu *Ne jugez pas* mit *Die Affäre Redureau* und *Die Eingeschlossene von Poitiers*, führt in gewissem Sinn nach innen, zu ebenjenen rätselhaften »*terrae incognitae*« der menschlichen Seele, die zu ergründen sich letzten Endes jedoch als unmöglich herausstellt. Gide konnte auf diesem »realistischen« Pfad wohl nicht mehr weitergehen, und auch die Reihe *Ne jugez pas* wurde nicht mehr fortgeführt.

Wenige Jahre nach seinem Flirt mit dem Kommunismus, der mit den Auseinandersetzungen um seine Rußlandbücher endete, begann der Zweite Weltkrieg und damit eine Zeit des äußeren und inneren Rückzugs: Nach der Besetzung Frankreichs 1940 ging Gide in die »freie« Zone, brach 1941 mit der *Nouvelle Revue Française*, die unter ihrem neuen Herausgeber der Kollaboration zuneigte. 1942 reiste er nach Tunesien, von dort Ende Mai 1943 nach Algier, wo er sich bis Kriegsende aufhielt.

Im Schreiben begab sich Gide quasi auf sicheres Terrain, wählte einen Stoff aus der Antike: In Algier schrieb er an seiner Erzählung *Theseus*, die 1946 erschien. »Denn es genügt ja nicht, zu sein und gewesen zu sein: man muß ein Vermächtnis hinterlassen, damit man nicht mit sich selber aufhört«[25], läßt er darin seinen Helden sagen. — Zu Gides Vermächtnis gehört neben dem literarischen Werk auch das, was er (vor)lebte: sein aufrechter Gang auch in schwierigen Zeiten, seine Unbestechlichkeit, wenn es um Fragen von Wahrheit und Gerechtigkeit ging; und verbunden damit die Mahnung, es dem eigenen Denken nicht leicht zu machen, sich nicht mit vorgefertigten Meinungen, einfachen Lösungen und Vorurteilen, vorschnellen Urteilen zufriedenzugeben.

Stuttgart, Februar 1997

---

[25] *Theseus*, Stuttgart: Deutsche Verlags-Anstalt 1949, S. 10.

SCHWURGERICHT von André Gide ist im Juni 1997 als hundertundfünfzigster Band der *Anderen Bibliothek* im Eichborn Verlag, Frankfurt am Main, erschienen.

Die französischen Originaltitel lauten: *Souvenirs de la Cour d'Assises* (1914), *L'Affaire Redureau* (1930) und *La Séquestrée de Poitiers* (1930); verlegt wurden sie beim Verlag der Nouvelle Revue Française in Paris. Die Übersetzungen ins Deutsche stammen von Ralph Schmidberger (*Erinnerungen aus dem Schwurgericht*) und Johanna Borek (*Die Affäre Redureau* und *Die Eingeschlossene von Poitiers*). Sie sind dem sechsten Band der *Gesammelten Werke* von André Gide entnommen, der 1996 bei der Deutschen Verlags-Anstalt in Stuttgart erschienen ist. Das Nachwort zu diesem Band hat Ralph Schmidberger beigesteuert. Die Illustrationen stammen aus dem französischen Sammelband *Ne jugez pas* (Paris: Gallimard 1969).

Dieses Buch wurde in der Korpus und Cicero Bauer Bodoni von Wilfried Schmidberger in Nördlingen gesetzt und bei der Fuldaer Verlagsanstalt auf holz- und säurefreies mattgeglättetes $100\,g/m^2$ Bücher-papier der Papierfabrik Niefern gedruckt. Den Überzug und Einband fertigte die Buchbinderei G. Lachenmaier in Reutlingen. Typographie und Ausstattung von Franz Greno.

1. bis 9. Tausend, Juni 1997. Von diesem Band der *Anderen Bibliothek* gibt es eine handgebun-dene Lederausgabe mit den Nummern 1 bis 999; die folgenden Exemplare der limitierten Erstausgabe werden ab 1001 numeriert. Dieses Buch trägt die Nummer:

7282